火盗改・中山《なかやま》伊織《いおり》〈二〉
鬼になった男

『鬼が泣く』改題作品

富樫倫太郎

祥伝社文庫

目次

〈登場人物〉

火付盗賊改方

中山《なかやま》伊織《いおり》　旗本御先手組《おさきてぐみ》の頭《かしら》で、火盗改《かとうあらため》長官を加役さる。

大久保《おおくぼ》半四郎《はんしろう》　伊織配下の火盗改同心《どうしん》。

板倉《いたくら》忠三郎《ちゅうざぶろう》　伊織配下の火盗改同心。

高山《たかやま》彦九郎《ひこくろう》　伊織配下の火盗改与力《よりき》。

九兵衛《くへえ》　火盗改配下の十手持ち。

盗賊たち

金兵衛《きんべえ》　凶賊〈黒地蔵《くろじぞう》〉の頭。伊織をつけ狙う。

喜平次《きへいじ》　日本橋坂本町《にほんばしさかもとちょう》で船宿『川喜多屋《かわきたや》』を営む。

中山家

りん　伊織の妻。

小太郎《こたろう》　伊織とりんの一人息子。養子。

鬼になった男

一

二朱《にしゅ》負けたら、すぐに引き揚げる……そう決めて、権平《ごんべい》は、この賭場《とば》にやって来た。勝ったり負けたりを繰り返しながら、半刻《はんとき》（一時間）ほども粘《ねば》るうちに、二朱がなくなった。

それで帰るはずだったが、

（必ず、負けると決まっているわけでもないのに、みみっちく賭《か》けたのがよくなかったな。客も増えてきたし、そのうち、思いがけない顔に出会《でくわ》すなんてことがあるかもしれないものな）

そうだ、これは遊びってわけじゃない、立派な仕事をしてるのと同じなんだ、と勝手な理屈を捻《ひね》り出して、権平は長《なが》っ尻《ちり》を決め込んだ。元々、三度の飯より博奕《ばくち》が好きなのである。

更に四半刻《しはんとき》（三十分）……。

負けが二分《ぶ》に膨《ふく》らんだ。大きく負けないことを心がけて慎重に賭けているときには、何とかとんとんで済んでいたのに、儲《もう》けてやろうと欲を出した途端に負けが込んできた。頭に血が上り、権平の目は血走っている。

そうなると、もういけない。冷静さを失い、負けを取り戻そうとして無茶な勝負をする。負けが負けを呼ぶという悪循環に陥《おちい》ってしまう。胴元にとっては、格好のカモといっていい。

（くそっ、裏目裏目にばかり賽《さい》の目が出やがる）

不機嫌そうな顔で権平は壺振《つぼふ》りを睨《にら》む。いかさまでもしてるのではないか、という疑いの眼である。盆を囲んでいる客は十人ほどで、大勝ちしている者はいない。勝ったり負けたりを繰り返しながら少しずつ負けている。儲かっているのは、寺銭《てらせん》をかすめる胴元だけである。

この賭場の胴元は、万蔵《まんぞう》という四十がらみの中年男である。賭場の片隅で莨《たばこ》を喫《の》みながら、客たちの様子を無表情に眺めている。

万蔵がキセルを灰落としに軽く打ち付ける。

トン、トトン、トントン……勝負に夢中になっている客たちは気が付かなかったが、壺振りは敏感に反応した。万蔵からの合図なのだ。ちらりと横目で壺振りが万蔵を見る。万蔵は、権平の方を顎《あご》でしゃくると、自分の右の眉《まゆ》をゆっくりと撫《な》でた。

壺振りが微《かす》かにうなずく。

それからである。

権平が急に勝ち始めた。負けを取り戻した上、かなりの儲けが出た。

隣に坐《すわ》っているお店者《たなもの》らしい客が、

「ついてるようだね」

と羨《うらや》ましそうに声をかけてきた。

「まあな」

権平は口許《くちもと》に笑みを浮かべてうなずいた。もう機嫌は直っている。壺振りがいかさまをしているという疑念も消えた。自分の腕で儲けたのだと露《つゆ》ほども疑っていない。

お店者に声をかけられたのを潮《しお》に、腰を上げた。権平にツキが巡ってきたことに他の客たちも気が付いたらしく、権平の尻馬に乗って賭ける者が増えてきたからだ。

（せっかくのツキを、こんな見ず知らずの連中にくれてやることはない）

そんな狭い料簡《りょうけん》が重い腰を上げさせた。両手にコマを抱えて隣の部屋に入る。そこに代貸《だいがし》の文治《ぶんじ》がいて、コマを金に換えてくれるのだ。文治が金庫番の若い衆に精算を命じる。

「お客人、今夜はついていたようですね」

「そんな日もないとやってられないって」

へへへっ、と権平が胸を反《そ》らせて笑う。

「これからも、ご贔屓《ひいき》に願いますよ」

「ああ、わかってる。そういやあ、ちらと小耳に挟《はさ》んだんだが、黒地蔵《くろじぞう》の親方が顔を見せたらしいじゃないか」

「黒地蔵の？」

文治が警戒するような表情になる。

「心配するなよ。昔、ちょいと親方に世話になったことがあって、江戸に戻ってるようなら挨拶《あいさつ》したいと思っただけだ」

「そうですかい。でも、そんな話は耳にしてませんよ。本当なんですかね」

「ま、当てにならない噂《うわさ》だからよ」

若い衆から金を受け取ると、また来るぜという台詞《せりふ》を残して権平が廊下に出た。

文治が権平の背中を見送っていると、そばに万蔵がやって来て、

「おい、いくら持っていかれた？」

「ざっと二両ですか」

「ちっ、そんなにか」

万蔵が苦い顔をする。

「ついてたんですかね」

「そんなはずがあるかよ。放っておけば、すぐに素寒貧《すかんぴん》になっていただろうぜ」

「それじゃ……」

「ああ、仕方あるめえよ」

万蔵がうなずく。

「何だって儲けさせてやったんですか?」

文治が声を潜《ひそ》める。

「あいつは、イヌよ」

イヌとは、密告者のことである。

「ははあん、そういうことですかい。黒地蔵の親方のことなんか訊《き》くから、妙な野郎だと思いました」

「何だと、黒地蔵のことをか?　で、何と答えたんだ。余計なことを言ってないだろうな」

「何も知らないと惚《とぼ》けておきましたよ」

「くそったれが。こそこそと探りを入れてきやがって」

万蔵の表情が険《けわ》しくなる。

「十手持ちってわけでもなし、たかが町方のイヌなら、二両も勝たせなくてもよかったんじゃありませんかね」

「ふんっ、町方のイヌなんかに勝たせてやるもんか。町方なんざ、怖くも何ともないからな。あいつは加役《かやく》のイヌよ」

「加役のイヌですかい。それで……」

文治が納得したようにうなずく。

加役というのは、火付盗賊改《ひつけとうぞくあらため》のことである。御先手組《おさきてぐみ》の頭《かしら》が本来の職に付け加えて臨時に任命されることが多いので加役と呼ばれる。

万蔵も文治も旗本屋敷の中間《ちゆうげん》である。中間部屋で賭場を開帳しているのだ。博奕は幕法で厳しく禁じられており、摘発されれば胴元は死罪、連座した者は遠島《えんとう》である。その点、旗本屋敷には町奉行所も手を出すことができないから、安心して賭場を開くことができる。ただ、火付盗賊改だけは油断がならない。町方に比べると何かにつけてやり方が乱暴で、必要とあれば平気で旗本屋敷にも踏み込んでくる。万蔵としても、火付盗賊改にだけは気を遣《つか》わざるを得ない。権平を気持ちよく帰してやったのは、下手《へた》なことを密告されてはたまらないという配慮だった。

「しかし、加役のイヌが賭場をうろついて、黒地蔵の親方の動きを探っているとなると……。やっぱり、江戸に戻ってるんですかね、親方は？」

「迂闊《うかつ》な物言いをするんじゃねえ。黒地蔵のことを軽々しく口にすると、やばいことになるぜ」

「おっと、そうだった。加役も怖いが黒地蔵も怖い。見ざる、言わざる、聞かざるが一番てことですか」

「ああ、そういうことよ」

万蔵がうなずく。

二

道端の草むらに四《よ》つん這《ば》いになり、胃液しか出なくなるまで権平は吐き続けた。賭場に出かけて、懐《ふところ》を膨らませて帰ることなど滅多にないから、縄暖簾《なわのれん》に寄って痛飲した。どれほど気分がよかったかといえば、たまたま隣り合わせた見ず知らずの職人たちに酒を振る舞ったほどである。金銭に吝《しわ》い権平が他人に酒を奢《おご》るというのは、それこそ滅多にないことだった。いい気になって飲み過ぎた。

（せっかく飲み食いしたものを吐き出すなんざ、まったく間抜けだぜ……）

袖《そで》で口許を拭《ぬぐ》うと、自嘲《じちょう》気味に笑いながら、よろよろと立ち上がる。千鳥足《ちどりあし》で、小《こ》唄《うた》を口ずさみながら歩き出す。提灯《ちょうちん》は持っていないが、月明かりがあるから不自由はない。

ようやく春めいてきたとはいえ、夜になると風も冷たい。右手で襟《えり》を掻《か》き集め、背中を丸めた。

「ん?」

顔を上げると、目の前に人が立っている。

月を背にしているから、顔はわからない。

「おい、そこをどいてくんな。通れねえだろうが」

行き過ぎようとすると、相手が権平の肩に手を置いて、

「権平さんじゃありませんか」

と声をかけてきた。

「おれを知ってるのか?」

「ええ、よく知ってますよ。加役に尻尾《しっぽ》を振って、せっせと密告に励《はげ》んでいると聞いてますよ」

「ふざけたことを言いやがって。てめえ、誰だ」

権平の顔色が変わり、相手につかみかかろうとする。酔っているせいか、すぐに頭に血が上った。その瞬間、下腹に灼《や》けるような熱さを感じた。

(こいつ、刺しやがった)

権平は驚愕《きょうがく》する。

「や、やりやがったな……」

権平が相手の体を押し退《の》けようとする。

しかし、相手の方は逆に権平に体を押しつけてくる。下腹に突き刺さった刃物は、肉体の奥深くに吸い込まれ、権平の内臓をずたずたに切り裂くことになる。

「何だって、こんなことを……。金が欲しいのなら……」

「金だと？　この馬鹿が」

くくっ、と相手の口から笑いが洩《も》れる。ほんの一瞬、相手の顔が月明かりに照らされる。

「て、てめえは……」

権平が悲鳴を上げそうになるが、腹に力が入らないので悲鳴を出すこともできない。口から空気が洩れただけだ。

「イヌは楽には死なせねえ。裏の世界にだって掟《おきて》ってものがある。加役なんぞに尻尾を振る裏切り者は、どうなるかわかってるはずだぜ」

「待て……。話を聞け」

「十分に待ったぜ」

いきなり、権平の腹から刃物が引き抜かれる。木桶《きおけ》で水をぶちまけたように傷口から血が噴《ふ》き出す。権平が必死に両手で傷口を押さえるが、どうにもならない。指の間から血が溢《あふ》れる。権平の体から力が抜け、膝《ひざ》ががくがく震える。立っていることができず、地面に膝をつく。

「イヌ野郎」

権平の胸を蹴り、唾《つば》を吐く。権平が仰向《あおむ》けにひっくり返る。

その男は権平の右腕をつかむ。

（やめろ！）

そう叫んだつもりだが、もう言葉が出ない。口の中に血が溢れているのだ。大量の出血のせいで、すでに目が霞《かす》んで、意識も朦朧《もうろう》としてきている。痛みも感じない。

その直後、口の中に固いものが押し込まれた。自分の左右の親指だと権平にはわかった。裏の世界では、仲間を役人に密告した者は、見せしめとして左右の親指を切り落とされて喉《のど》に突っ込まれるのだ。死体を見た役人たちに、なぜ、殺されたか、その理由が明確に伝わるようにするためだ。

「食らえ、食らえ」

ぐいぐいと喉奥に肉片を押し込まれる。権平は息ができなくなる。

やがて、目の前が暗くなり、何もわからなくなった。

三

番町《ばんちよう》には数多くの旗本屋敷がある。その中でも、三千石の中山伊織《なかやまいおり》はずば抜けた大身《たいしん》で、その屋敷にしても敷地が千二百坪、建坪だけで六百坪ある。

中山家は、代々、御先手組の頭を務める家柄だ。

御先手組は、旗本・御家人の中でも、武勇の優れた者が揃《そろ》っている。伊織が加役として火付盗賊改の頭を兼務しているのは、猛者《もさ》揃いの御先手組の中でも、特に伊織と、その配下の者たちの力量を見込まれてのことであった。

中山屋敷の玄関棟、中庭に面した座敷に、三日に一度くらいの割合で、いわゆる中山党の面々が集まる。伊織が信頼を寄せる配下の者たちだ。その中心になっているのは、与力・高山彦九郎《たかやまひこくろう》、同心・大久保半四郎《おおくぼはんしろう》、同心・板倉忠三郎《いたくらちゆうざぶろう》の三人だ。そこに加役の十手を預かる九兵衛《くへえ》も同席している。

御先手組には与力が五人、同心が三十人いて、日々、先手組としての職務と火付盗賊改としての職務を同時に遂行しているが、それらの者たちが収集した情報を、まず、大久保半四郎と板倉忠三郎が整理する。その上で、直属の上司である高山彦九郎に渡す。

大久保半四郎と板倉忠三郎が整理した報告を、まず、高山彦九郎が目を通し、自分が裁断できるものはその場で処理してしまい、判断が難しい案件を伊織に報告するという流れになる。火付盗賊改はあくまでも加役に過ぎず、本来の仕事は御先手組の頭としての務めだから、伊織は何かと城に登ることが多い。多忙な伊織の負担を軽減するのが彦九郎の役目なのだ。

この日も伊織は登城して留守で、伊織が城から戻るまでの間に、できるだけ事務処理を進めておくために、彦九郎たちは話し合いをしていた。

「火付けや押し込みといった凶悪な事件はないようだなあ……」

懐から取り出した甘納豆《あまなっとう》を嚙《か》みながら、半四郎がつぶやく。赤ら顔なのは酒好きが祟《たた》っているせいで、小太りなのは甘い物に目がないせいだ。懐には、いつも甘納豆を忍ばせている。太り気味ではあるものの、決して鈍重ではなく、武芸に秀《ひい》でており、特に槍《やり》を扱えば名人級の腕前だ。もっとも、学問はあまり得意ではない。

「何事もなく平穏無事であることが一番だよ。こっちも楽ができるしな」

半四郎の言葉に、忠三郎がうなずく。二人は二十五歳の同い年だが、見た目も性格もかなり違っている。

忠三郎は、酒がほとんど飲めない。正月に甘酒をちょっと嘗《な》めただけで顔を真っ赤にして目を回してしまうような下戸《げこ》である。しかも、剣術が大の苦手だ。得意なのは学問で、八つのときに『論語』をすべて暗誦《あんしよう》し、神童と呼ばれたほどだ。御家人である板倉家の嫡男《ちやくなん》として生まれたので、否応なしに御先手組の同心の職を継いだもののの、忠三郎本人は長崎《ながさき》に留学して蘭学《らんがく》を学びたいという夢を密《ひそ》かに抱いている。

「忠三郎の言う通りだ。派手な捕り物など、しないに越したことはない。お頭の前では言えないが……」

高山彦九郎が口許に笑みを浮かべる。四十五歳の彦九郎は、温厚で誠実な人柄で、伊織の父の代から御先手組の与力を務めており、伊織の右腕といっていい存在だ。

「どうだ、何か気になることはないか？」

半四郎が九兵衛に水を向ける。

「あると言えばあるし、ないと言えばないというか、噂話に毛の生《は》えたような与太が多いもんですから……」

九兵衛が小首を傾《かし》げる。

加役というのは、早ければ一年くらいで交代することもあり、そうなると、頭だけでなく与力、同心まで丸ごと入れ替わってしまう。それでは職務の継続性が失われてしまうから、十手持ちは滅多に交代がない。九兵衛自身は十手を預かるようになって日が浅く、伊織に仕《つか》えるのが初めてだが、九兵衛に十手を譲《ゆず》った五郎吉《ごろきち》という老練な十手持ちなどは、ざっと十人以上の頭に仕えたという。十手持ちは何人もの下引《したつぴ》きや、「返り訴人《そにん》」と呼ばれる密告者を使って、犯罪に関わる情報を集めるという職務を担《にな》っている。

しかし、返り訴人が聞き込んでくる話など、十のうち九つくらいは根も葉もないでたらめなので、裏の取れた情報だけを、この場で披露《ひろう》することに決めている。

九兵衛は、今でこそ火付盗賊改の十手持ちを務めているが、元はと言えば、歴《れつき》とした旗本家の次男に生まれた武士だった。事情があって、屋敷を出た。

荒れた生活を送り、ついには火付盗賊改に捕縛された。伊織が、ただ者でないと見込んで、九兵衛を五郎吉の下引きにした。伊織の期待に応えて、九兵衛は見事な手柄をいくつも立て、五郎吉の十手を引き継ぐまでになった。武家の出だけに剣術の心得もあるし、学問の素養もある。しかも、荒れた生活を送っているときに裏社会に身を置いたことが十手持ちの仕事に大いに役立っている。まだ二十五歳で、十手持ちにしては若すぎるほどだが、半四郎や忠三郎と同い年であることが、中山党においては、いい方向に作用している。

皆で話し合いをしているところに、

「失礼いたしますぞ」

襖《ふすま》が開いて、廊下から顔を見せたのは中山家の用人《ようにん》・橋田吉右衛門《はしだきちえもん》である。六十二歳の吉右衛門は、かれこれ四十年以上も中山家に仕えている律儀《りちぎ》な老人だ。

「九兵衛に会いたいという者が玄関先に来ておりますぞ」

「誰でしょうか？」

「名乗ろうとせぬ」

吉右衛門が首を振る。

「みすぼらしい形《なり》をした男でな。通用門でなく、表門からやって来たので、よほど叩《たた》き出してやろうかと思ったが、火急の用で九兵衛に会いたいと申し、その顔つきがあまりに真剣なので、ま、一応、知らせようかと思った次第」

「ご面倒をおかけしました。九兵衛、行くがよい」

彦九郎がうなずくと、

「はい」

九兵衛が腰を上げて廊下に出る。

四

九兵衛が外に出ると、植え込みの陰《かげ》に隠れるように身を縮めている男がいた。

「弥助《やすけ》じゃないか」

九兵衛が声をかける。

振り返ったのは、五十がらみの中年男である。身なりは貧《まず》しげだが、表情は引き締まっており、目つきも鋭い。それも当然で、かつては大烏《おおがらす》の弥助とあだ名される盗賊だった。つまらぬドジを踏んで捕縛され、本当ならば断罪に処せられるところを、五郎吉が懇《ねんご》ろに諭《さと》して改心させ、それ以来、火付盗賊改の返り訴人として、裏社会で耳にした様々な情報を十手持ちに知らせるという役目を果たしている。

「何があった？」

九兵衛の顔も険しくなる。裏社会において、返り訴人は「イヌ」として蔑《さげす》まれる存在である。イヌであることが知られれば、命を狙われることを覚悟しなければならない。それ故、九兵衛が弥助と接触するときも、できるだけ人目に付かないように気を遣っている。その弥助が真っ昼間に組屋敷を訪ねてくるというのは、よほどの重大事があったに違いないとわかる。

「権平が殺されました」

「何だと？」

「たぶん、権平に間違いないと思うんですが、現場を仕切っているのは町方なので、そばに近付くことができません。放っておくと、御番所《ごばんしょ》に死体を持っていかれちまいそうですから……」

「わかった。高山さまに話してくる。ここで待っていろ」

九兵衛は座敷に戻り、弥助が知らせたことを彦九郎に報告した。

「権平の死体を町方に渡すわけにはいかんな」

彦九郎がつぶやくと、

「わたしが行きましょう」

半四郎が腰を上げた。

「ならば、おれも……」

忠三郎も立ち上がろうとする。

しかし、半四郎が手で制し、

「死体を引き取るだけのことだ。おれと九兵衛だけでいい。そもそも、その死体が本当に権平なのかどうかもわからないわけだしな。おまえは高山さまと、ここで仕事を続けてくれ」

五

（困ったな……）

九兵衛は小さな溜息《ためいき》をついた。

筵《むしろ》をかけられた死体を挟んで、大久保半四郎が町奉行所の同心・長谷川四郎右衛門《はせがわしろうえもん》と、今にも斬《き》り合いでも始めるのではないかという勢いで、大声で怒鳴《どな》り合っているのだ。

「加役だから、何でも許されると思っちゃ困るんだよ。ここは町方の支配地だ。しかも、これは火付けでも押し込みでもない。ただの人殺しだぞ。そんなところにまで鼻を突っ込むのはお門違《かどちが》いだろうが」

ふんっ、と四郎右衛門は鼻を鳴らす。四十代半《なか》ばの老練な町方同心が、自分の息子のような年格好の半四郎を侮《あなど》って、尊大な態度を取っているという図式である。

「何度も言っているように、この男は、わしらが使っていた男なのだ」

半四郎は顔を真っ赤にして怒鳴るように言う。

「だから、こっちも何度も訊いている。加役の返り訴人だったというのならば、この男は誰で、何のために使っていたのか聞かせろ、とな。それが何だ、何も言えない、後のことは加役に任せろ、町方はさっさと引き揚げろとは……。そんなふざけた言い草があるか」

「話のわからぬお人だ」

「わからぬのは、そっちであろうが。加役の指図など受けぬぞ。さっさと帰れ」

四郎右衛門は小指を耳の穴に突っ込んでほじり始める。いかにも半四郎を小馬鹿にした態度である。固く握りしめた半四郎の拳《こぶし》が小さく震えている。

（旦那、殴《なぐ》っちゃいけませんよ）

九兵衛は、半四郎の短気な性格を知っているだけに、気が気でない。しかしながら、たかが十手持ち風情《ふぜい》が同心たちの諍《いさか》いに口を挟むことも憚《はばか》られる。

そんなことをしているうちに、現場の周囲に人だかりが増えてきて、まるで芝居《しばい》見物でもするかのように加役と町方の争いを眺めている。ここで二人が殴り合いでも始めれば、明日の瓦版《かわらばん》の格好のネタになってしまう。高山さまでもいてくれれば、何とか町方と折り合いもつけることができるだろうが……九兵衛がそんなことを考えていると、

「勝手に入ってはならぬ」

「下がれ、下がれ」

町方の下役たちの怒鳴り声が聞こえた。

何気なく振り返ると、

（あ）

九兵衛は目を丸くした。

懐手をした着流し姿の武士が下役たちが制止するのも聞かず、勝手に現場に入り込んできた。

「下がれというのに」

下役が棒を振り上げると、その男は左手で棒をつかんで下役をぐいっと引き寄せ、

「てめえ、誰にモノを言ってやがる」

いきなり、下役の顎を殴る。下役は、あっ、と叫んで尻餅《しりもち》をつく。それを見た、もう一人の下役が、

「無礼者！」

と叫んで、棒で殴りかかる。

それを、さっとかわすと、下役の胸倉をつかみ、

「馬鹿野郎、どっちが無礼者だ！」

下役に往復ビンタを食らわせる。音が高く響くほど容赦《ようしゃ》のないビンタで、下役は鼻血を出した。九兵衛が飛んでいき、

「お頭、人目があります」

と低い声で言うと、

「おう、九兵衛か」

その男がにこりと笑う。

これが三千石の大旗本でも御先手組の頭、加役として火付盗賊改を務める中山伊織影豊《かげとよ》であった。年齢《とし》は三十五。

「権平が殺されたそうだな？」

「は、はい」

「下手人は？」

「まだ、何も……」

九兵衛が首を振る。

「なぜ、何もしない？　こんなところに突っ立っていても仕方ないだろうが」

「申し訳ございません」

「半四郎は、あそこで何をしてるんだ？」

伊織が言い争っている二人を見る。半四郎も四郎右衛門もまだ伊織に気が付いていない。

「あれは誰だ？」

「御番所の同心・長谷川さまです」

「喧嘩でもしてるみたいだな」

「実は……」

九兵衛が言い争いの理由を簡単に説明する。

「くそっ、町方め」

伊織は、ちっと舌打ちすると、すたすたと半四郎に近付いていく。九兵衛もついていく。

「おい」

「あ、お頭」

半四郎が驚いたように、ぽかんと口を開ける。

うむ、とうなずくと、伊織は四郎右衛門に顔を向け、

「事情はわかった。おまえたちは、ここから引き揚げろ。後のことは、こっちでやる。ご苦労だったな」

「しかし、そういうわけには……」

四郎右衛門が口籠《くちご》もる。

「おい、長谷川といったな。わしが誰かわかってるんだろうな」

「そ、それは、もちろん……」

四郎右衛門がごくりと生唾を飲み込む。

「わしのやり方に文句があるなら、この場に町奉行を連れてこい」

「……」

一筋の汗がたらりと四郎右衛門の頰《ほお》を流れ落ちる。まさか、火付盗賊改の頭が自ら殺人現場に足を運ぶとは想像もしていなかったのであろう。四郎右衛門とは身分が違いすぎる。伊織が言うように、町奉行でも連れてこないことには、とても反論などできない。肩を落として溜息をつくと、おい、行くぞ、と下役人たちに声をかける。

「もたもたしてしまいまして……」

半四郎が伊織に詫《わ》びる。

「もういい。これが権平か？」

「はい」

「それをどけろ」

伊織が命ずると、九兵衛が筵をめくる。

「ふうん、こりゃあ、ひでえな。血まみれだ」

伊織が顔を顰《しか》める。

「腹を刺されてから、それを……」

権平の口に押し込まれている肉片を、半四郎が指差す。

「何だ？」

「親指です。右と左、一本ずつ」

「洒落《しゃれ》たことをするな。すると、行きずりに殺《あや》めたってわけではなさそうだ」

「財布はなくなっていますが、ただの盗人《ぬすっと》なら、こんなやり方はしないでしょう。親指を口に押し込むのには、裏切り者に対する見せしめの罰ですから」

「権平には何をさせていた？」

「金兵衛《きんべえ》のことを探らせていました。江戸に戻ったという噂を耳にしましたので」

「黒地蔵か……」

伊織の表情が険しくなる。

ここ数年、黒地蔵の金兵衛という盗賊に率いられた一味が江戸で押し込みを繰り返している。

伊織が火付盗賊改を拝命した後も、黒地蔵の一味は日本橋通《とおり》南《みなみ》の漆《うるし》物問屋《ものどんや》に押し込んでいる。有り金を奪って一家七人と奉公人四人を惨殺した上、家屋に放火して逃げるという凶悪な事件を起こしたのだ。

しかも、逃げ場に窮して捕り方と争いになり、盗賊一味のうち三人が捕らえられたが、捕り方の方は四人が殺された。その一人は、伊織が目をかけていた若い同心だった。激怒した伊織は金兵衛一味の行方を白状させようとして、捕縛した三人を厳しく責めた。結局、三人は何も白状しないまま責め殺されたが、三人のうち二人は金兵衛の弟だった。

それ以来、伊織は、金兵衛一味の捕縛に執念を燃やし続けている。

「てことは、探られていることを察知した黒地蔵が手下に権平を始末させたとも考えられるな。ゆうべの足取りはわかってるのか?」

「弥助に探るように命じてありますから、すぐにわかるだろうと思います」

九兵衛が答える。

「さすがに抜かりがないな。半四郎、権平の死体を屋敷に運べ。加役のために骨惜しみせずに働いた者だ。懇ろに弔《とむら》ってやらないとな」

「では、すぐに人手を集めて参ります。何か死体を運ぶものも……」

「ああ、そうか。おめえと九兵衛の二人だけじゃ運びようもないか」

ふむふむとうなずくと、伊織は、いきなり、

「おーい、長谷川」

と大声で呼んだ。四郎右衛門が慌てた様子で戻ってくると、

「すまないが、ちょいと手を貸せ。この死体をわしの屋敷に運ぶんだ。場所は、わかるな?」

「は?　この死体を、でございますか……」

「そうだ。頼むぞ」

「し、しかし、わたしにも立場というものがございまして……」

「断るつもりか」

伊織がじろりと睨む。

「い、いいえ、そんなつもりはありませんが……」

「なら、承知だな」

「は、はい」

額《ひたい》の汗を拭いながら、四郎右衛門は、承知いたしました、と頭を下げた。

六

「鬼になった男がいるんだ」

そう言って、五郎吉は、周りの者たちの顔をぐるりと眺めた。

長谷川町《はせがわちょう》にある小料理屋「みみずく」の店内である。五郎吉の次の言葉を固唾《かたず》を飲んで待っているのは、指物《さしもの》職人、小間物屋の隠居、刻み煙草《たばこ》屋の若旦那、座頭など、いずれも「みみずく」の常連客たちだ。十手を九兵衛に譲ってからというもの、「すっぽんの親分」とあだ名され、火付盗賊改の十手持ちとして恐れられていた五郎吉は、それまでの多忙な毎日が嘘だったかのように暇を持て余すようになり、「みみずく」で晩酌《ばんしゃく》しながら、請われるままに常連客たちに捕り物の昔話を語るようになっている。

十手を返上してから、最初のうちこそ、

「何か、わしにも手伝えることはないか」

と殊勝なことを口にしていた五郎吉だったが、元々「みみずく」は女房のお佐知《さち》が切り盛りしていたし、板前の三四次《みよじ》も腕がよく、十六歳の長女・お初《はつ》が働き者だから、もう十分に手が足りていて五郎吉の出番はない。

「店の中をうろうろされると邪魔だから、そこでお酒でも飲んでなさいよ」

と、お佐知が口にしたのを、これ幸いと、この頃は店の奥に坐り込んでちびちびと酒をなめている。以前から「みみずく」は繁盛《はんじよう》していたが、不思議なもので、五郎吉が店に顔を出すようになってから更に客足がついた。

「鬼になる。そう神仏に誓って、中山伊織さまは本当に鬼になられたのよ……」


この当時、江戸の町には盗賊が跋扈《ばつこ》し、凶悪な犯罪を繰り返していた。

更に、気負《きお》い組と呼ばれる乱暴者たちが江戸の治安を悪化させていた。気負い組を構成しているのは社会の最下層で生きる若者たちで、定職を持たない者も多く、博徒なども混じっている。高尚な理想をもって騒動を起こすわけではなく、鬱憤《うつぷん》晴らしに徒党を組んで暴れるだけだ。喧嘩は日常茶飯事で、強盗まがいのことも平気でする。町奉行所だけでは手に負えないほどの事態になり、緊急に火付盗賊改を任命することになった。

幕閣《ばつかく》の要人たちが会合を重ねた結果、

「よほどの剛の者でなければ務まるまい」

と、中山伊織に白羽の矢が立った。

しかし、伊織は、御先手組の頭を務めるだけで手一杯という理由で固辞した。加役を拝命するのは千石未満の旗本が多く、三千石もの旗本が任じられたことなどなかったから、伊織が気乗り薄だったのも無理はない。

が、老中が伊織を呼び、

「何とか引き受けてくれぬか」

と膝詰めで頼み込んだ。

「江戸は将軍家のお膝元。その江戸で悪人どもが我が物顔で好き勝手なことをしている。上様もお悩みなのじゃ」

「上様が……」

時の将軍は九代・家重《いえしげ》である。

家重には生まれつき障害があり、言語が不明瞭であった。そのため将軍となってからも先代・吉宗《よしむね》が大御所として政治を後見していた。その吉宗もすでに亡くなっている。側近たちが政治を補佐しているものの、

（さぞや、上様は心細い思いをしておられることであろう……）

家重の心中を思い遣って、かねてより伊織は胸を痛めていた。上様のために、という老中の言葉に伊織も心を動かされた。せめて江戸の治安を安定させて、将軍の気苦労を少しでも減らしたいと考えて、

「精一杯、務めさせていただきまする」

伊織は加役を承知した。

その日、江戸城から屋敷に戻った伊織は、真っ直ぐ仏間に進み、いきなり仏壇《ぶつだん》を叩き壊した。妻のりんが止めようとしたが間に合わなかった。

呆然とする家人に向かい、

「わしは今日から鬼になる。鬼にならねば、この職務を全《まっと》うできないと思うからだ。今日を限りに、わしは慈悲《じひ》の心を捨てる」

と宣言した。朝夕の勤行《ごんぎょう》を欠かしたことのない、仏道に帰依《きえ》する心の篤《あつ》い伊織の言葉だけに、並々ならぬ覚悟をした上での行動であった。

伊織の父・主水《もんど》は、その三年前に、兄の監物《けんもつ》は六年前に亡くなっており、母の千登《ちと》勢《せ》は二人の菩提《ぼだい》を弔うべく髪を下ろして仏道修行に励んでいたが、仏壇を叩き壊した伊織を叱《しか》りもせず、

「存分に職務にいそしむがよい」

と、かえって励ました。

その日以来、千登勢は母屋《おもや》から別棟に移った。伊織の意を汲《く》んで、敢《あ》えて別棟にも仏壇は作らず、仏間の壁際にふたつの位牌《いはい》を並べて回向《えこう》している。

「それ以来、中山家には仏壇がないそうだ」

「へえーっ……」

「中山さまっていうのは、凄《すご》い人なんですねえ」

客たちが感心する。

「わしも何人もの頭にお仕えしたが、あんな人は初めてだな」

「朝吉《あさきち》さんもすっかり真面目になったようだし、すっぽんの親分も楽隠居ですねえ」

小間物屋の隠居がにやにや笑う。

「そうだといいが……。いつまた悪い虫が騒ぎ出すのかと心配だよ」

五郎吉が溜息をつく。

「親ってのは、子供がいくつになっても心配するもんですよ」

「違いねえ」

十九になる朝吉は五郎吉の倅《せがれ》で、物心ついてから何度となく五郎吉と衝突した揚げ句に家を飛び出し、放蕩三昧《ほうとうざんまい》の荒れた生活を送った。その朝吉も今では九兵衛の下引きとして加役のために汗を流している。

常連客たちと談笑する五郎吉を見て、

「最初のうちは、あんな無愛想な人が店に居座ってるとお客さんが嫌がるんじゃないかと思っていたけれど、そうでもないわねえ。結構、みんな、喜んでいるみたい」

　板場で、お初がつぶやく。

「十手を預かっているときは、恐い顔を取り繕《つくろ》ってただけ。あれが本当なのよ」

　お佐知が微笑む。

「ふうん……」

　お初がうなずいたとき、縄暖簾が揺れて、新たな客が店に入ってきた。

「いらっしゃいませ」

　お初が元気な声をかける。

　客は、真っ黒に日焼けし、引き締まった体つきの三十がらみの男だ。初めて見る顔である。縄暖簾を潜《くぐ》ったところで立ち止まり、ぼんやりと店内を眺める。

「お客さん、初めてですね。誰かと待ち合わせ？」

「いや、そうじゃないが……」

「とりあえず、坐って下さいな」

「うむ」

　店が混み合っているので、相席になったが、その客は別に文句も言わなかった。酒と肴《さかな》を注文し、静かに飲み始める。

「もっと聞かせて下さいよ」

「なかなか聞ける話じゃないものねえ」

「頼みますよ、親分」

「わしは十手を返した身だ。もう親分じゃないよ」

「いや、わしらにとっては、いつだって、すっぽんの親分ですよ」

「それじゃ、もうひとつ……」

客たちが持ち上げてくれるのに気をよくしたのか、五郎吉は、閻魔《えんま》の藤兵衛《とうべえ》を頭とする盗賊一味を中山党が壊滅させた顚末《てんまつ》をひとしきり語って客たちを喜ばせる。

「ごちそうさま」

さっきの客が立ち上がる。

「え、もうお帰りですか」

お初が驚いたように言う。まだ店に入ってから四半刻ほどしか経っていない。

「すみません、耳障《みみざわ》りでしたか」

五郎吉と、その取り巻きが店の奥で騒いでいる。それが気に障ったのかと思った。

「また、ゆっくりと寄らせてもらうよ」

客は縄暖簾を潜って出ていった。

店の奥からは、相変わらず五郎吉の機嫌のいい声が聞こえている。

七

小伝馬町《こでんまちょう》の牢屋敷に寄ったので、伊織が屋敷に戻ったときには、もう日が陰り始めていた。着替えて休んでいると、高山彦九郎がやって来た。

「彦さん、留守中、何か変わったことはなかったか？」

「変わったことといえば、町方が権平の死体を運んできました」

伊織の兄が健在で、部屋住みの伊織が放蕩無頼の生活を送っていた頃、物心両面で彦九郎が伊織の面倒を見たこともあって、今でも伊織は彦九郎に頭が上がらない。二人きりのとき、伊織が親しみを込めて「彦さん」と呼ぶのも、そのせいだ。

「わしが頼んだのさ」

「指図をしていた町方同心、ひどく顔色が悪いように見えました」

「長谷川だな。なかなか話のわかる奴だよ」

伊織が、ふふふっと笑う。

「奉行所に戻って、上にどういう報告をするのか、それを思うと、かわいそうな気もしますな」

「それくらい、うまく処理できないようでは町方の同心なんか務まらねえよ。他には？」

「平間《ひらま》が往来で喧嘩をしていた気負い組を二人お縄にしてきました」

平間というのは御先手組の同心・平間十郎《じゅうろう》のことである。五十歳の古強者《ふるつわもの》だ。

「ちっ」

伊織が舌打ちする。

「また、気負い組か。あいつらには、ほとほとうんざりするぜ。喧嘩くらい放っておけ。いちいち、お縄にしていたら切りがないだろうが。そんなのは町方に任せておけばいいんだ。余計なことをしやがって」

「気負い組同士が勝手に喧嘩しているだけなら放っておいたでしょうが、往来で大暴れし、近くの小間物屋やら履物屋やらに被害が出た上、仲裁に入った差配《さはい》の爺《じい》さんまで袋叩きにされたといいますから、平間としても、見るに見かねたのでしょう」

「そいつらは、どこにいる？」

「まだ中長屋にいます。牢屋敷に移すかどうかは、ご判断を仰いでからと思いまして……」

彦九郎の言葉が終わらないうちに、伊織が立ち上がって廊下に出る。

八

伊織が中長屋に入っていくと、縛り上げられた二人の男が土間に転がされていた。大いびきをかいて眠りこけている。しかも、ひどく酒臭《くさ》い。

「こいつらか」

「あ」

平間十郎が慌てて腰を屈《かが》める。

その横に大久保半四郎と板倉忠三郎もいる。

「喧嘩をしていた気負い組ってのは、こいつらだな？　少しは責めたのか」

「まだです。べろべろに酔っ払っていて、どうにもなりません」

平間が顔を上げて答える。

伊織がじっと平間の顔を凝視し、

「その顔を、どうした」

と訊いた。右目の周りが赤く腫《は》れ上がっている。

「取り押さえるときに手こずらされまして……。申し訳ございません」

「この二人を連れて、わしについて来い」

伊織が中長屋を出る。平間が下男に命じて二人を立ち上がらせ、外に連れ出す。伊織が屋敷の裏に向かっていく。そこには大きな池がある。伊織は池の畔《ほとり》に立つと、

「縄を解いて、そいつらをここに叩き込め」

と命じる。

半四郎と忠三郎は、

（またか……）

という表情で顔を見合わせる。

平間も困惑顔だが、ここで口答えでもしようものなら、伊織の怒りを煽《あお》るだけだとわかっているから、下男に縄を解かせ、二人を池に突き落とす。

すぐに、

「うわーっ」

「何しやがる」

という叫び声が上がり、酔って眠り込んでいた男たちが水の中で騒ぎ始める。春先の池の水だから、よほど冷たいのに違いない。池から這い上がって、荒い息遣いを整える男たちに、

「どうだ、目が覚めたか？」

「何だ、てめえは」

「ふざけた真似《まね》をしやがると叩き殺すぞ」

「わしが火付盗賊改の頭だ」

「げ」

「中山伊織か」

二人が顔を見合わせる。どうやら伊織を知っているらしい。

「ふんっ、だから、何だってんだ」

「牢屋敷でも何でも連れていけばいいだろうが。初めてってわけじゃないんだ。好きにしろ」

二人は虚勢を張る。

気負い組の仲間内では、腕っ節の強さがモノを言う。喧嘩が強いといい顔になれるのだ。

牢屋敷に入ると箔《はく》が付いて、

「あいつは大したもんだ」

と感心される。

だから、気負い組は、牢屋敷に送られることを少しも怖《おそ》れない。

「何で喧嘩したんだ？　派手にやり合ったそうだな」

「てめえの知ったことか」

「引っ込んでろ」

「下らない理由で喧嘩して、町の者たちに迷惑をかけたんだろう。聞かなくてもわかる。おまえたちは喧嘩がしたいから喧嘩するだけだ。騒ぎを起こして、町の者たちを困らせるのが楽しいだけだ。違うか？」

「それなら聞くな」

「黙ってろ、馬鹿野郎」

「喧嘩の途中で余計な邪魔が入ったんだ。さぞ、物足りないだろうな」

伊織が目を細めて二人を見つめる。

「おお、その通りよ。そこにいる同心が邪魔しなければ、久米八《くめはち》なんかより、おれの方が強いことがわかったはずだ」

「何だと、ふざけんな、安二郎《やすじろう》。てめえなんかに負けるもんかよ」

「おまえたちの言い分はわかった。ここで好きなだけ殴り合うがいい。誰にも邪魔はさせない。どちらかが死ぬまで殴り合え」

「な、何だと、こいつ……」

「ふざけてるのか？」

「さっさとやれ！」

ビシッという鋭い音がした。

伊織の右手に鞭《むち》が握られている。長さ一間《いっけん》ほどの革製の鞭だ。その鞭で地面を打つ。久米八と安二郎が呆然としていると、ビシッ、ビシッ、と伊織の鞭がうなる。あっ、と叫んで、久米八が頰を押さえる。鞭の先端が顔をかすめただけなのに皮膚が破れて血が出た。

「やらないと、わしの手で叩き殺すぞ」

伊織がにやりと残酷な笑みを浮かべる。

「こいつ、どうかしてるぜ」

「くそったれが！」

うおーっと叫びながら、久米八が安二郎に殴りかかる。それを安二郎が迎え撃つ。

それから四半刻ばかり……。

二人は、へとへとになりながらも、まだ殴り合っている。少しでも手を休めようものなら、伊織の鞭が飛んでくるので殴り合うしかないのだ。顔が血で真っ赤に染まり、両目が腫れ上がっている。疲労のせいか、二人ともふらふらで、立っているのも辛そうな状態である。

ついに安二郎の方が、

「もう駄目だ」

と、ばったりと倒れる。すかさず伊織の鞭が背中に飛ぶが安二郎は反応しない。気を失っている。

「平間、こいつを池に放り込め」

「死んでしまいますが……」

「死ねばいい」

伊織が冷たく言い放つ。

「……」

平間が忠三郎の手を借りて安二郎を池に放り込む。さっきは自力で這い上がってきたが、今度は、そうはいかなかった。ほんの少し手足をじたばたさせただけで池の中に倒れた。疲労困憊《こんぱい》して、立ち上がる力も残っていないのであろう。

「や、やす!」

久米八が池に飛び込み、安二郎を助け起こす。

「てめえら、それでも役人か。役人が人殺しをしていいのかよ」

「人並みのことを言うな」

伊織がじろりと久米八を睨む。

「てめえらは犬畜生以下だ。畜生は、他人に迷惑をかけないからな。町方の手緩《てぬる》い取り調べを期待していたのなら、とんだお門違いだぜ。加役の恐ろしさをたっぷりと教えてやる。おまえら二人は牢屋敷には移さないぞ。明日も殴り合いをさせる。どっちかがくたばるまで毎日だ」

　そう言い放つと、伊織は池に背を向けて歩き出す。その背中に怒りが現れている。

九

「万蔵の賭場か……」

「はい」

　九兵衛がうなずく。弥助が昨夜の権平の足取りを辿《たど》って明らかになったことを九兵衛の口から伊織に報告しているところである。

「賭場で儲けて縄暖簾に寄り、上機嫌で店を出たそうです」

「で、裏店に帰り着く前に殺されたというわけか」

「そのようです」

「権平が賭場にいたのは、なぜだ？」

「あの賭場は……」

　大久保半四郎が横から口を挟む。

「以前から黒地蔵の金兵衛が出入りしていると言われています。江戸に戻ったという噂を聞き込みましたので、探りを入れるように九兵衛に命じました。ゆうべ、権平があの賭場にいたのは、そのせいだと思います。そうだな、九兵衛？」

「はい」

「誰が権平を殺《や》ったんだ？」

「それは、まだわかりませんが……」

九兵衛が首を振る。

「弥助に下手人捜しもさせるつもりか？　弥助が嗅《か》ぎ回ると、返り訴人だとばれて、まずいことになるんじゃないのか」

「おっしゃる通りです。しかし、他に手立てが……」

半四郎が口を開くと、伊織が右手を上げて制する。

「権平は口の中に親指を突っ込まれていたな。裏切り者への罰だとすれば、権平が返り訴人だと承知した上で殺したことになる。わしには権平を殺したのは黒地蔵の一味か万蔵以外には考えられない気がするぜ」

伊織が彦九郎、半四郎、忠三郎、九兵衛の顔を順繰りに眺める。

「これから、黒地蔵の金兵衛をお縄にしてこい」

「え」

馬鹿正直に半四郎が驚いた顔になる。

「冗談だ。それができるくらいなら苦労はない。金兵衛をお縄にできなければ、わしらにできることはひとつしかないぞ」

「万蔵ですか」

彦九郎が言う。

「明日の朝、ここに連れて来い。わしが吟味《ぎんみ》する」

伊織が立ち上がる。

「お待ち下さい」

忠三郎が慌てた様子で伊織を見上げる。

「おまえの言いたいことはわかる。だが、言い訳を聞くつもりはないぞ。万蔵が旗本屋敷で賭場を開いていることは、わしも承知している。やり方は任せるから、とにかく、引っ張ってこい。明日の朝までにお縄にできなければ、わしが踏み込むからな」

困惑している一同を残して、伊織は廊下に出てしまう。

「高山さま、どうしますか？」

忠三郎がすがるような眼差《まなざ》しを彦九郎に向ける。

将軍に直結する火付盗賊改ならば、旗本屋敷に踏み込むことも不可能ではないが、後々、悶着《もんちゃく》が起こることは覚悟しなければならない。伊織自身、旗本の一人なのだし、御先手組の頭として若年寄の支配を受ける立場なのだ。加役は将軍直属ではあるものの、様々のしがらみに手足を縛られているのが実状なのである。

が……。

伊織は、そんなことには一向に頓着《とんちゃく》しない。実際、これまでに何度も旗本屋敷に踏み込もうとしたことがある。それを彦九郎たちが必死に抑えてきた。

「何とかするしかあるまい。お頭ご自身が旗本屋敷に踏み込んだりすれば大変なことになる」

彦九郎が難しい顔でうなずく。

「九兵衛、何とかならんか?」

忠三郎が途方に暮れたように九兵衛に訊く。

十

翌朝……。

座敷に寝転がって伊織がうたた寝していると、

「お頭」

半四郎が廊下から声をかける。

「ううむ……。急ぎでなければ昼過ぎに出直してくれ」

「万蔵を捕らえました」

「何だと、万蔵を？」

伊織がカッと両目を見開いて体を起こす。

「九兵衛の手柄です」

半四郎が言うには、賭場を閉めた後、金沢町《かなざわちよう》に囲っている女のところに万蔵が通うことを九兵衛が突き止め、今朝早く、万蔵が湯島《ゆしま》の旗本屋敷を出たところをお縄にしたというのである。

「でかした」

半四郎を置き去りにして、伊織が廊下を走り出す。

「わ、わしじゃねえ……。何も知らねえ」

万蔵が口から泡を吹きながら首を振る。

「……」

高山彦九郎がちらりと伊織を見る。組屋敷から牢屋敷に駆けつけ、直々に万蔵の取り調べを指図しているのだ。

「もう一枚だ」

「は」

彦九郎が顎をしゃくると、下男たちが万蔵の膝の上に石を載せる。これで三枚だ。

「ぐえっ……」

万蔵が白目をむく。口から溢れる泡には血が混じり始めている。しかも、顔が蠟《ろう》のように真っ白だ。

「高山さま」

牢屋医師が彦九郎に合図する。これ以上、責め続けると命が危険だという忠告だ。

「お頭」

「……」

伊織は口をへの字に曲げたまま、じっと万蔵を見つめている。

石抱きに使われる石は、長さ三尺、幅一尺、厚さは三寸で、重さが十二貫（約四十五キロ）ある。この石が正座した膝の上に載せられるのである。

しかも、万蔵は「十露盤《そろばん》」という坐り台に正座させられている。これは、三角形に削《けず》り揃えた角材を並べた台のことで、十露盤に坐ると、角材の角が脛《すね》に食い込む仕組みになっている。

しかも、下男が左右から、

「さあ、どうだ。苦しかろう。正直に吐いてしまえば楽になるぞ。申し上げろ、申し上げろ」

と言いながら、石をぐらぐら動かすのだ。

たまったものではない。十人の容疑者を石抱きにかけると、まず、七人か八人は石三枚で罪を認めるという。たとえ無実であっても、誘導されるがままに何でも認めてしまうのだ。それ以上、我慢すれば骨が砕《くだ》けるからだ。

「権平を殺したな?」

伊織が訊く。

「知らねえ……」

「なぜ、殺した? 黒地蔵の金兵衛に命じられたのか。それとも、おまえが勝手に金兵衛に義理立てしたのか」

「金兵衛のことなんか何も知らねえ」

「権平が賭場にいたことはわかっている。ごまかしは通じぬぞ」

「あいつは賭場にいた。だから、儲けさせてやったんだ。機嫌よく帰った。その後のことは……。うぐぐっ、本当に何も知らねえ」

「なぜ、儲けさせた?」

「加役のために働いていることを知ってたから、ご機嫌を取った。殺してはいねえ」

「嘘を言うな」

「もう許してくれ……」

万蔵が洟《はな》を垂《た》らしながら、痛《いて》え、痛え、もう勘弁してくれろ、と泣く。

「彦九郎」

伊織が呼ぶ。

「は」

軽く会釈して、彦九郎が下男たちに、

「石をどけろ」

と命ずる。当然、責めを中止しろという指示だと判断した。ところが、

「馬鹿野郎。もう一枚だ」

伊織に怒鳴られた。

「え」

「お上《かみ》をなめやがって。もう一枚、抱かせろ。博奕は御定法《ごじょうほう》できつく禁じられているんだ」

「……」

彦九郎が黙ったまま、下男たちにうなずく。

万蔵の膝に四枚目の石が載せられる。ばきっ、という嫌な音がした。脛骨《けいこつ》が折れたのだ。万蔵は悲鳴も上げない。とっくに気を失っている。

「よし、手当てをして牢に放り込んでおけ」

そう言い捨てて、伊織は仕置き部屋から出た。彦九郎、半四郎、九兵衛の三人が伊

織に続く。

「あいつじゃねえな」

伊織がつぶやく。

「てっきり黒地蔵の一味の動きを探る権平が目障りになって万蔵が殺したのだと思いましたが」

半四郎がうなずく。

「おまえは、どう思う？」

伊織が九兵衛に水を向ける。

「権平を恨んでいる者は多いでしょうから、万蔵の仕業だと決めつけることはできないと思います。万蔵に知らせずに黒地蔵の手下が殺したのかもしれないわけですし」

「ふうむ、それもそうだな……。で、どうすればいい？」

「わたしは権平をよく知りません。朝吉と二人で少し洗ってみたいと思いますが」

「いいだろう。やってみろ」

「あの……」

「何だ？」

伊織が九兵衛を見る。

「お頭も、権平殺しは万蔵の仕業ではないと思ってたんじゃありませんか？」

「そうだ」

伊織がうなずく。

「石を三枚も抱かせれば、たとえやっていなくてもやったと言い出すもんだ。あそこまで我慢するってことは、本当に何も知らなかったんだろうよ」

「それなのに、どうして骨が折れるまで石を抱かせたんですか？」

「たとえ権平を殺していないとしても、万蔵が札付きの悪党だってことは間違いないことだ。旗本屋敷を隠れ蓑《みの》にして賭場を開き、貧乏人からあぶく銭を巻き上げて、でかい面《つら》をしてやがる。石を三枚抱かせたところで責めを終わっていたら、いずれ放免されたとき、加役の責めに耐え抜いたってことで万蔵に箔が付く。悪党どもの世界でいい顔になって、ますます阿漕《あこぎ》なことをするに違いない。そんな奴に遠慮することはないんだ。加役の恐ろしさが骨身に沁《し》みれば、少しはおとなしくなるだろうからな」

「そのために足を折ったんですか？」

「そうだよ。それが悪いか」

何でそんな当たり前のことを訊くんだ、という顔で九兵衛をまじまじと見る。

十一

その夜……。

「権平のことを嗅ぎ回っていた男がいるというのか？」

伊織が九兵衛を見る。

「権平の留守中に裏店を訪ねてきて、あれこれ聞き回っていたようです」

「ふうむ……」

「万蔵の賭場ではありませんが、やはり、権平がよく顔を出している賭場で権平のことを訊いていた男がいるそうで、どうやら裏店に現れたのと同じ男ではないかと思われます」

「そいつは何を探っていたんだ？」

「権平の日々の暮らしぶりだとか、どんな仕事をしているのかとか、賭場での懐具合だとか……」

「よくわからないな。権平に恨みを持つ奴の仕業なら、そんな面倒なことをするまでもなく、いきなり、襲いそうなものじゃないか」

伊織が小首を傾げる。

「やはり、金兵衛の手下の仕業でしょうか?」

「そう決めつけるのは早い。権平を恨んでいる者のことをもう少し洗うがいい。まず、権平が返り訴人になってからお縄にされた連中のことを調べろ」

「権平が返り訴人になった頃のことを知っているのは、すっぽんの親分だけでしょうね。もう何年も前のことですから」

「それなら、五郎吉からも話を聞くがいい」

「御仕置伺帳《おしおきうかがいちょう》も読み返してみます。何か役に立つことが見付かるかもしれません」

「うむ」

御仕置伺帳というのは、代々の火付盗賊改の引き継ぎ書類で、その御仕置伺帳には伊織が火付盗賊改を拝命する以前に解決した事件の顚末が簡潔に列記されている。


九兵衛と入れ替わるように、忠三郎がやって来た。

「どうした?」

「例の気負い組ですが……」

「気負い組?」

「お頭が、死ぬまで殴り合えと命じた二人組です」

「あの二人か」

「その安二郎と久米八ですが、加役の返り訴人になりたいそうです」

「何だと？」

「どうやら、お頭の恐ろしさが身に沁みたようでして」

「たった一度、殴り合っただけじゃないか。あと三日くらいは頑張るかと期待していたのに」

「それだと本当に死んでしまいますよ」

「死ぬだけの覚悟はなかったか」

「どうしますか？」

「そんな腑抜《ふぬ》けた連中が加役の役に立つのか？　役に立ちそうもなければ、さっさと斬った方がいい」

「気負い組の動きをつかむには役立つと思います」

「そう思うのなら、返り訴人にすればよかろう。おまえに任せる。わしは眠いんだ。これから一刻《いっとき》ばかり横になるから、つまらないことで起こすなよ」

伊織はごろりと横になると、すぐにいびきをかき始める。

十二

「みみずく」の店内からは賑《にぎ》やかな笑い声が洩れている。

「まったく何が面白いのかしら……」

お初がつぶやく。五郎吉の捕り物話など、殺伐《さつばつ》として血なまぐさい話ばかりで、お初には何の興味も持てないのである。

そこに客が入ってきた。

「いらっしゃいませ」

常連客の一人だろうと思い込んで客を見たお初の顔に意外そうな色が浮かぶ。

「お客さん、昨日の……」

ゆうべの一見客《いちげんきやく》である。真っ黒に日焼けした三十がらみの男だ。四半刻もしないうちに席を立ったので、かえって、お初もよく覚えている。

「外を通りかかったら、中から人の声が聞こえたもんでね。もういいのかい？」

「ええ、どうぞ。ゆっくり飲んでいって下さいな。ただ、ゆうべと同じで、少々、やかましいかもしれませんけど。とりあえず、坐って下さい」

「うむ」

その会話が耳に入ったのか、店の奥で常連客たちに囲まれていた五郎吉が何気なく顔を上げる。その客と目が合う。相手も目を逸らさず、じっと五郎吉を見つめ返す。

「……」

五郎吉が小首を傾げる。どこかで見た顔だが、すぐには思い出すことができないという感じだ。

「あ」

思い出したらしい。

「浜次郎《はまじろう》だな。戻ったのか？」

「お久し振りです」

浜次郎がにこりともせずに頭を下げる。

十三

「それにしても、よく無事で戻ったなあ」

「体だけは丈夫ですから。おかげで病《やまい》に罹《かか》ることもなく、何とか生き延びました」

「何年になる？」

「あと三月《みつき》ほどで六年……。そんなところですか」

「てことは、五年と九ヶ月か……。そりゃあ、運がいいよ」

うなずきながら、五郎吉が浜次郎に酒を注《つ》ぐ。

江戸からの遠島《えんとう》は伊豆《いず》諸島と決まっている。浜次郎は三宅島《みやけじま》に送られた。五年が過ぎると赦免《しゃめん》の対象になるが、定期的に恩赦《おんしゃ》が行われるわけではないから、赦免されるかどうかは運が大きくモノを言う。平均すると、遠島に処せられる者は年に七人、赦免される者は二人くらいである。在島年数が六年にも満たない浜次郎が赦免されて江戸に戻ることができたのは、かなりの幸運といっていい。

「おとっつあん」

「昔馴染《なじ》みと話してるんだ。邪魔するんじゃねえ」

「ごめんなさい。九兵衛さんと兄さんが来てるの。急ぎの用で、おとっつあんと話したいって」

「九兵衛と朝吉が？」

五郎吉が入り口の方に目を遣《や》ると、なるほど、九兵衛と朝吉が樽《たる》に腰掛けている。

「仕方がねえな。すまないが、ちょっといいか」

「ええ、おれのことは気にしないで下さい」

「今日は、わしの奢りだ。遠慮なく飲んでくれ。お初、酒と肴をもっと頼む」

「はい、すぐに」

お初が板場に戻る。

五郎吉が席を立って、九兵衛たちに近付いていく。

「九兵衛、しばらく振りだな」

「ご無沙汰しております」

九兵衛が丁寧に頭を下げる。

「で、何だい、わしに急ぎの用ってのは？」

五郎吉も樽に腰を下ろす。

「御用の筋さ。二階の方がいいんじゃねえかい？」

朝吉が言う。

「心配するな。誰も聞き耳を立てたりしてねえよ。近くに人はいねえし」

常連客たちは奥の小上がりに固まっているし、最も近くにいるのは浜次郎だが、それにしても、よほど大きな声で話さない限り、五郎吉たちの話の内容を聞き取ることはできそうにない。

「一昨日の夜ですが……」

九兵衛が声を潜める。

「権平が殺されました」

「……」

五郎吉が怪訝《けげん》そうな顔になる。権平という名前にピンとこないらしい。

「覚えてますか？」

九兵衛が訊く。

「何となくだがな。博奕の好きな男じゃなかったか？」

「ええ、そうです」

「返り訴人にはしたものの、これといった働きをしてくれた覚えはないな。わしが十手をお返しする前の一年ほどは、ほとんど使ってなかったんじゃないかな。おめえは使ってたのか？」

「賭場に詳しいと聞いてましたから……。実は、黒地蔵の金兵衛が江戸に戻ったという噂が流れてるんです」

「黒地蔵か……」

五郎吉が顔を顰める。

「奴を獄門にできなかったのは、わしも心残りだよ。極めつきの悪党だからな。なるほど、そういうことか。金兵衛の博奕好きは有名だ。それで権平に賭場を探らせてたってわけか」

「そうなんです。賭場の胴元をお縄にして締め上げたりしていますが、今のところ、権平殺しの手がかりはありません。ただ、権平の動きを探っていた者がいるのは確か

「待たせちまったな。すまねえ」

「今のが息子さんですか」

「ああ」

「まだ若いんですね。娘さんもそうですが」

「最初の女房との間には子供ができなくてな。体の弱い女で、子供ができないまま流行病《はやりやまい》で呆気《あっけ》なく死んじまった。今の女房と所帯を持ったのは、わしが三十を過ぎてからなんだ」

「そうだったんですか。いい息子さんといい娘さんがいて親分は幸せですね」

「倅は朝吉ってんだが、わしが十手を預かっている間、何が気に入らないんだか、家にも寄り付かず、ろくでもない連中と一緒になって荒れた生活を送ってたんだ。ずっと頭痛の種だったよ」

「若いうちは、誰にだって、そういうときがあるもんですよ。親分も、そうだったんじゃありませんか？」

「かもしれねえな」

「うまく立ち直れないと、おれのようになってしまうわけですが」

浜次郎が自嘲気味に口許を歪める。

「昔のことはいいさ。島で罪を償《つぐな》って、きれいな体になって戻ったんだからな。おめえにだって所帯があるだろう。子供がいたっけな。いくつになった？」

「島送りになったとき、四つになったばかりでしたから、今年で十になります」

「かわいらしい女の子だったな。名前は……」

「さよ、と申します」

「おっかさんによく似ていて、にこにことよく笑う子だったな。達者なのか？」

「親はなくても子は育つ、と申しますから。女手ひとつで加代《かよ》が育ててくれました」

「しっかりしたおかみさんだ。この六年、女房子供に苦労させた分、これからはおめえが頑張らねえとな。まだ若いんだから、いくらでもやり直しが利くさ。もう悪い仲間や、手慰《てなぐさ》みからは、すっかり足を洗ったんだろうな？」

「もちろんです。何の興味もありません」

「仕事は見付かったのか？」

「まだ江戸に戻って十日ほどですから……」

浜次郎が首を振る。

「わしも知り合いに当たってみよう」

「ありがとうございます」

「立ち直ってくれれば、わしも嬉しい。あのとき、博奕の罪で遠島は重すぎるという気がしたが、運が悪かったと思って、勘弁してくれよ」

「とんでもありません。五体満足で生きていられるのは親分さんのおかげです」

「そう言ってもらえると、少しは気が楽だ」

「女房も、ぜひ、親分さんにお礼を申し上げたい、手作りの料理でおもてなししたいなどとはしゃぎまして……。薄汚い裏店なんぞにお招きできるかと叱ったんですが」

「何を言うんだ。呼んでくれるのなら、喜んで行こうじゃねえか。めでたいことなんだしな。大きくなったおさよ坊の顔も見たい」

「女房もさぞ喜ぶだろうと思います」

浜次郎が口許に笑みを浮かべる。

十四

翌日の昼過ぎ、朝吉と九兵衛は「みみずく」に五郎吉を訪ねた。御仕置伺帳を調べ直すのに、思いの外《ほか》、時間がかかったのである。二人が店に入ると、

「あら、兄さん。それに九兵衛さんも。どうしたの、二人揃って？」

掃除中のお初が額の汗を拭いながら顔を上げる。

「おとっつあんは二階か？」

「あら、おとっつあんに用なの？　それは残念ね。生憎と留守よ」

「何だ、いねえのかよ。どうします？」

朝吉が九兵衛を見る。

「帰りは遅くなるかな」

九兵衛がお初に訊く。

「たぶん、遅いと思う。晩ご飯をごちそうになってくるって話してたから」

「どこに行ったんだよ？　珍しいじゃないか、こんな時間から出かけるなんて」

「おとっつあんに世話になったという人が店に訪ねてきてね。その人に呼ばれて行ったのよ」

「家はわかるか？」

「そんなに急ぎの用事なの？」

「ああ、お役目に関わることだからな。のんびりしているわけにはいかねえのさ」

「ふうん……」

お初がまじまじと朝吉を見つめる。

「何だよ」

「お兄ちゃんも変わったものだと感心してるわけ。お役目に真剣に取り組んでるんだものねえ」

「馬鹿野郎、からかうな」

朝吉が、ちっと舌打ちする。

「こっちから押しかけるのも気が引けるが、朝吉の言うようにお役目なんでね。急いでるんだ。教えてくれないか、お初ちゃん」

「どこって言ってたかなあ。ちょっと待ってね、おっかさんにも聞いてみるから」

お初が奥に入る。すぐに戻ってきて、

「ごめんね。おっかさんも聞いてないって。大川《おおかわ》の向こう側らしいんだけど」

「……」

九兵衛と朝吉が顔を見合わせる。

それでは捜しようもない。

「行き違いだったたわねえ。半刻くらい前に浜次郎さんが迎えに来て出かけたのよ」

「浜次郎？」

その名前に九兵衛が反応する。

「あら、知ってるの？」

「どこかで聞いたような……」

九兵衛が小首を傾げる。

「どんな奴だ、前にも来たことがあるのか？」

朝吉が訊く。

「昨日、お兄ちゃんと九兵衛さんが店に来たとき、ちょうどおとっつあんと一緒に飲んでた人なんだけど……」

「そんなのでわかるかよ」

「色の黒い男かい？　年齢は三十前後に見えたが」

「え、兄貴、覚えてるんですか」

朝吉が驚いたように九兵衛を見る。

「ちらりと見ただけだ。おれたちを見る目が、ちょっと普通でない気がしたんでな」

「無理もないわよ。だって、あの人、島帰りなんだってよ。赦免されて、六年振りに江戸に戻ってきたばかりなんだって。きっと日焼けしてるのも、そのせいね」

「六年振り……」

九兵衛の眉間《みけん》に小皺《こじわ》が寄る。

やがて、九兵衛が、あっ、と小さな声を洩らした。思い出したのだ。

「御仕置伺帳に浜次郎って名前があった。もう一度、調べ直すぞ。お頭にも報告しなければ」

「何かまずいことですかね？」

「ただの思い過ごしだといいんだがな……」

九兵衛の表情は厳しい。

十五

「ありました」

御仕置伺帳をめくっていた九兵衛が顔を上げる。

「どこだ？」

大久保半四郎が覗き込み、そこに記されている内容を目で追う。

その顔色がみるみる変わっていく。

「何と……」

「どうした？」

目を瞑《つむ》って柱に背もたれしていた伊織が問う。

「浜次郎は、千草《ちぐさ》の七五郎《しちごろう》一味が捕らえられたとき、手下の一人としてお縄になっています」

「千草の七五郎？」

伊織が小首を傾げる。

「どんな事件だ」

「はい……」

御仕置伺帳を見ながら、半四郎が伊織に説明する。

六年前、千草の七五郎に率いられた盗賊団が日本橋《にほんばし》の両替商に押し込んだ。家人の激しい抵抗にあって、わずか二百両しか奪うことができず、しかも、一味の一人が怪我をして取り押さえられた。その男の供述によって、七五郎の一味は芋蔓《いもづる》式に捕縛された。浜次郎もその一人であった。

しかし、頑《がん》として容疑を否定した。浜次郎が厳しい取り調べを受けている間、五郎吉は浜次郎の行動を洗った。その結果、押し込みの夜、浜次郎は博奕をしていたことがわかった。押し込みの嫌疑は晴れたものの、常習賭博も重罪だから、遠島を申し渡された。

「六年も前のことですから、その捕り物に直接関わったのは五郎吉だけです。七五郎一味は仲間の裏切りで一網打尽《いちもうだじん》にされたのですが、一味を密告したのが……」

「権平だというのか？」

「はい。仲間を売って返り訴人となることで、権平は獄門にかけられることを免れたわけです」

半四郎がうなずく。

「すると浜次郎は、権平を恨んでいるわけだな」

「権平のことを聞き回っていた男と浜次郎の人相が似ています。どちらも三十がらみで目つきの鋭い男です」

九兵衛が言う。

「くせえな……。しかし、おかしいじゃないか。浜次郎ってのは七五郎の手下なんだろう。それなのに遠島か？」

伊織が小首を傾げる。

「ここには間違いなく、そう書いてあります。浜次郎は七五郎の手下には違いないが、押し込みの夜は賭場にいた。それ故、押し込みではなく、賭博の禁を犯した罪で遠島なのだ、と」

半四郎が言う。

「赦免されて江戸に戻ったか。その浜次郎が、なぜ、五郎吉を訪ねるんだ？」

「妹の話では、昔、おとっつあんの世話になったといって訪ねてきたそうです。その礼をしたいから、ごちそうしたいのだ、と」

朝吉が口を挟む。

「五郎吉が調べなければ、浜次郎は責め殺されるか、自白させられて死罪にされていたでしょう。実際、お縄にされた七五郎一味は、浜次郎以外、すべて獄門にかけられているわけですから。浜次郎が五郎吉に感謝するのは当然ですよ」

半四郎が言う。

「五郎吉が一肌脱いで浜次郎の命を救ってやったというわけか。島で心を入れ替え、真っ当な男になって江戸に戻ってきた。早速、恩人である五郎吉に挨拶に出向いた……そういうことかよ。なるほど、話の筋は通っているが、わしは、気に入らねえ」

「何がですか？」

半四郎が訊く。

「浜次郎が島から戻った途端、権平がむごたらしく殺された。切り取った親指を口に突っ込まれてな。あれは、どんな意味だった？」

「裏切り者への報復ですね。権平を殺したのは浜次郎だとお考えなのですか？」

「そんなことは、まだ、わしにもわからぬ。浜次郎に家族はいるのか？」

「妻と娘が入江町《いりえちょう》の裏店に住んでいるようです。もっとも、六年前の話ですから、今はどうなっているかわかりませんが」

「よし」

伊織が立ち上がる。

「どうなさったんですか？」

半四郎が驚いて伊織を見上げる。

「入江町に行くんだよ。浜次郎をお縄にして取り調べる」

「お頭自ら出張らなくても、ここはひとつ、わたしたちだけで……」

半四郎が気を遣うが、

「馬鹿野郎。がたがた言わないでついてこい。五郎吉が心配じゃないのか？」

「親父が危ないんですか？　浜次郎はおとっつあんに恩義を受けたって……」

朝吉が言うと、

「浜次郎が権平殺しの下手人だとしたら、五郎吉だって危ないってことだ。いいか、朝吉。人殺しをするような連中の考えることは、まともじゃないんだ。世の中には理屈もへったくれもなく人を殺すことのできる奴がいるんだよ。五郎吉が恩義を施《ほどこ》したつもりでいても、相手の方では、それを感謝するどころか、逆に恨みに思っているなんてことだってあるんだぜ」

十六

五郎吉と浜次郎は、両国橋《りょうごくばし》で大川を渡り、元町《もとまち》を通り過ぎてから、今度は一ツ目《ひとつめ》橋《ばし》を渡った。そのまま川沿いに歩きながら、

「人の記憶ってのは、当てにならねえものだな」

独り言のように五郎吉がつぶやく。

「どういうことですか？」

浜次郎が五郎吉に顔を向ける。

「おめえが島送りになる前に、わしは裏店を訪ねたことがある。入江町だった気がしていたが、ここで川を渡るのなら入江町ってことはないものな」

五郎吉の言うように、両国橋を渡って、そのまま真っ直ぐに進めば、やがて、入江町に着く。一ツ目橋を渡る必要はない。

「いいえ、親分さんの記憶違いではございません。わしらが住んでいたのは、確かに入江町です。申し訳ありませんが、途中で少しばかり寄り道させてもらえませんか。大して手間はかからねえんです。ちょいと用を足してから三《み》ツ目橋《めばし》を渡れば、すぐに入江町ですから」

「ふうん、そうかい。わしは構わねえよ。このところ、あまり出歩いてないから、いい散歩だ」

五郎吉が機嫌よさそうに言う。

「十手を返上して、どれくらいになりますので？」

「かれこれ半年くらいかな」

「まだまだお若いのに」

「捕り物でへまをして怪我をしてな。危うく命を落とすところだった。自分でも気が付かないうちに年を取っていたんだな。若いつもりでいても体が動かなくなっていたのさ。馬鹿な話で、怪我をするまでそんなこともわからなかった」

「幸せじゃありませんか。いいおかみさんがいて、いい息子さんと娘さんがいて、皆さん、達者に過ごしていらっしゃる」

「ああ、おかげさまでな。みんな元気だ。それだけが取り柄《とえ》の家族なんだよ」

「それが何よりですよ。親分さんがお元気でよかった。島にいるときも、よく親分さんのことを思い出しました。女房子供も世話になったのに、きちんと礼も言えず、心苦しい思いをしていたんです」

「いいってことよ。気にするな」

五郎吉が照れて苦笑いを浮かべる。

「でも、こうして親分さんに会うことができました。加代とさよも、さぞ、喜ぶことでございましょう」

浜次郎がしみじみとつぶやく。

十七

「差配の庄右衛門《しょうえもん》でございます」

白髪《しらが》頭の貧相な男が馬鹿丁寧に頭を下げる。

「この裏店に浜次郎という男が住んでいたはずだ。六年前に遠島に処された男だ」

半四郎が訊く。

「ああ、浜次郎ですか。よく覚えております」

「妻と娘がいるはずだが」

「もうおりませぬ」

「引っ越したのか？」

「いいえ」

庄右衛門が首を振る。

「死にました」

「死んだ？」

「もう一年ほど前になりますか。おさよちゃんが流行病で亡くなり、看病疲れだったのか、それとも気落ちしてしまったのか、おさよちゃんの後を追うようにお加代さんもあっさりと……。苦労してましたけど、仲のいい親子でしてね。わしらが葬儀の手配りをして光泉寺《こうせんじ》に葬《ほうむ》りました。二人が亡くなったことは、わたしが浜次郎に手紙で知らせました」

「浜次郎が赦免されて江戸に戻ったことは知っているか？」

それまで黙っていた伊織が口を開いた。

「え。そうなんですか？」

「ここを訪ねて来なかったか？」

「いいえ」

庄右衛門が首を振る。

「本当か？」

「嘘は申しません」

「なあ、庄右衛門」

「はい」

「わしの目を見ろ」

「……」

「おまえは、これまで真面目に世過ぎをしてきたんだろう。おまえをよく知らないが、きっといい男なんだろう。情にもろくて思い遣りのある男だ。違うか？」

「そんな大した男ではありませんが、ただ、この裏店に住まう人たちは自分の家族も同様という気持ちで務めを果たしてきたと言いますか……」

「世の中ってのは理不尽なもんだ。よかれと思ってやったことが、御定法に触れるようなことだったなんてこともある。まさか、それが御定法に触れるとは思いもせずにな。わしの言いたいことがわかるな？」

庄右衛門の額に汗が滲む。伊織の眼光の鋭さに恐れをなし、体がぶるぶると震え始める。

「⋯⋯」

「もう一度だけ聞こう。浜次郎は、ここに来たのか、それとも来なかったのか?」

「申し訳ございません。実は⋯⋯」

唇を震わせながら、庄右衛門は、数日前、浜次郎が裏店に現れた、と打ち明けた。

「何しに来たんだ、浜次郎は?」

「荷物を取りに来たんです。そんなに多くはありませんが、身の回りの物だとか、着物だとか。長櫃に入れて、わしが預かっておりました」

「それを浜次郎は持っていったのか」

「いいえ、それが⋯⋯」

庄右衛門が首を振る。

「たまたま、あの一家が住んでいた部屋が空いておりまして、一晩だけでいいから泊めてくれないかと浜次郎が言うものですから、まあ、一晩くらいならよかろうと泊てやりました。その部屋に長櫃を持ち込んで、中の品物を取り出して二人で偲んでいる様子でしたが、次の朝、部屋に見に行くと、浜次郎の姿はなく、長櫃も置いたままになっていました。それっきり浜次郎は姿を見せません」

「本当だな？」

伊織がじろりと庄右衛門を睨む。

「はい。浜次郎に会ったのは、そのときだけです。嘘は申しません」

庄右衛門は真っ青な顔でうなずく。

十八

「ここなんですよ」

浜次郎が足を止める。

「……」

五郎吉が怪訝そうに門を見上げる。そこには「光泉寺」と墨書《ぼくしょ》された扁額《へんがく》がかかっている。

「どういうことだ？」

「どうしても親分さんに見てもらいたいものがここにありましてね」

「気に入らねえな……」

五郎吉が後退《あとずさ》る。長年、火付盗賊改の十手持ちとして修羅場《しゅらば》を潜り抜けてきた第六感が浜次郎から醸《かも》し出される危険な匂いを察知したのだ。

「悪いが、わしはここで帰らせてもらうぜ。お加代さんとおさよ坊に会うのは、また今度ってことにしよう。よろしく伝えてくんな」

五郎吉が踵《きびす》を返そうとすると、素早く浜次郎が五郎吉の背中にぴたりと体をくっつける。周囲を見回す。近くに人はいない。遠くに棒手振《ぼてふり》の姿が見えるだけだ。

「大声を出そうなんて考えないで下さいよ」

「……」

声など出せるものではない。浜次郎の手に握られた匕首《あいくち》が五郎吉の脇腹に押し付けられているのだ。

「人を刺すときにためらったりはしませんぜ。よくご存じでしょう？　人殺しが上手だと千草の頭に誉められたくらいなんですから」

「なぜだ？」

五郎吉の額に玉の汗が浮かぶ。

「せっかく赦免されて江戸に戻ってきたのに、なぜ、こんなことをするんだ？　これからは女房子供のために真っ当に生きるんじゃなかったのか」

「説教は結構ですよ。さあ、行こうじゃありませんか。それとも、ここで死にたいですか？」

「わかった」

浜次郎に促《うなが》されて、五郎吉が光泉寺の門を潜る。

十九

「千草の七五郎ってのは、どうしようもない悪党でしたよ。千草なんて洒落たあだ名をつけてましたけど、その謂《い》われを親分はご存じですか？　千草というのは、七五郎が初めて手込めにした村の娘の名前なんですよ。山深いところにあるさびれた村で燻《くすぶ》ってた頃の話だそうですけどね。町屋に押し込むと、七五郎は、その家の娘や女房を必ず手込めにしていましたが、事が終わると口癖のように言ってましたよ。これまでに数え切れないほどの女を抱いたが千草ほどいい女はいなかった、とね。その言い草を真似るとすれば、おれにとって、加代ほどの女房はいなかったし、さよほどにかわいい娘はいませんでした。おれのようなクソったれに、どうしてあんなにいい女房と娘が持てたものか、今考えても不思議な気がします」

「……」

五郎吉は地面に正座させられている。

正面には卒塔婆《そとば》がふたつ立っている。加代とさよのものだ。墓石もなく、土盛りに卒塔婆が立っているだけの貧相な墓である。

「あの押し込みがあったとき、おれは一味を抜けてたんですよ。信じられませんか。七五郎ほどの悪党が手下の足抜けを簡単に許すはずがありませんからねえ。足を洗いたいと弱音を吐いた奴らが何人もいましたけど、みんな、ろくな死に方をしてません。始末されちまうんです。おれが手を貸しただけでも五人や六人はいましたね。そう言えば、おわかりでしょう。なぜ、七五郎がおれの足抜けを許したかってことが。おれを下手に怒らせれば、自分の身が危ないと感じたんですよ。実際、ややこしいことを言い出したら、七五郎を始末してやろうと覚悟を決めてましたからね。七五郎は賢い男ですから、おれを怒らせたりしませんでした。平穏に一味を抜けさせてくれましたよ。何の揉《も》め事もなく、おれは一味を抜けて盗賊稼業から足を洗ったんです。加代とさよのためにね。まさか、権平が返り訴人になって、あろうことか、おれの名前まで口にするなんて想像もできませんでした。冗談じゃありませんぜ、まったく。あんなことになるくらいなら、押し込みを手伝えばよかった、そうすれば、権平がドジを踏むこともなく、七五郎一味が一網打尽にされることもなかったはずだ。島ではそんなことも考えましたっけ。だって、そうでしょう？　島では何もすることがないんだから。昔のことをあれこれと思い出すくらいしかすることがないんですよ。最初の頃は、悔しくて悔しくて夜もろくに眠れませんでした」

「あのとき、そう言えばよかったんだ。もう足を洗ったとな」

「馬鹿を言うんじゃねえよ」

じろりと浜次郎が五郎吉を睨む。口調もぞんざいになる。浜次郎の本性が現れてきたのだ。

「あの日本橋の両替商の押し込みに加わらなかったのは本当だが、それ以前にいくつも押し込みをしているんだぜ。大金も奪ったし、人も殺した。一人や二人じゃねえんだぞ。両手の指だけじゃ数えられないくらいに人を殺《あや》めてるんだ。下手なことを口にすれば、それこそ獄門にかけられていただろうよ。あのときは黙っているしかなかったのさ」

「あのまま黙り続けていれば、きついお調べを受けることになったはずだ」

「だから、あんたに感謝しろってのか?」

浜次郎が苛立《いらだ》ったように舌打ちする。

「権平は、ぶっ殺した。あいつが余計なことを口にしなければ、おれがお縄にされることもなかったんだからな。妙にへらへらしやがって、最初から気に食わねえ野郎だった。あんな役立たずの腑抜《ふぬ》けを仲間にするくらいだから、千草の親方も焼きが回っていたんだろうよ」

「権平を殺したとは。せっかく赦免されて江戸に戻ったのに、何てことを……」

「自分の身を心配したらどうだね? あんた、ここで死ぬんだぜ」

「馬鹿なことはやめろ。逃げ切れやしない」

「ああ、そうかい」

浜次郎が口許に笑みを浮かべる。

「てめえがいなけりゃあ、島送りにならずに済んだ。加代やさよと離れ離れになることもなかった。親子三人で幸せに暮らしていただろう。てめえがすべてぶち壊しやがったんだ」

「あの夜、博奕をしていたことを認めなければ、おめえは七五郎の一味として獄門にかけられていたはずだ。六年前に死んでいたんだぞ。その方がよかったのか?」

「何を言ってるんだ?」

呆《あき》れたような顔で浜次郎が五郎吉を凝視する。

「てめえ、加代とさよに申し訳ないと思わないのか? おれが一緒にいてやれば、二人が死ぬこともなかっただろうし、こんな惨《みじ》めな墓に葬られることもなかったんだよ。権平とてめえさえいなければ、こんなことにはならなかった。獄門も遠島も真っ平御免だったたって話なんだよ。何で、そんなことがわからねえんだ?」

「……」

五郎吉は口を閉ざした。

ようやく、

（こいつ、普通じゃねえんだな……）

　ということが五郎吉にもわかった。いくら理を説いたところで無駄なのだ。下手に言い争いなどすれば余計に浜次郎を怒らせるだけであろう。

「わかった。おめえの言う通りだ。二人に詫びを言いたいんだがいいかね？」

「ああ、そうしてくれ。そのために、てめえをここに連れて来たんだからな」

「……」

　五郎吉が地面に手をつき、墓に向かって頭を下げる。こっそりと右手で土を握り締める。

「おいおい、頭《ず》が高いんだよ」

　浜次郎が五郎吉の脇腹を蹴り上げる。うげっ、と呻《うめ》き声を発して、五郎吉が横倒しになる。

「ほら、きちんと両手をついて、地面に額をこすりつけねえか」

「わ、わかった」

　苦痛に顔を歪めながら、五郎吉が体を起こし、墓に向かって平伏する。

「わからねえ親父だな」

　浜次郎が五郎吉の後頭部に足を乗せ、ぐいぐいと力を込めて踏みつける。

「気持ちがこもってねえんだよ。心から悪いと思っていれば、そんなぞんざいな詫び方なんかできねえはずだぜ。形だけでごまかそうとするから、こっちに真心ってものが伝わってこねえんだ」

浜次郎がぴしっ、ぴしっと匕首の刃を五郎吉の首筋に打ち付ける。そのひんやりとした冷たさが五郎吉を縮み上がらせる。

「すまねえ、これでいいか」

五郎吉が地面に額を押しつける。

「さっきよりは、ましになったぜ」

浜次郎が五郎吉のすぐ後ろに立つ。

五郎吉の脇の下を汗が流れ落ちる。恐怖心を必死に押し殺し、

(落ち着け、落ち着け……)

と、五郎吉は自らに言い聞かせる。

「おさよ坊は、おめえとお加代さんのどっちに似ていたかなあ……」

と、つぶやきながら、五郎吉が肩越しに浜次郎を振り返る。両手で匕首を構え、今にも五郎吉に襲いかかろうとしていた浜次郎が、一瞬、戸惑ったような表情を浮かべる。五郎吉が右手に握った土を浜次郎の顔に投げつける。浜次郎が咄嗟《とっさ》に腕で顔を覆《おお》う。その隙《すき》に五郎吉が立ち上がって走り出す。

「野郎！」

すぐに浜次郎が追ってくる。五郎吉は必死に走るが、たちまち胸が苦しくなってしまう。このところ家に閉じ籠《とこ》もって酒ばかり飲んでいたツケが回ってきたのだ。

「あ」

と思ったときには、地面にひっくり返っていた。石に躓《つまず》いて、足がもつれたのだ。

慌てて顔を上げると、浜次郎が冷酷な顔で見下ろしている。

「そんなに長生きしてえのかよ」

「……」

五郎吉の背筋をひんやりとした死神の指先が撫でていく。浜次郎の体から発散される殺気でめまいがしそうだ。観念するしかなかった。

目を瞑《つむ》って、

（南無阿弥陀仏……）

と唱えたとき、

「おとっつあん！」

という声が聞こえた。朝吉の声だ。五郎吉が目を開けると、朝吉が浜次郎と縺《もつ》れ合っている。

「邪魔するんじゃねえ」

浜次郎が朝吉を突き飛ばす。腰を沈めて匕首を構え、朝吉に迫る。朝吉は素手だ。

両手を前に突き出して、浜次郎から逃れようとする。荒れた生活をしている頃、朝吉とて喧嘩くらいはしていたものの、ただの殴り合いの喧嘩と殺し合いはまったく違う。浜次郎のような殺しの玄人《くろうと》が相手では分が悪いのも当然だ。

「やめろ、やめてくれ！　殺すのなら、わしをやれ！」

目の前で朝吉が殺されるのを見るくらいなら自分が死にたいと思った。

「ガキがかわいいか。それなら、おれの気持ちだってわかるはずだ。苦しむがいいぜ、五郎吉」

浜次郎が真っ直ぐに朝吉を見据え、小走りに向かっていく。

「やめろ」

五郎吉が叫んだとき、鋭く風を切る音がした。

浜次郎が棒立ちになる。

伊織の操る七尺ほどの鞭の先端があたかも生き物のように浜次郎の右手に巻き付いている。

「無益な殺生をするんじゃねえよ、浜次郎」

浜次郎が振り返る。

二間ほどの距離を置いて、伊織と浜次郎が睨み合う格好になる。

浜次郎の形相《ぎょうそう》が険しくなる。

伊織が鞭を引き、浜次郎がそれに耐える。ぴんと張って真っ直ぐに伸びた鞭が小さく震えているのは、よほど双方が力を入れている証拠だ。

と……。

鞭が緩む。

浜次郎が間合いを詰め、伊織に突進したのだ。体勢を崩して伊織の足がふらつく。

「お頭！」

その声は五郎吉であったか、墓地に走り込んできた半四郎であったか、忠三郎であったか、それとも、九兵衛であったか。誰もが息を呑んだ。浜次郎の匕首が伊織の腹に吸い込まれたように見えたからだ。

その瞬間、伊織の刀が一閃《いっせん》する。

抜き打ちだ。

どちらが速かったのか。

浜次郎か。

伊織か。

浜次郎の首筋から鮮血が噴き出す。何と、浜次郎の腰のあたりから撥《は》ね上げた伊織の太刀は、浜次郎の肋骨《ろっこつ》を切断し、最後には頸動脈《けいどうみゃく》までも切り裂いたのである。

浜次郎の体がゆらりと倒れる。顔が地面に達する前に絶命していた。

「お頭……」

五郎吉がごくりと生唾を飲み込む。

「怪我はねえか？」

「は、はい。おかげさまで、わしは何とか……。お頭は大丈夫ですか？」

「わしか？　まあ、心配ないだろう。うっ……」

伊織が顔を顰める。無傷では済まなかったらしい。浜次郎の匕首が腹の肉を抉《えぐ》ったのだ。

「どうぞ」

「ああ、すまねえな」

九兵衛が差し出した手拭いで顔や手足に付いた返り血を拭い、刀もざっと拭ってから、伊織は刀を鞘《さや》に納めた。

「朝吉、おまえも無事か？」

「はい」

「それなら、五郎吉に手を貸してやりな」

「おとっつあん、しっかりしな」

朝吉が手を差し伸ばす。

「馬鹿野郎、無茶なことをしやがって」

五郎吉が朝吉の手を邪険に払いのける。

「だって、あのままじゃ、おとっつあんが……」

「わしはいいんだ。おめえに何かあったら、どうするんだよ」

「人がせっかく……」

朝吉が言葉を飲み込む。五郎吉の目に涙が光るのを見たからだ。

（おとっつあん……）

朝吉がごくりと唾を飲み込み、下腹に力を入れる。うっかりすると自分も泣いてしまいそうだ。

「ほら、おれが悪かったよ」

ぶっきらぼうに謝り、もう一度、朝吉が手を差し出す。

「……」

朝吉の手につかまって、五郎吉がゆっくりと立ち上がる。

「危ないところだったな」

伊織がつぶやく。

「まったくです。それにしても、何だって、こいつは……」

五郎吉が血溜まりにうつぶせに倒れている浜次郎の死体を見下ろす。

「六年前、浜次郎を獄門にした方がよかったんですかね。遠島といっても、生きてさえいれば、いつかまた江戸に戻れる日も来るだろうから、そうすれば、家族と一緒に暮らすことだってできる。そう思って、自分なりに浜次郎に情けをかけてやったつもりだったんですが」

なぜ、自分が浜次郎に命を狙われるほど憎まれなければならないのか、五郎吉には腑《ふ》に落ちないようであった。

「何も間違ったことはしてないよ。こいつが逆恨みしただけのことだ。一年前、女房子供が死んだことを手紙で知ったとき、浜次郎の心も死んじまったんだろう。江戸に戻ってきたのは、理不尽な恨みが詰まった、ただの抜け殻だったってことだ。生きた亡霊だったのさ」

「せめて、女房子供の前で死ぬことができて幸せだったと思えばいいんですかね」

五郎吉が溜息をつく。

「冥土《めいど》でまた一緒に暮らせばいい。この世に浜次郎の居場所はなかったってことだろうな」

伊織が冷たい目で浜次郎の死体を見下ろす。

鬼が泣く

一

「ふうむ、ひと月で三件か。それが多いのか少ないのか……」

大久保半四郎の報告を聞いた高山彦九郎が小首を傾《かし》げる。

「多いに決まってるだろうが。火付けなど、ひとつでもあってはならぬことだぞ」

縁側《えんがわ》に寝転がって報告を聞いていた中山伊織が彦九郎に顔を向ける。殿様と呼ばれるほどの身分でありながら、伊織は堅苦しいことが大嫌いで、恐ろしいほどに行儀が悪い。

「おっしゃる通りです。幸いなことに三件とも火が燃え広がる前に夜回りが見付けたからいいようなものの、ひとつ間違えば、どうなっていたかわかりません」

半四郎が険《けわ》しい顔で口にする。

「どうした、何か気になることがあるのか?」

伊織が彦九郎に訊《き》く。彦九郎が納得がいかないという顔をしていたからである。

「この頃、雨がよく降ります。晴れている方が珍しいくらいのものです。実際、この三件のうち一件は、雨夜の火付けです。火付けをするのなら、何も雨が降っているときにやらなくてもよさそうなものではないかと思いまして……」

「火付けが大罪であることを知らぬ者はおりますまい。にもかかわらず、火付けをするのは、どこか正気を失っているのでしょう。であれば、少々の雨など気にしないのではありませんか」

板倉忠三郎が思慮深げに言うと、

「そうかもしれぬ。雨が降っていたとはいえ、土砂降《どしゃぶ》りというのではなく、小雨だったわけだし、その小雨の中でも火の手は上がっているわけだからな」

彦九郎がうなずく。

「九兵衛、何か言いたそうな顔だな」

伊織が九兵衛に水を向ける。

「その三件の場所の近さが、ちょいと気になりまして。たまたまなのかもしれませんが……」

「そんなに近いのか?」

伊織が半四郎に訊く。

「ええっと……最初が伊勢町《いせちょう》一丁目、次が堀江町《ほりえちょう》三丁目、最後が堀江町一丁目ですか。そんなに遠くありませんね」

「呑気《のんき》な奴だ。目と鼻の先じゃないか。同じ奴が火付けしてるってことも考えられるな。火付けってのは、おかしなもので、誰かがやると、必ず、それを真似《まね》しようとする奴が出てくる。同じ奴なのか、それとも真似してる奴がいるのか。いずれにしても、その界隈《かいわい》に住んでいる者が怪しいな。で、下手人の目星は?」

「それが皆目《かいもく》」

半四郎が首を振る。

「てことは、東と西の堀留川《ほりどめがわ》界隈の見回りをしっかりやるしかないってことだな。何か手がかりでもあれば話は別だが……」

伊織がつぶやく。

二

「このあたりか……」

堀江町一丁目から三丁目にかけて、伊織は九兵衛を伴って堀に沿って歩いた。この近所では二件の付け火が起こっている。

「おかしな野郎だな」

伊織がつぶやく。

「何がでしょうか?」

「おまえのことじゃねえよ。付け火をした野郎のことさ。ま、三件とも同じ人間がやったとは限らないわけだが……。もし、そうだとすれば、おかしな野郎だってことさ。三件とも堀の近くだ。しかも、雨模様の夜に付け火をしてやがる」

「火事を大きくしようというつもりはなかった、そういうことでしょうか?」

「さあな……」

伊織が小首を傾げる。

「そう決めつけるのは早い。たまたまってこともある。下手人がこの近所に住んでいるから、手っ取り早いところに付け火したとも考えられるしな」

「何のためにそんなことを?」

「付け火が続くようなら、もう少しはっきりしたことがわかるかもしれないな。さて、伊勢町にも行ってみるか」

「はい」

二人は、堀江町三丁目から小舟町《こぶなちょう》へと抜け、荒布橋《あらめばし》を渡って、伊勢町堀に沿って歩く。付け火騒ぎのあった伊勢町一丁目の現場をざっと検分し、そろそろ番町に帰ろうかと大伝馬町《おおでんまちょう》の方に足を向けたとき、どこかから子供の泣き声が聞こえてきた。

伊織は立ち止まり、

「泣いてるようだな」

「見てきましょうか」

「自分で行く方が早い」

通りの角を曲がると、道端で女の子が泣いている姿が伊織の目に映った。まだ小さく、せいぜい、三つか四つであろう。その傍《かたわ》らに男の子がしゃがみ込んでいる。この子も七つくらいである。人通りは少なくないのに、子供たちに声をかける者が誰もいないのは、二人がみすぼらしい姿をしているせいであろう。

伊織は真っ直ぐに子供たちに歩み寄ると、

「坊や、何か困りごとかい？」

人が変わったように優しい声音《こわね》で訊いた。

「妹の鼻緒が切れちまって……」

「そうか」

女の子の草履《ぞうり》は鼻緒が切れている。走っているときにでも、いきなり鼻緒が切れてしまったのか、膝小僧《ひざこぞう》がすりむけて血が滲《にじ》んでいる。それで泣いたのであろう。

「おっかあみたいに、うまく結べないんだ」

その少年は藁《わら》の切れ端を手にして肩を落とした。それを鼻緒代わりにしようとしたらしいが、うまくいかないらしかった。

「坊や、いくつだね？」

「おれは七つ、妹は四つだよ」

「名前は？」

「おれは浩太《こうた》、妹はお鈴《すず》」

浩太が袖《そで》で目許をごしごしこする。藁をうまく結ぶこともできないし、すぐ横でお鈴がわあわあ泣き叫んだりするので、心細くなり、目に涙が滲んだのだ。

九兵衛が背後から、

「番小屋で買ってきましょうか」

と囁《ささや》いた。町木戸の横にある木戸番小屋に行けば草履を売っている。子供用の草履ならば大した値段ではない。

「いや、草履はいいから……」

伊織が何事か囁くと、わかりました、とうなずいて九兵衛が小走りに町木戸の方に向かう。

「どれどれ、おじさんが手を貸してやろうか」

伊織が浩太の傍らにしゃがみ込む。

「坊や、そのあたりに、もう何本か藁が落ちてないか？」

「探してみる」

浩太が往来を右へ左へと走り回り、すぐに何本かの藁を拾い集めてくる。

「すぐに切れないようにするには、こうして綯《よ》り合わせればいい。やってごらん」

伊織は三本くらいの藁を両手をこすり合わせるようにして綯る。

「うん」

「お鈴ちゃんもやってみるか」

「やる」

お鈴が泣き止み、小さな手で藁を綯り始める。

「これでいい？」

「お鈴もできた」

二人が伊織に綯った藁を差し出す。

「ほう、二人ともうまいじゃないか。そうすれば丈夫になって、そう簡単には切れないんだぞ」

綯った藁を伊織が力を入れて切ろうとするが、なかなか切れない。受け取った藁を使って、伊織がお鈴の草履に鼻緒をすげてやる。意外に手先が器用だ。

「ほら、できた。履いてごらん」

伊織が地面に置いた草履にお鈴が足を乗せる。

「直った」

お鈴が顔を輝かせる。

「よかったな、兄ちゃんのおかげだぞ」

伊織が微笑む。

そこに九兵衛が戻ってくる。

「どうぞ」

「うむ」

九兵衛が差し出したのは鼻紙に包まれた揚《あ》げ餅《もち》である。伊織が九兵衛を番小屋に走らせたのは、草履ではなく菓子を買わせるためだったのだ。

「二人ともいい子だから、おじさんが褒美《ほうび》をやろう。さあ、食べなさい」

伊織が浩太とお鈴の手に揚げ餅の包みを渡す。

「ありがとう、おじさん」

「ありがとう」

二人が嬉しそうに礼を口にしたとき、

「浩太、お鈴」

と呼ぶ声がした。

五間ほど先から、二十代半《なか》ばくらいのほっそりした女が怪訝《けげん》そうな顔で伊織たちを見ている。

「あ、おっかあ」

「かあちゃん」

子供たちが駆け寄る。

「おまえたち、何をしてるの？」

「あのおじさんが……」

浩太が事情を説明する。

「まあ、すみませんでした」

恐縮した様子で、女が伊織に近付いてくる。

「いやいや、わしは何もしていない。坊やがしっかりと妹の世話していたから感心していたんだ」

「お菓子までいただいて」

「見知らぬ男から菓子などもらってはいけないと叱《しか》るのが本当だろうが、今日のところは勘弁してやってもらいたい。わしは怪しい者ではないから」

「本当にありがとうございました」

女は腰を屈《かが》めて丁寧に頭を下げると、さあ、行くよ、と子供たちに声をかける。伊織と九兵衛が見送っていると、お鈴が肩越しに振り返って、伊織に手を振る。伊織も手を振り返した。口許に微笑みが浮かんでいる。

やがて、三人の姿が見えなくなると、

「おい、九兵衛」

伊織が急に表情を引き締めた。

「はい」

「何か言いたそうな顔だな」

「いいえ、別に何も」

「そうだ。何も言わずに黙っていればいい。誰にも何も言うな」

ぷいっと伊織が歩き出す。照れ臭かったらしい。

三

暮れ六つ（午後六時）に番町の屋敷を出たときには、まだ空に明るさが残っていたが堀江町に着く頃には、とっぷりと日が暮れていた。着流し姿で、しかも、供も連れずに伊織が夜歩きするのは、付け火騒ぎが起こっている界隈を見回るためである。日中、九兵衛と二人で堀江町から伊勢町にかけて歩いたことが役に立って、暗くなっても道に迷うことはなかった。

四つ（午後十時）になると町木戸が閉まる。それを境として、潮《しお》が退《ひ》くように往来から人の姿が消えた。人通りの絶えた道を伊織が懐手をして歩いていく。

（そろそろ帰るか）

堀江町から伊勢町に入ると、堀端に夜鳴き蕎麦《そば》の屋台が出ているのが目に入った。

（腹が減ったな……）

二刻（四時間）ほども歩き回ったので空腹を感じた。

「おう、親父。まだ、いいか？」

「ええ、大丈夫ですよ」

「それじゃ、ひとつ頼む」

「へい」

早速、親父は蕎麦の用意を始める。といっても、下茹でしてある蕎麦を、さっと湯通ししてざるに盛るだけのことである。あとは木椀に入れた汁に薬味を添《そ》えて出す。

伊織がずるずると蕎麦を食い始めると、

「おじさん、わたしもお願い」

女が駆けてきた。

「お仙《せん》ちゃんか。いいとも、食っていきな」

「ありがとうね」

ほっとしたように額《ひたい》の汗を拭《ぬぐ》うと、お仙は脇に抱えている丸めた茣蓙《ござ》を屋台に立てかける。そのときに、ちらりと伊織の横顔を見て、

「あら」

と驚いたように声を発した。

「ん？」

蕎麦を食いながら、伊織がお仙を横目で見る。

「お」

伊織も驚いて、その拍子に蕎麦を喉《のど》に詰まらせた。

咳《せ》き込む伊織の背中を、

「大丈夫ですか」

お仙が軽く叩く。

「うっ……」

ようやく蕎麦を飲み込んで、伊織が大きく息を吐く。

「しかし、驚いたな」

伊織がまじまじとお仙を見る。

「昼間は、うちの子供たちがお世話になりまして。わたし、お仙と申します」

お仙が丁寧に頭を下げる。

「浩太坊とお鈴ちゃんだったな。二人とも、いい子供たちだ。まだ七つだというのに、浩太坊は実にしっかりしている」

「うちにいると喧嘩ばかりしてるんですけどね」

「おっかさんがいると、二人とも甘えちまうんだろうよ。最初に道端で見かけたときは、鼻緒が切れて泣いているお鈴ちゃんを浩太坊が慰めていたよ。あれは、いい風景だったな。兄が妹を思い遣り、妹が兄を頼りにする。当たり前のようで、なかなか、できないことだ」

「ありがとうございます」

お仙がにっこりと微笑む。

「へい、お待ち」

お仙の前に蕎麦が置かれる。蕎麦に向かって両手を合わせてから、箸《はし》を取る。

「何だって蕎麦を拝《おが》むんだね？」

「だって、日々、おいしいお蕎麦を食べられるのは幸せなことじゃありませんか。明日もまた食べられますようにってお願いしてるんです。近頃は物騒ですから」

「火付けのことか？」

「いいえ。夜鷹《よたか》殺しのことですよ」

「夜鷹殺しだと？」

「この近所で夜鷹が立て続けに殺されてるんですよ。堀留町《ほりどめちょう》でも一人やられてるし、堀江町では二人」

「みんな顔馴染みだもんなあ」

親父がつぶやくと、

「他人事《ひとごと》じゃないよ、まったく」

お仙が顔を顰める。

「下手人は挙がってないのか？」

「やる気がないんだから、下手人が捕まるはずがありませんよ。町方は夜鷹なんか人間扱いしてませんからね。何人殺されようが知らん振りなんです」

ぷりぷりしながらも、蕎麦を食べる手を止めようとはしない。伊織のざるには、まだ半分以上の蕎麦が残っているのに、お仙のざるは、たちまち空《から》になってしまう。

「おいしかった。もう行かなくっちゃ。お代、ここに置くわよ」

「あれ、多いよ」

「こっちの旦那の分も」

お仙がちらりと横目で伊織を見る。

「おいおい、そんなことをされちゃ困るぜ」

「いいんです。お礼をさせて下さい。うちの子供たち、旦那に鼻緒をすげてもらって、その上、お菓子までもらって、物凄く喜んでたんですよ。うちは父親がいないから、きっと二人とも嬉しかったんだと思います」

「そうか。それなら、ごちそうになろう」

「こんなことくらいしかできなくて恥ずかしいんですけど……。それじゃ、また」

「気をつけなよ、お仙ちゃん」

　親父が声をかける。

「わたしだって怖いけどさ、食べていくためには稼《かせ》がないとね」

　お仙は莫蓙を脇に抱えると、伊織に軽く会釈して小走りに暗闇に消えた。

「気持ちのいい女だな」

「ええ。夜鷹なんかしてると、世を恨んで、すれっからしになる女が多いんですが、お仙ちゃんには、そんなところが全然ありません」

「子供たちには父親がいないと話していたな」

「腕のいい大工だったそうですが、普請中の事故で呆気《あっけ》なく死んじまったそうでしてね。女手ひとつで二人の子供を育てるには、あんな稼ぎをするしかないんでしょう」

「稼ぎの間、子供の面倒は、どうするんだ？」

「亭主のおふくろが見てるそうです。愚痴《ぐち》なんかこぼしませんが、子供だけでなく、亭主のおふくろの面倒まで見てるんだから楽じゃないでしょうよ」

「大変なんだな」

「この商売を長くやってると、いろいろな客と話をしますけどね。ひどい話ばかりですよ」

「嫌になるだろう」

「いや、そうでもないです」

「慣れたか？」

「どんな話であろうと、それが聞けるってことは、その人が生きて頑張ってるってことじゃないですか。何より辛いのは、馴染み客が突然、顔を見せなくなることでしてね。どこかで生きていてくれればいいけど……」

「そうだな。生きてさえいれば、な」

伊織がざるに残ったそばを食う。

親父は店仕舞いを始め、伊織も無言で口を動かす。

四

翌朝早く、伊織は役宅を出た。

大久保半四郎から知らせがあり、昨夜、堀留町でまた火付けがあったというのだ。

九兵衛に案内させて、伊織は現場に駆けつけた。

「ここか。火付けがあったのは」

「ご苦労さまです」

天水桶《てんすいおけ》の陰から、半四郎が立ち上がった。

「どういう塩梅《あんばい》だ？」

伊織が訊く。

「ここに枯れ木を積んで火を付けたんですね。夜回りが見付けたときには、かなり燃え上がっていたらしく、すぐに自身番に知らせて半鐘《はんしょう》を鳴らしたそうです。もっとも、火消しがやって来る前に火は消えました。天水桶の裏ですから」

「おかしなことをする奴だ。何だって、こんなところで火付けをするんだ？」

「それがわかりません」

半四郎が首を振る。

「他に手がかりは？」

「今のところ何もありません。火付けした者を見た者もおりませんし……」

「よし。何かわかったら、すぐに知らせろ」

五

番町への帰り道、その火付けの現場からそれほど離れていないところ、堀留町と大伝馬町の境界付近に人だかりができているのに、伊織は気付いた。

「何の騒ぎか見てこい」

伊織が九兵衛に命ずる。すぐに九兵衛は戻ってきて、

「夜鷹が殺されたそうです」

「何だと？」

伊織は人混みをかき分けて現場に近付いた。顔見知りの町方同心がいた。長谷川四郎右衛門だ。

「おい、長谷川」

「ん？」

四郎右衛門は何気なく伊織を見て、ぎょっとしたように目を見開いた。今にも泣き

出しそうに顔が歪む。また無理難題を押しつけられるのではないかと嫌な予感がするのであろう。

「夜鷹が殺されたそうだな？」

「は、はい。しかし、これは奉行所の……」

「わかってるよ。差し出口をするつもりはねえ。ちょいと見せてもらうだけだ。それくらい構わないだろうな」

四郎右衛門の返事も待たず、伊織は筵《むしろ》を被せられた死体に歩み寄る。筵の端をつまんで持ち上げる。

「……」

伊織が瞬《まばた》きもせずに死体を凝視する。石のように固まったまま身動きもしない。

「中山さま……」

四郎右衛門が怪訝な顔で声をかける。

（お仙……）

血と泥で汚れてはいるが、その死体はお仙に間違いなかった。筵から手を離すと、伊織は深い溜息をつく。

「もう検分したのか？」

「胸から腹にかけて、たくさんの刺し傷があります。まったく、ひどい有様です」

「この近くでは夜鷹殺しが何件も起こっているそうだな?」

「えーっと……」

四郎右衛門が指を折って数え始める。

「今月になって、これで四件目ですか」

「下手人は、どうなってる?」

「見付かっておりません」

「真剣に捜してるのか。それとも、どうでもいいと思ってるのか?」

「さあ、そう言われましても、他にもいろいろと厄介《やっかい》な事件がありまして」

四郎右衛門が困惑した顔になる。

「つまり、何もしないってことだな?」

「所詮《しょせん》、夜鷹ごときのことですから……」

何気なく伊織を見た四郎右衛門が、ひぇっ、と仰《の》け反《ぞ》る。伊織の形相《ぎょうそう》の凄まじさにおののいたのである。

六

「この裏店の差配《さはい》、軍兵衛《ぐんべえ》でございますが、わしに何か……?」

白髪頭の軍兵衛は、目の前にいる伊織と九兵衛を怪訝そうな顔で交互に見比べる。

「お仙という女が住んでいるな？　子供が二人、亡くなった亭主の母親も一緒のはずだ」

九兵衛が訊く。

「へえ、確かに、おります」

「お仙は死んだ」

「え」

「ゆうべ、殺された。間もなく町方から自身番に知らせが来るだろう。おまえも呼び出されるはずだ」

「あ、あの、それは、いったい……？」

「おれは加役の十手を預かる九兵衛という者だ」

九兵衛がちらりと十手を見せる。

「か、かやくの……」

加役の十手持ちと聞いて、軍兵衛の顔色が変わる。江戸庶民にとって、火付盗賊改というのは、それほど恐ろしい存在なのだ。

「こちらにおられるのは、加役の頭、中山伊織さまだ」

「げ」

軍兵衛が仰け反り、そのまま尻餅をつきそうになる。加役の十手持ちというだけでも恐ろしいのに、その頭となれば、閻魔《えんま》大王のようなものなのであろう。

「軍兵衛といったな」

伊織が口を開く。

「へ、へえ」

軍兵衛の額には汗の玉がびっしりと浮かび、膝ががくがくと震えている。

「わしは、お仙と知り合いでな。子供たちのことも知っている」

伊織は、懐から小判を三枚取り出して軍兵衛の手に握らせる。

「この金でお仙の葬式を出してやってくれ」

「いくら何でも多すぎるようですが……」

「働き手がいなくなっちまったんだ。年寄りと子供二人、明日から路頭に迷ったりしないように面倒を見てやってくれ」

「は、はい、それはもう、しっかりと」

「わしもお仙の死を知ったのは、ついさっきのことでな。あの子たちのために何ができるか、じっくりと考えてみるつもりだ。とりあえず、この金をおまえに預ける。わしの金だということは口にするなよ。加役の知り合いだなんて噂が立つと、世間から白い目を向けられるかもしれないからな。おまえの胸にだけ納めておいてくれ」

伊織自身、火付盗賊改の人気のなさをよく自覚しているのだ。

「これから、時々、この九兵衛が顔を出す。あの一家に困ったことでも起こったら、すぐに九兵衛に相談しろ。金が足りなければ、そう言えばいい」

「はい、はい」

軍兵衛が何度もうなずく。

「九兵衛、頼んだぞ」

「わかりました」

差配の家を出て、九兵衛と伊織がしばらく歩いていくと、突然、伊織が往来に面した小間物屋に飛び込む。

「どうなさったんですか？」

「しっ」

伊織が人差し指を口に当てる。

「……」

九兵衛が肩越しに往来を振り返る。

（あ）

男の子と女の子、それに五十過ぎくらいの女が歩いている。浩太とお鈴、それにお仙の義母に違いなかった。どこかに出かけた帰りなのか、子供たちが楽しげな笑い声を発している。

やがて、三人が小間物屋の前を通り過ぎた。

「行ったか？」

「はい」

「情けないと思うだろうが、今のわしは、あの子たちの顔をまともに見ることができないよ」

「お頭……」

伊織の目に光る涙を見て、九兵衛は言葉を飲み込んだ。

七

「その夜鷹殺しも、わしらが扱うとおっしゃるのですか？」

大久保半四郎が驚いた顔になる。

「朝吉と九兵衛を昼間だけ貸してくれというだけだ。夜には見回りがあるからな」

「夜鷹殺しの下手人捜しをしたりすると、また町奉行所と揉めることになりかねませんぞ」

高山彦九郎がやんわりと諭す。これまでにも、伊織は、たびたび町奉行所と悶着《もんちゃく》を起こし、深刻な軋轢《あつれき》を生じている。そのことで伊織が若年寄から叱責されたことも彦九郎は知っている。

「加役の領分でないことは承知の上だ。奉行所がきちんと下手人捜しをしているのなら余計な口出しをするつもりはない。だが、あいつらは、夜鷹が殺されても、犬畜生が殺されたくらいにしか思ってない。だから、何もしない。端《はな》から下手人を挙げる気がないんだ。下手人は、堂々と大手を振ってのさばり、気の向いたときに夜鷹を殺すことができるってことだ。そんなことが許せるか？　夜鷹だって人間だ。わしらと何ひとつ変わらない、赤い血を流す人間なんだぜ」

「……」

半四郎と彦九郎が顔を見合わせる。もう諦めた表情である。これだけ伊織の頭に血が上っては、もう何を言っても無駄だとわかっている。

「仕方がありません」

半四郎がうなずく。

「おまえたち、聞いた通りだ。お頭の指図に従え」

「はい」

九兵衛と朝吉が畏《かしこ》まって頭を下げる。

「まず、これまでに殺された夜鷹のことを調べてこい。奉行所なんかに頼ろうとするんじゃねえぞ。自身番に出向いて、町役人から話を聞くんだ」

伊織が命ずる。

「念のために伺いますが……」

九兵衛が訊く。

「何だ？」

「町方とまずいことになったら、どうしたらよいものかと……」

「遠慮するな。中山伊織の名代として調べていると言えばいい。わしも夜には城から戻る」

伊織がきっぱりと言う。

八

九兵衛と朝吉は、最初に伊勢町の自身番に行った。

火付盗賊改の十手を預かっている者だと挨拶し、夜鷹殺しについて詳しい話を聞きたいと九兵衛が言うと、自身番に詰めていた町役人は怪訝そうな顔をした。わかっていることは、すべて御番所の旦那に報告してあります、と九兵衛への協力を渋るような口振りだった。

「それなら、番町まで来てもらおうか」

九兵衛が凄むと、町役人の顔色が変わる。

「待って下さい。言い方が悪かったようです。どうか何でも聞いて下さいまし」

という町役人の声が震えている。

その事件がいつ、どこで起こったのか、誰が死体を見付けたのか、死体はどんな状態だったのか、殺されたのは何という名前の女で、年齢はいくつで、どこに住んでいたのか、いつもどのあたりで商売していたのか……九兵衛は事細かに訊《たず》ね、自身番日記を確認しながら町役人が答えることを、いちいち帳面に記した。

「手間をかけたな。何かわからないことがあれば、また来る」

九兵衛と朝吉は自身番を出る。

次に向かうのは堀江町の自身番だが、その前に九兵衛は伊勢町の夜鷹殺しの現場に寄った。昼間でもあまり人通りのない、さびれた堀端である。

「暗くなったら、誰も歩きそうにない場所ですね」

朝吉がつぶやく。

「うむ」

九兵衛がうなずきながら周囲を見回す。

「何か気になるんですか？」

「いくらさびれているとはいえ、朝になれば誰かしら、このそばを通る。そばを通れば、ここに死体があることはわかるだろう。おれが下手人だったら、死体を堀に蹴り落とすだろうな」

「うまく死体が流れていけば、どこで殺されたかわからなくなるし、見付かるのにも時間がかかる。そう言われると、その通りですね」

朝吉がうなずく。

「死体が見付かることを少しも気にしてないって感じだな。この一件だけでは何とも言えないが……。さて、次に行くか」

「はい」

九兵衛と朝吉は、堀江町の自身番に向かう。堀江町では一丁目と三丁目で夜鷹が殺されている。二人が自身番に入っていくと、五十がらみの、色の浅黒い、でっぷりと肥えた男が板敷きに坐り込んで莨《たばこ》を喫《の》んでいた。このあたりを縄張りとする町方の十手持ちで、鬼坊主《おにぼうず》の以蔵《いぞう》と呼ばれる男だ。九兵衛も名前と顔だけは知っている。町役人たちは以蔵の大きな背中に隠れるように身を縮めている。

「何の用だね？」

以蔵がじろりと睨む。

「町役人に聞きたいことがある」

「夜鷹殺しの話かよ」

「……」

九兵衛と朝吉がちらりと顔を見合わせる。

（伊勢町の町役人が知らせたな）

と、二人にはわかった。

「何だって、加役が夜鷹殺しを嗅《か》ぎ回る？」

「揉め事を起こすつもりはない。話を聞きたいだけだ。すぐに帰る」

夜鷹殺しの下手人捜しが町方の領分であることは九兵衛も承知しているから、できるだけ穏やかな物言いをした。町方なんぞに遠慮するな、と伊織は言うものの、余計な波風が立たないに越したことはない、と九兵衛は思う。

「ふざけたことを言うんじゃねえよ」

以蔵が火鉢《ひばち》にキセルを叩き付ける。キセルがねじ曲がるほどに強く叩いた。激しい怒りの現れだ。

「加役は礼儀ってものを知らねえのか？　何をやってもいいのかよ。加役の仕事は火付けの下手人と盗賊を捕まえることじゃねえのか。いつから夜鷹殺しにまで首を突っ込むようになった。それは御番所の仕事だぜ。誰にでもわかることだ」

「以蔵親分、あんたが腹を立てるのはわからないでもないが、ここは目を瞑《つむ》ってもらえないか」

「聞けねえな。夜鷹殺しと火付けに何か関わりがあるとでも言うのか？　それならそれで、きちんと説明してもらおうじゃねえか」

「わたしは、中山伊織さまの名代という立場でここに来ている。無下《むげ》に追い返すような真似をすると、後々、親分が困ることになるぞ」

「脅《おど》しか？」

「そうじゃない。だが、わたしはお頭の性分《しようぶん》を知っている。ただでは済むまいよ」

「ふんっ、お頭か……。三千石の旗本だからって、どんな無理でも通ると思ったら大間違いだぜ。でたらめ放題なことをされちゃ、みんなが迷惑するんだよ。だから、加役は乞食芝居《こじきしばい》だと笑われるんだ」

　以蔵が吐き捨てるように言う。

　江戸の者たちは、陰で、町方を「檜舞台《ひのきぶたい》」、火付盗賊改を「乞食芝居」と呼んでいる。町方はやり方が道理に適《かな》っていて、きちんとしているが、火付盗賊改の方は何事もぞんざいで荒っぽい。そんなやり方を庶民から憎まれて「乞食芝居」などと蔑《さげす》まれていたのである。

「何だと」

　朝吉が前に踏み出す。

「よせ」

九兵衛が制する。

「まあ、いいさ」

以蔵が立ち上がる。

「今日のところは何も聞かず、何も見なかったことにしよう。だが、いつまでも、こんな無茶が通ると思ったら間違いだぜ。今に、しっぺ返しが来る」

以蔵が九兵衛と朝吉を突き飛ばすように自身番から出て行く。

「さあ、話を聞かせてもらおうか」

九兵衛が町役人に声をかける。

九

最後に堀留町の自身番で話を聞き終わったときには、もう西日が差していた。番町に向かって、九兵衛と朝吉が歩いている。

「何か気になることでもあるんですか？」

朝吉が訊く。さっきから九兵衛は難しい顔をして黙りこくっているのだ。

「気が付かなかったか？」

「何をです?」

朝吉が聞き返す。

「この夜鷹殺し、四人とも、たぶん、同じ奴の仕業だぜ」

「え、そんなことがわかるんですか」

「四人とも、喉と腹と胸を刺されてる。おれも昔は人に言えないような世過ぎをしていたことがある。その頃、耳にしたが、追《お》い剝《は》ぎや盗賊が人を殺すときには、まず、喉を切るそうだ」

「声を出せないようにですか」

「そうだ」

九兵衛がうなずく。

「相手に騒がれないように、まず喉を切る。次は、腹だ。腹を刺されると、腰に力が入らなくなって動けなくなるからな。最後が心臓だ。止《とど》めを刺すわけだな。それが玄《くろ》人《うと》のやり方だそうだ」

「ふうん、喉、腹、心臓か……。この夜鷹殺しの下手人は殺しの玄人ってことですか?」

「一人だけなら、たまたまってこともあるんだろうが、四人が四人とも同じように殺されてるとなれば、たまたまとは言えないし、素人《しろうと》の仕業とも思えないな」

「だけど、何だって、夜鷹を殺すんですかね？　金なんか持ってないでしょう。持っていたとしても、せいぜい端金《はしたがね》だ。殺しなんかする必要はないでしょう。しかも、玄人が……」

朝吉が小首を傾げる。

「もうひとつ気になることがある」

「何です？」

「もう少し考えをまとめてから話す。調べたいこともある。ただの思い過ごしかもしれないからな。役宅に戻って、古い御仕置伺帳を調べるのを手伝ってくれないか」

「ええ、もちろん」

「それじゃ急ごう」

九兵衛が足を速める。

十

その夜遅く……。

「おう、おまえたちか、報告なら明日でもよかったんだぜ」

九兵衛と朝吉は伊織が城から戻るのを待っていた。半四郎と忠三郎、彦九郎も同席した。

「急いでお知らせしたいことがあったんです」

九兵衛が言う。

「何かわかったのか？」

伊織の表情が引き締まる。

「まず、夜鷹殺しの下手人ですが……」

四人とも同じ者の手にかかったらしいということを、しかも、下手人が殺しの玄人であるらしいことを、九兵衛は説明する。殺し方にはっきりとした特徴があるということである。

「殺しの玄人ってことになると、盗賊か追い剝ぎだな。しかし、朝吉の言うように、夜鷹が大金を持ち歩いているはずもないから追い剝ぎの仕業とは思えないな……」

金目当てなら、仕事帰りのお店者でも狙った方がいいはずだ、と伊織がつぶやく。

「この夜鷹殺しなんですが、例の火付けと関わりがあるような気がするんです」

「どういうことだ？」

「これを見て下さい」

九兵衛が懐から手書きの図面を取り出して広げる。

堀留町の自身番から役宅に戻ってから、御仕置伺帳をもとにして九兵衛が拵《こしら》えたものである。東西の堀留川近辺を簡略に描いたもので、ところどころに赤や黒で印《しるし》が付けてある。

「この黒い印が夜鷹の殺された場所で、赤い印が火付け騒ぎのあった場所です。その横に書いてあるのは日付です」

九兵衛が指で示しながら言う。

「ふうむ……」

伊織たちがぐいっと身を乗り出して絵図面を覗き込む。

「何てことだ。伊勢町で火付けがあった夜、すぐ近くで夜鷹が殺されている。堀江町でもそうだ。三丁目で火付けのあった夜、三丁目で夜鷹が殺されている。一丁目で火付けがあった夜にも、同じ一丁目で夜鷹が殺されてるじゃないか」

伊織が驚いたような顔で九兵衛を見る。

「そうなんです」

「昨晩もそうだ。堀留町で火付けがあり、やはり、夜鷹が殺されている」

彦九郎がうなずく。

「夜鷹殺しが同じ者の仕業なら、火付けも同じ者の仕業ということになるのか」

半四郎がつぶやく。

「しかも、殺しの玄人、盗賊の仕業だとは……」

忠三郎が顔を顰める。

「実は、もうひとつ、気になることがあります」

九兵衛が言う。

「何だ？」

「昨晩の火付けですが、火の手は上がったものの、火消しがやって来る前に町の者たちの手で消し止められました」

「天水桶の裏だったからな」

半四郎がうなずく。

「伊勢町で火付けがあった夜は小雨模様でした。あとの二件も燃え広がる前に消し止められています」

「その通りだ。この火付けには奇妙な点がある。わしも不思議に思っていた」

彦九郎が言う。

「何が言いたい？」

伊織が九兵衛を見る。

「この火付けですが、そもそも、最初から大火事にするつもりはなかったんじゃないでしょうか。だから、見付かりやすい場所に火を付けたり、わざわざ雨の日に火付けをしたりしたのではないか、と」

「それでは、ただのいたずらではないか。もちろん、いたずらだろうが何だろうが火付けは大罪だ。捕まれば、ただでは済まない。何のために、そんなことをする？」

半四郎が怪訝そうに九兵衛を見る。

「堀留町から戻ってから、朝吉と二人で古い御仕置伺帳を調べました」

「それで？」

伊織が九兵衛に訊く。

「四年前、浜町川《はまちょうがわ》の近辺で立て続けに火付け騒ぎが起こったことがあります。ひと月に四件です」

「そんなことがあったのか」

四年前ならば、加役を拝命する前の事件だから、伊織が知らないのも無理はない。

「夜鷹も殺されてるのか？」

「いいえ。夜鷹は殺されてないんですが……」

「何だ？」

「四件目の火付けの三日後、千鳥橋《ちどりばし》橋詰《はしづめ》、橘町《たちばなちょう》一丁目の薬種商、難波屋《なんばや》に盗賊が押し込んでいます——」

「……」

半四郎と忠三郎が驚いたように顔を見合わせる。

「難波屋の一家八人、それに下女や小僧、手代など合わせて十七人が殺されています。賊は家人を皆殺しにして金を奪い、火を放って逃げました」

「下手人は？」

伊織が訊く。顔が赤らんでいるのは、怒りで頭に血が上ってきたせいであろう。

「一人も捕まっていません」

九兵衛が首を振る。

「噂ですが……」

「どんな噂だ？」

「黒地蔵一味の仕業ではないか、と」

「何だと」

伊織の形相が変わる。

「つまり、こういうことなのか。その四年前の一件だが、立て続けに起こった火付け騒ぎと、その薬種商への押し込みは関わりがある。だから、今回の火付け騒ぎについても、これから押し込みが起こる前触れだ、と」

「若松屋《わかまつや》のときは、どうだった？」

半四郎が九兵衛に訊く。若松屋というのは、伊織が加役を拝命してから黒地蔵一味に押し込まれた日本橋通南の漆物問屋である。家族と奉公人十一人が惨殺されている。

「やはり、押し込みの前、ひと月ほどの間に付け火が三件ありました」

「わしは初耳だぞ」

伊織がじろりと九兵衛を見る。

「付け火といっても、三件のうち二件は火消しを呼ぶようなものではなく、ちょっとしたぼやだったようです。その二件については御仕置伺帳にも記されておらず、わたしと朝吉が通南の自身番に出向いて確かめてきました」

「黒地蔵一味の押し込みと付け火には何らかの関わりがある、そう言いたいんだな、九兵衛？」

伊織が念を押すように訊く。

「そう思います。四年前の難波屋のときも、そして、若松屋のときも、押し込みの後、付け火はぱったりとなくなっています」

「夜鷹殺しとは、どう関わりがあるのかな……」

忠三郎が小首を傾げる。

「それはまだわかりません」

九兵衛が首を振る。

「金兵衛が江戸に戻ったという噂が流れているが……。付け火と押し込みに何らかの関わりがあるとすると、次の押し込みのためなのかもしれませんな。お頭、どうしますか？」

彦九郎が伊織に顔を向ける。

「金兵衛が江戸で押し込みの支度をしているのなら、きっと動きがつかめるはずだ。九兵衛、朝吉、おまえたちに存分に働いてもらうことになるぜ」

悪党どもが集うのは賭場や盛り場と決まっている。返り訴人たちと協力しながら、様々な情報を入手するというのは、もっぱら、九兵衛と朝吉の役目なのである。

十一

翌日。

九兵衛と朝吉が弥助を伴って伊織を訪ねた。

「弥助か。達者なようだな」

「へえ、おかげさまで」

「さあ、お頭に申し上げろ」

九兵衛が促す。

「押し込みの前に火付けをするのは、どこからどれくらいの人が集まってくるかを確かめて、いざ押し込んだ後、無事に逃げおおせることのできる道を選ぶためだと思います。金を奪い、火を付けて逃げ出した後、火消しなんぞと出会《でくわ》したらどうにもなりませんから」

弥助は、顔をうつむけたまま、ぼそぼそと説明する。伊織をまともに見るのは、気《き》後《おく》れがするらしい。

「押し込みの下準備ってことか?」

伊織が訊く。

「誰もがやるわけじゃありません。ただ黒地蔵のお頭は……。いや、金兵衛は、裏の世界でも用心深いことで知られている人で、念には念を入れて、たっぷりと手間暇をかけて下準備をするようです」

「夜鷹殺しは、どういうことだ?」

「それも弥助が……。さあ、申し上げろ」

九兵衛が弥助を促す。

「金兵衛の手下に柘榴《ざくろ》の平次《へいじ》って男がいます。こいつが、とんでもねえクソ野郎でして……」

「弥助、言葉に気をつけろ」

「構わぬ。続けろ」

伊織が九兵衛を制する。

「すみません。で、その平次ですが、火付けと殺しと女が三度の飯よりも好きだという変態野郎でして、盗賊稼業をしているのも金が目当てというよりも、火付けと殺しがしたいからだとか。まあ、噂なんですが……」

「それで？」

「興奮すると、狂犬のような塩梅《あんばい》になって、女を手込めにするそうです。しかも、手込めにした女は、必ず、最後には殺すそうです。また、その殺し方がひどくて、そもそも『柘榴』とあだ名されているのも、平次に殺された者の死体がまるで潰された柘榴のように見えるからだってわけでして。とにかく、平次に殺《あや》められた死体は、まともに見られないくらいにひどい有様らしいです」

「つまり、こういうことか。押し込みの下準備に、その柘榴の平次とやらが火付けをする。火付けで興奮した平次は、血を鎮めるために夜鷹を殺す、と」

「はい」

「しかし、難波屋のときにも若松屋のときにも夜鷹は殺されてないだろう」

伊織が小首を傾げる。

「平次の仕業じゃなかったのかもしれません。その平次という男、昔からの金兵衛の手下ではなく、元々は、荒瀬《あらせ》の孫六《まごろく》という古参の盗賊の手下だったそうです。そうだな、弥助？」

九兵衛が訊く。

「荒瀬の頭が病気で死んだ後、一味はちりぢりになって、平次は金兵衛の手下に鞍替《くらが》えしたんです」

弥助がうなずく。

「荒瀬一味の押し込みを調べれば、夜鷹殺しと付け火、それに押し込みの繋《つな》がりがはっきりするんじゃないでしょうか。まだ、そこまで手が回りませんが……」

九兵衛が伊織に顔を向ける。

「弥助の言う通りだとすれば、あまり時間はないぞ、九兵衛。難波屋に盗賊が押し込む前に火付けが四件、若松屋のときに三件、今回もすでに四件……。押し込みが迫っているということじゃないか。伊勢町、堀江町、堀留町、その中にある小舟町も危ないな。くそっ、いったい、どこに押し込む気だ」

伊織が舌打ちする。

「実は、その柘榴の平次なんですが、うまくいけば居所がわかるかもしれません」

「何？」

伊織がじろりと弥助を睨む。

「荒瀬の一味にいるとき、平次の兄貴分だった蓑吉《みのきち》って男がいるんですが、そいつとは古くからの馴染みでして……」

弥助が言うと、

「その男に口を割らせれば、平次の居所がわかるってわけだな。どこにいる？　お縄にしろ」

伊織が膝頭をばしっと手で叩く。

「それが生憎《あいにく》と……」

「何だ？」

「どうやら、町奉行所の手で捕縛されて、牢屋敷にいるらしいんです」

九兵衛が溜息《ためいき》をつきながら言った。

十二

小伝馬町牢屋敷。

伊織は、九兵衛と朝吉、弥助の三人を引き連れて町人牢に向かう。いわゆる大牢である。

「おい」

たまたま通りかかった囚獄《しゅうごく》配下の世話役同心を呼び止める。

「大牢に蓑吉という男がいるな」

伊織が訊く。

「は？」

同心が戸惑った顔になる。無理もない。大牢といっても東西にひとつずつあり、それぞれに九十人もの囚人が押し込められているのだ。出入りも激しいし、いちいち覚えているはずがない。東の大牢には人別帳に載っている者が、西の大牢には無宿者が入ることになっている。

「さあ、それは牢番に訊きませんと……」

「ならば、訊いてこい」

伊織が睨むと、世話役同心の顔色が変わる。

「少々、お待ち下さいませ」

世話役同心は奥に駆け込み、牢番同心を連れて戻って来た。四十がらみの貧相な男である。

「何か御用でございますか？」

揉み手をせんばかりにへりくだって愛想笑いを浮かべる。

「ここに蓑吉という悪党がいるはずだ」

「確かに西牢に蓑吉という者がおります」

「何の科《とが》で入っている？」

伊織が訊く。

「博奕のいざこざで刃傷《にんじよう》沙汰を起こし、人を二人ばかり殺めました」

「博奕に殺しか。死罪だな」

「真っ昼間、往来での出来事ですから、言い逃れのしようもございません」

「取り調べは？」

「ここ数日、新たに入牢《じゆろう》する者が多いせいで、まだ行われておりませんが、二、三日中には」

「よし。その男の身柄、加役が貰《もら》い受ける。入牢証文を持ってこい。すぐに連れて来るんだぞ」

「え。ちょ、ちょっとお待ちを……」

牢番同心が狼狽《ろうばい》する。

「待てないな。急ぐんだ」

伊織がぴしゃりと言う。

「しかし、あの者は御番所の係りでして……」

「そんなことはわかってる。こっちの用が済んだら返す」

「わたしの一存では何とも……」

「囚獄と町奉行には、わしが話しておく。ぐちゃぐちゃ言わずに、さっさと連れてこい！」

伊織が怒鳴りつける。

「ひぇっ」

牢番同心と世話役同心は腰を抜かさんばかりに顔色を変えた。

伊織の背後で、九兵衛と朝吉が顔を見合わせる。二人とも同じことを考えている。

（また奉行所と悶着が起きる。高山さまが渋い顔をなさるだろう……）

十三

蓑吉を役宅に連れて来ると、早速、白州《しらす》に引き出して、伊織自らが吟味《ぎんみ》を始める。

蓑吉は後ろ手に縛られ、筵の上に坐らされている。まだ、三十一歳だが、かなり老《ふ》け込んで見える。何も知らなければ四十代半ばくらいの年格好かと思うだろう。大牢での苛酷な暮らしが蓑吉の健康を蝕《むしば》んでいるのに違いなかった。

「石榴の平次を知っているな？」

伊織が訊く。

「……」

蓑吉は何も答えない。じっと地面に視線を落としたままだ。

「おまえたち、荒瀬の孫六の手下だったんだろう」

「……」

蓑吉の頬がぴくりと動く。が、何も言わない。

「おまえは死罪だ。もう助かりようはない」

「だから、何も怖いものはねえ。加役だって怖くねえんだ。どうせ死ぬんだからな」

蓑吉が顔を上げる。ふてぶてしい面構えで、顔色は悪いが目つきは鋭い。

「この世には死ぬよりも辛い苦しみがある。わしが責めた悪党どもは、最初こそ、強がって生意気な口を利くが、責めを始めると、途端に小僧っ子みたいに鼻水を垂らして泣き始め、ひと思いに殺して下さい、楽にして下さいと哀願するぜ」

「ふんっ」

蓑吉がそっぽを向く。そこへ、

「差し出がましいようですが……」

弥助が口を開く。

「何だ?」

「お願いがございます。蓑吉と二人で少しばかり話をさせていただけませんか」

「どうする気だ?」

「根は悪い奴じゃねえんです。だからこそ、平次が金兵衛の手下になったときも、蓑吉は誘いを断ったんです。金兵衛のえげつないやり方を嫌って」

「こいつだって人殺しじゃないか」

「女子供を、ましてや赤ん坊を手にかけるような非道な振る舞いはしない奴です」

「よかろう。だが、手間をかけるなよ」

伊織や他の者たちが席を外し、弥助と蓑吉だけを白州に残した。

八半刻（十五分）ばかり経って、弥助が伊織のところにやって来た。

「平次の居所を話してもいいそうです」

「取引か。放免はしねえぞ」

伊織が言う。

「返り訴人にしてやって下さいませんか」

「何だと？」

「二人も殺めて大牢に入れられ、もう助からぬものと蓑吉も諦めてるようです。つらつらと自分の生き様を振り返って、つまらねえ人生だったと後悔してるんですよ。その気持ち、わしにはよくわかります。やり直させてやって下さいませんか」

「難しいな」

伊織が顔を顰《しか》める。死罪にされるべき重罪人を町奉行所の手から奪った上、その重罪人を火付盗賊改の返り訴人にしたとあっては、町奉行所を足蹴《あしげ》にして顔の前で屁《へ》をひったようなものだ。さすがの伊織もためらわざるを得ない。

「蓑吉は、わしなんかよりも、ずっと金兵衛の動きに詳しいと思います。役に立ちますよ」

「金兵衛か……」

その一言が伊織の心を動かした。自分が火付盗賊改を務めている間に何としてでも黒地蔵の金兵衛を捕縛すると伊織は固く決意している。そのためには手段を選ぶつもりはない。

伊織が白州に戻る。蓑吉が緊張した表情で伊織を見上げる。

「蓑吉、加役の返り訴人になりたいそうだな」

「へえ」

「楽ではないぞ。返り訴人だと知れれば、いつどこで誰に命を狙われるかもわからない。つい最近も一人殺されたばかりだ。そいつは、口の中に切り取られた親指を押し込まれていた。その意味がわかるな？」

「裏切り者を殺すときのやり方です」

蓑吉がうなずく。

「その覚悟はあるのか？　おまえがそうなっても不思議はないぞ」

「へえ」

「それだけではない。返り訴人としての仕事を疎《おろそ》かにしたり、加役を裏切るような真似をすれば、草の根を分けても捜し出し、わしの手で八つ裂きにする。それも承知か？」

「どうせ、このままでは死罪にされる身です。生まれ変わったつもりになって、これまでとは違う生き方をしてみたいと思うんです。それで命を失うことになろうと悔いはありません」

「よかろう。おい、蓑吉の縄を解いてやれ」

伊織が命ずると、すぐに九兵衛が蓑吉の縄を解いてやる。

「これから先は九兵衛の指図に従え。九兵衛の言葉をわしの言葉と思うことだ」

「よろしくお願いいたします」

蓑吉が九兵衛に頭を下げる。

「平次を捜し出すことができたら、加役の返り訴人になることを許してやろう。だが、しくじれば大牢に戻す。命懸けでやってみろ」

伊織は小判を二枚、蓑吉の前に放り投げる。

「その金で身支度を整えるがいい。あまり余裕はないぞ。黒地蔵が押し込みを働いたら、おまえはしくじったということになるからな」

小判を押し戴《いただ》いて、蓑吉がうなずく。

「わかりました」

十四

数日後……。

蓑吉の調べで平次の居場所がわかった。

中山党の面々が役宅に集まって対策を協議した。

「平次一人を捕まえても仕方がない。この際、金兵衛一味を一網打尽《いちもうだじん》にするのだ」

というのが伊織の考えだが、意外なことに、その考えに積極的に賛成する者はいなかった。

黒地蔵の金兵衛一味を一網打尽にするためには平次を泳がせることになる。押し込みが実行されるまで、じっと待ち、金兵衛一味が押し込んだところをお縄にするというのは、口で言うのは簡単だが、それを成功させるのは容易ではない。

中山党は過去に苦い経験をしている。

伊織が火付盗賊改を拝命した直後、閻魔の藤兵衛に率いられた盗賊の一味が伊勢町の米問屋に押し込みを計画しているという情報を得た。罠を仕掛けたにもかかわらず、まんまと盗賊どもに出し抜かれてしまったのである。

同じ轍《てつ》を踏まないためにも、

「平次を捕縛して責めれば、押し込みを防ぐことができましょうし、金兵衛一味を捕らえることもできるのではありませんか」

と、彦九郎は口にした。

「金兵衛は狡賢《ずるがしこ》く、機敏な奴だ。平次がお縄になったと知れば、すぐに江戸を出るだろう」

伊織が首を振る。

「しかし、押し込みの夜まで待つというのは、あまりにも危険が大きすぎます。せめて、どこに押し込むのか、それがわかっていれば別ですが……。火付けがなされた伊勢町から堀江町にかけては、結構、広いですから目が行き届かない心配もあります」

彦九郎が尚も食い下がる。伊織の意見に面と向かって反論できるのは彦九郎だけなのだ。半四郎や忠三郎は黙っているが、内心、彦九郎の意見に賛成しているのは明らかだ。

「心配ない。平次には、わしが張り付く。決して、逃しはせぬ」

伊織がきっぱりと言い切る。梃子《てこ》でも動かぬという頑固な顔をしている。それで決まりだ。彦九郎も説得を諦めるしかなかった。

十五

「神田《かんだ》旅籠《はたご》町《ちょう》に川越屋《かわごえや》という旅籠がございます。それが平次の江戸での定宿でして、もちろん、宿の者は平次が盗賊だとは知りません。反物を担《かつ》いで江戸と上方《かみがた》を往来する商人だと思ってるんです。平次ってのは器用な奴で、上手に上方言葉を使うんですよ。江戸で荒稼ぎをした後、ほとぼりを冷ますために上方で暮らしているようです。たぶん、大坂《おおさか》だとは思いますが、詳しくは知りません」

川越屋の筋向《すじむ》かいにある一膳飯屋の壁際に陣取り、時折、酒を嘗《な》めながら、伊織は蓑吉が語った言葉を心の中で反芻《はんすう》した。その席からだと連子窓《れんじまど》越しに川越屋への人の出入りを見張ることができる。長っ尻のおかしな客だと思われないように、飯屋の親父にだけは身分を明かしてある。

番町の屋敷で話し合いを終えた後、すぐに伊織はここにやって来た。連れてきたのは弥助、九兵衛、朝吉の三人だけである。彦九郎たちは屋敷に残り、金兵衛一味の押し込みに備えた手配りをしている。たとえ、今夜、押し込みがあったとしても即座に対応できるようにするためだ。

飯屋で伊織と向かい合っているのは弥助で、九兵衛と朝吉は二階で待機している。

蓑吉を連れてこなかったのは、まだ信用しきれないと伊織が判断したからだ。弥助が平次の面通《めんとお》しをすることになる。

「どこに出かけてやがるんだ。随分、遅いな」

伊織は苛立った様子である。

「大きな稼ぎをする前には、いろいろと忙しいものでございましてね」

弥助がつぶやく。

それにしても、伊織たちが見張りを始めて、かれこれ二刻ほどにもなる。もう夕暮れどきで、あと半刻（一時間）もすれば薄暗くなるだろう。

「あ」

弥助が小さく声を発する。

「来ました」

「何？」

「荷物を背負って、向こうから歩いてくる男です」

「……」

伊織が目を細めて、じっと見つめる。

年の頃は二十代半ばくらい、色白のほっそりとした優男《やさおとこ》で、目が細く鼻筋が通っている。見るからに、おとなしそうな感じで、とても盗賊の一味には見えない。

「間違いないか?」

伊織が念を押す。弥助が平次に会ったのは、かれこれ四年以上も前だというから人違いをしても不思議はない。

「見かけに騙《だま》されちゃいけません。あれは確かに平次です。柘榴の平次に違いありません」

「信じよう」

伊織がうなずく。

平次が川越屋に入っていく。

店仕舞いまで、この飯屋で粘《ねば》ったとして、その後の見張りはどうしたものか、そんなことを伊織がつらつらと思案していると、また平次が現れた。今度は荷物を背負っていない。

「弥助、九兵衛に知らせろ。わしは平次をつける。九兵衛と朝吉は、わしの半町ほど後ろをついて来るように伝えるのだ」

「わかりました」

「それを伝えたら、おまえは帰っていい」

木卓に勘定を置くと、伊織が立ち上がった。

十六

平次は和泉橋《いずみばし》で神田川《かんだがわ》を渡った。豊島町《としまちょう》から岩井町《いわいちょう》へと、日本橋方面に向かって、さほど急ぐでもなく、のんびりした様子で歩いていく。

伊織も、つかず離れず、平次を見失わない程度に距離を置いている。口の端に楊枝《ようじ》をくわえ、着流しに懐手という姿だ。浪人者のそぞろ歩きという風情である。

九兵衛と朝吉は、伊織の半町後ろを歩いているはずだが、伊織が肩越しに振り返っても、二人の姿を見付けることはできない。伊織が九兵衛を買っているのは、こういうところだ。抜かりないのである。

小伝馬町に入る頃に日が暮れたが、月が出ているので平次を見失う心配はない。

平次は、大伝馬町から堀留町の方に向かっている。大伝馬町の一丁目と二丁目の間を曲がって、そのまま真っ直ぐに堀江町と小舟町の間を歩いていく。時折、平次が立ち止まって周囲を見回すようになった。

（また火付けをするつもりか？）

すでに四度の火付けをしている。もう火付けはないだろうと決めつけていたが、ひょっとすると、またやるかもしれない。そのときには、どうしたものか、見過ごすのか、それとも取り押さえるか……伊織は迷った。

平次が小舟町二丁目に差しかかったとき、店仕舞いした商家の軒下から夜鷹に声をかけられ、何やら立ち話をした後、二人で暗がりに消えた。

（くそっ）

伊織は往来に佇《たたず》んだ。

（あいつめ、今夜は火付けではなく、夜鷹を買いに来ただけか）

きゃーっという女の悲鳴が聞こえた。

もっとも悲鳴はすぐに止んで、それきり何も聞こえなくなった。

伊織は着流しの裾をからげて走り出した。気が付いたときには体が勝手に動いていた。小路を奥に進むと、小さなお稲荷《いなり》さんがあって、その傍らの茂みの陰で、人が争っている様子だ。

「平次！」

声を発しながら、伊織は抜刀している。

夜鷹の体に馬乗りになっていた平次が振り返る。青白い月明かりが短刀を振り上げる平次の顔を照らす。短刀には血が付いている。

「誰だ？」

「諦めろ。おまえは、もう終わりだ」

刀を構えたまま、伊織がにじり寄る。

「おれを平次と呼んだってことは、ただの通りすがりの浪人てわけじゃなさそうだ」

平次がゆっくりと立ち上がり、伊織に向き合う。川越屋の前で見た男とは別人のように剣呑《けんのん》な雰囲気を漂わせている。

（こいつは人間じゃない。血に飢《う》えた獣《けもの》だ）

伊織の顔つきも変わっている。怒りに満ちた形相である。

そこに、

「お頭、ご無事ですか！」

九兵衛と朝吉が駆けてきた。

「お頭だと？　てめえ、中山伊織か」

「柘榴の平次、神妙にするがいい」

「……」

平次は、両手で握った短刀を腰に構え、物も言わずに伊織に突進する。まるで無防備だ。自分を守ろうという気は端からないらしい。あたかも伊織と刺し違えようとするかのようであった。

伊織も大胆だ。小手先で平次をやり過ごそうなどとせず、むしろ、自分の方から踏み込み、平次の前に体をさらした。びゅっ、と伊織の刀が一閃《いっせん》する。平次がばったりと倒れる。

「お頭」

九兵衛が駆け寄ってくる。

「峰打ちだ。気を失っているだけだろう。こうなった上は仕方がない。牢屋敷で責めるぞ」

「肘《ひじ》から血が……」

「大したことはない」

伊織も無傷ではない。平次の突進をかわしきれず、肘を切り裂かれた。肉を切らせて骨を断つ、を実践したのだ。

「朝吉、女はどうだ？」

夜鷹の傍らにしゃがんでいる朝吉に伊織が訊く。

「息はあります。どこか刺されてるみたいで、苦しそうですが……」

「何とか間に合ったか。医者だ、九兵衛」

「あ、お頭！」

朝吉が叫ぶ。

地面に倒れていた平次がむっくりと起き上がり、短刀を振り上げて伊織の背中に襲いかかったのだ。伊織と平次の体が重なった。

「うぐぐっ……」

口から血を吐いたのは平次だ。

振り返る余裕のなかった伊織は、逆手に持った刀を自分の腋《わき》の下から後ろに突き出した。その刀が平次の腹を串刺しにした。平次がゆっくりと仰向けに倒れる。両目を見開いたまま、もう息をしていない。死んでいる。

「……」

九兵衛と朝吉が言葉を失う。平次の死は、黒地蔵の金兵衛一味を追うための大切な手がかりが消えたことを意味するからだ。

やがて、伊織は大きな溜息をつくと、

「おまえらの言いたいことは、よくわかる。たぶん、半四郎や彦九郎も同じことを言うだろう。わしは大馬鹿者よ。だが、むざむざと夜鷹が殺されるのを見過ごしにはできなかった」

「お頭は正しいことをなさいました。少なくとも、これで夜鷹殺しはなくなったわけですから」

九兵衛がうなずく。

「女たちも少しは安心して稼ぎができるってことだな。それは悪いことじゃない」

自らを納得させるように伊織がつぶやく。

十七

夜鷹殺しの下手人が捕殺されたことを、九兵衛が差配の軍兵衛に告げると、

「それは、ようございました。この近くで、何件も人殺しが続くと、安心して出歩くこともできませんから」

「あんたの口から知らせてやってくれないか」

九兵衛が頼む。

「承知しました。お仙の供養《くよう》になるでしょう。もっとも、それで子供たちが元気を取り戻すわけじゃありませんが……」

「どんな様子なんだ？」

伊織が訊く。

「お仙の遺体を引き取って、ここで通夜をしたんですけど、浩太もお鈴も遺体から離れずに、ずっと泣いてました。泣き疲れて眠るまで、ずっとそんな感じでした。みんな、貰い泣きしてましたよ。お仙を寺に葬ってからも、たまに見かけると二人でしょんぼりしてるし、他の子供たちともあまり遊ばなくなりました」

軍兵衛が溜息をつく。

「かわいそうに」

　伊織の表情が曇る。

「二、三日前でしたが、日が暮れても二人が戻らないというので騒ぎになりましてね、裏店の者で手分けして捜したんです」

「見付かったんだろうな？」

「ええ」

　軍兵衛が溜息をつきながらうなずく。

「お仙の墓の前にいました。最初にお鈴が居眠りを始めて、それにつられて浩太も寝込んだらしいんです。本当なら叱るところなんでしょうが、とても叱るなんてことはできませんでした」

「暮らし向きは、どうだ？」

　伊織が訊く。

「葬儀の一切は、先達《せんだつ》てお預かりしたもので賄いました。だいぶ残ってますから、生活に困るようなら、それを渡してやろうと思ってます。よろしいですか？」

「うむ、頼む」

「お松《まつ》さんも気が抜けた様子でしたが、自分がしっかりしないとどうにもならないと考えたのか、ぼちぼち内職を始めたようです。あまり体が丈夫でないので無理はできないようですが」

「気配りしてやってくれ。時折、九兵衛を訪ねさせるから、何かあれば遠慮なく言うがいい。火急のことが起こったら、そちらから知らせてくれ。番町の中山伊織と言えば、すぐにわかる」

十八

軍兵衛の家を出て、しばらく歩いてから、

「かわいそうな話ですね」

九兵衛がつぶやいた。

「うむ。だがな、九兵衛。この江戸にかわいそうな子はたくさんいるんだ。浩太とお鈴も、その一人に過ぎない。微力なわしには、その子たちのすべてを救う力はない。せいぜい、陰ながら二人を見守ってやることができるだけだ」

「それだけでも立派なことだと思います」

「わしが何を考えているかわかるか？」

「さあ……」

「黒地蔵の一味を、わしらがさっさとお縄にしていれば、お仙が死ぬこともなかったということだ。あんな連中がのさばっているから罪のない者たちが悲しい目に遭うことになる。栢榴の平次が死んだといっても、所詮、蜥蜴《とかげ》の尻尾を切っただけのことだ。金兵衛をお縄にしないことには、何も終わらないんだ。連中が押し込みをすれば人が死ぬ、逃げるときに火付けをすれば、誰かが家を失い、家財道具を失い、火に巻き込まれて命まで失うかもしれない。限りなく不幸が広がっていくことになる」

「一刻も早く金兵衛一味を捕らえなければならないということですね」

「そうだ」

伊織がうなずく。

「浩太やお鈴のような子供をこれ以上、増やしちゃならないってことだ」

「はい」

そんな話をしながら二人が歩いていくと、突然、

「あ」

九兵衛が声を発した。

「どうした?」

何気なく顔を上げた伊織の表情が強張《こわば》る。往来の向こうの方から、手を繋いだ浩太とお鈴が歩いてくる。見るからに元気のない様子で、二人とも足許に視線を落としている。だから、まだ伊織にも気付いていない。

「九兵衛」

「はい」

「先に帰っていてくれ」

「お頭は……？」

「あの子たちと少し話をしてから帰る」

伊織はすたすたと二人に歩み寄っていく。二人の前でしゃがみ込むと、何やら伊織が話しかける。お鈴の顔がくしゃくしゃに歪み、浩太も袖を顔に押しつける。懐から取り出した鼻紙で二人の涙を拭ってやると、伊織は浩太とお鈴の手を引いて反対側に歩いていく。

番小屋で菓子でも買ってやるつもりなのか、それとも、お仙の墓参りにでも連れていくつもりなのか……九兵衛にはわからなかったが、三人の後ろ姿を眺めているうちに、自分の頬が濡れていることに気が付いた。いつの間にか涙が頬を伝っていた。手の甲でぞんざいに涙を拭うと、

（あの人についていこう。命懸けで、お頭のために尽くそう。それが人助けに繋がる道だ）

九兵衛は自らに言い聞かせる。

密告者《いぬ》

一

後家《ごけ》のお孝《たか》と知り合ったとき、お孝は三十を二つか三つ過ぎており、亀吉《かめきち》という男の子もいた。又吉《またきち》も独り身であり、年齢もお孝より少し上だったから、年格好からいっても不釣り合いというわけではなく、二人が所帯を持っても不思議はなかったが、又吉にはそんなつもりは全然なかった。

そもそも、お孝は人目を引くほどのいい女というわけではない。醜女《しこめ》と陰口を叩かれても文句も言えないご面相といっていい。器量が劣《おと》っているのを性格が補っているとも言えず、船宿の女将《おかみ》という、客あしらいのうまさを求められる商売を生業《なりわい》としている割には話し上手というわけでもないし、周囲を和《なご》ませるような朗《ほが》らかな愛想のよさがあるわけでもない。どちらかといえば口下手で、見るからに鈍重であり、およそ客商売には向きそうにない地味で陰気な女である。

誘ったのは、お孝の方だ。又吉に助平心《すけべい》がなかったといえば嘘になるが、自分から得意先の後家に手を出すほどの度胸はない。小心者なのである。

（あの夜……）

お孝と暮らすようになってからも、又吉は、時々、考えることがある。

（あの夜、おれが川喜多屋《かわきたや》を訪ねなければ、どうなっていただろうか……）

二

一年前のその夜……。

お孝は、したたかに酔っていた。裏口から声をかけると、すぐに顔を出したが、

「あら、又《また》さんじゃないのさ」

と口を開いた途端に、ぷーんと濃厚な酒の匂いが漂ってくるほどだった。

「遅くまで精が出るのねえ。病《や》み上がりなんだから、あまり無理をおしでないよ」

お孝は、にっと笑った。又吉が川喜多屋に出入りするようになって、かれこれ二年ほどにもなっていたが、お孝が機嫌よさそうに笑う顔など滅多に見たことがない。

普段、無口で愛想もなく、冷たい感じのする女だと思っていたが、酒が回ると、少

しは優しい言葉も口にするのだな、と又吉は意外な気がした。ここ数日、風邪をこじらせて一人暮らしの裏店《うらだな》で寝込んでいたので、尚更《なおさら》、優しい言葉が身に沁《し》みたのかもしれない。

「貧乏暇なしですよ。寝込んでた分、余計に稼がないと食っていけませんから」

えへへへっ、と又吉は柄にもなく愛想笑いを浮かべた。その笑顔とは裏腹に、その夜、又吉はかなり焦っていた。

「何があるのさ？」

「へえ、目張《めばる》と平目《ひらめ》なんですが……」

「ふうん、どっちも白身かい。今朝もらった細魚《さより》も白身だったじゃないのさ。そんなに白身の魚ばかりってのも何だかねえ……。まあ、亀吉は赤味よりは白身の方が好きだし、腹が減ると文句も言わずに何でも食べるから、白身が続いても構わないといえば構わないいんだけど。まあ、せっかく来てくれたんだし、どっちか置いていってよ」

「どっちがいいですかねえ」

川喜多屋は又吉の得意先といっていい。

午前中に必ず立ち寄る一軒である。日によっては、朝だけでなく、夕方も寄る。他で魚を捌《さば》ききれなかったとき、もう一度、顔を出すのだ。

そんなときにも、お孝は、嫌な顔をすることもなく、何かしらは買ってくれる。今日もそうだ。朝、細魚を買ってもらった。それを承知の上で、同じ白身の目張と平目を売りつけようというのだから、又吉も図々《ずうずう》しかった。

「どっちも美味《うま》いんですけどねえ。白身といっても味わいは、ちょっと違いますし、目張は春によく釣れる春魚ですが、夏の方が身が引き締まって味がいいんですよ」

「うちは三人だもの。余っちまうじゃないの」

川喜多屋は三人家族である。

主《あるじ》を喜平次《きへいじ》という。お孝の父親だ。年齢は五十代半《なか》ば。連れ合いは、もう亡くなっている。それに、お孝の倅の亀吉。八つになるが、又吉の目から見ても、かなり血の巡りが悪そうだ。

昼間は近くの農家の娘が手伝いに来るが、それだけで十分に手が足りるほど、川喜多屋の商売はこぢんまりとしている。なるほど、この三人の朝餉《あさげ》に、目張と平目というのでは、ちょっと多すぎるな、と又吉も思わぬではない。

が、又吉としては、何としても目張と平目を買ってもらわねばならない事情があった。これを買ってもらわないことには、明日の商売に差し支えてしまうのである。

又吉のような棒手振は、その日暮らしの典型といっていい。朝、金貸しの元に出向いて仕入れの金を借り、夕方、利息を加えて返す。又吉がいつも借りるのは「百一文」と呼ばれるもので、朝に百文借りたら、夕方に百一文にして返すのである。金額が少ないので大したことがないような気がするが、実際にはかなりの高利といっていい。「百一文」を借りるには担保は不要で、証文を書く必要もない。保証人がいればいい。これを受合人《うけあいにん》という。又吉の受合人は裏店の差配《さはい》・彦蔵《ひこぞう》である。

今日の昼間、又吉はへまをした。天秤棒《てんびんぼう》で担《かつ》いでいた魚桶をひっくり返したのだ。病み上がりだったとはいえ、同業者には口が裂《さ》けても言えないような恥さらしなへまである。仕入れた魚の半分が駄目になった。

いつも又吉は金貸しから七百文借りる。仕入れた魚を売りきれば、倍の儲けになるが、実際にはいくらか売れ残るのが普通だ。売り上げから、まず借りた金に利息を付けて返し、残りを生活費に充《あ》てる。米や味噌に二百文から三百文、裏店の店賃が一日当たり三十六文、これだけは欠かせない支出で、うまくいくと百文から二百文が手元に残る。その金でたまに酒を飲んだりするわけだし、蓄《たくわ》えに回したりする。逆に売れ残りが多ければ、その魚を晩飯として自分が食べることになる。

風邪で寝込んでいるうちに蓄えが底をついた。無理をして、今日から仕事を始めたのも、そのせいだったが、それが裏目に出た。

魚の半分が駄目になったのでは、残りのすべてを売り尽くしても借りた金を返すのが精一杯だ。しかし、何としても金は返さねばならない。

昨日今日の付き合いではないから、頼み込めば返済を待ってくれるに違いないが、その分、利息は増える。利息を据え置いてくれるほど甘くはない。明日も返済できなければ、金貸しは受合人に催促に行くであろう。そんなことになれば、裏店で肩身が狭くなる。切羽詰まれば、弟夫婦と暮らしている老いた母親に泣きつくという手もないではないが、それだけは避けたかった。

(とにかく、残った魚を売ることだ……)

又吉は必死に魚を売り歩き、最後に目張と平目が残った。これさえ売ることができれば、何とか今日の借金だけは返すことができる。

「いいよ」

お孝が無造作《むぞうさ》に言った。

「そんなに言うなら、両方、置いていきなよ」

「いいんですかい?」

「あんたが勧《すす》めたんじゃないか。その代わりね……」

「何です?」

「明日の朝、すぐに食べられるように捌いていってよ。あたしは、もうべろべろだから包丁なんか握れやしないし、起きてからやるのも面倒だしさ」

「そんなことなら、おやすい御用です」

又吉は魚桶を台所に運び、袖《そで》をまくって紐で襷掛《たすきが》けをした。まな板に水を流し、魚を置く。包丁の刃を軽く指の腹で押してみる。

（研《と》いでねえな……）

客に料理を出すときには、お孝ではなく、喜平次が包丁を握っているらしいが、こんな切れ味の悪い包丁を使っているようでは大した腕ではあるまい、と思う。

「さ、どう料理しますか？」

又吉がくるりと振り向く。

（あ）

思わず息を呑む。

目の前にお孝がいる。息が顔にかかりそうな近さだ。

又吉はさりげなく顔を逸らす。

「刺身にしますか？」

「どうするのが、うまいのさ？」

「そりゃあ、目張も平目も、生きのいいときは刺身にするのが一番美味《うま》いんでしょうけど、どっちも刺身じゃ飽きるかもしれませんから、目張は醤油《しょうゆ》酒にでも漬《つ》けて焼いたらどうですか？」

「ふうん、おいしそうだねえ」

袖で口許を押さえ、上目遣いに又吉を見上げながら、お孝がくくっと含み笑いをする。

「何です?」

「あんたもおいしそうだよ」

「え?」

又吉がきょとんとする。

「いやだ、もう」

お孝が手を上げて又吉をぶつ真似《まね》をする。ふざけているつもりだろうが、深酒しているために足許がおぼつかず、倒れそうになる。

「女将さん、大丈夫ですかい?」

又吉が支えてやる。お孝が又吉の懐に抱かれる格好になる。

「よそよそしいのは嫌だよ。お孝って呼んでよ」

お孝の息遣いが荒くなる。

「亭主がいるわけじゃないんだからさ」

「からかっちゃ困ります。だいぶ酔ってますね」

「あたしが嫌いかい?」

「そんなこたあ、ありませんが……」

「嬉しい」

お孝は又吉の手を取ると、自分の胸に押し当てる。さすがに、こうまでされては又吉も平静ではいられなくなる。つい、指先に力を入れて、乳房を揉んでしまう。

「あ」

お孝が喉《のど》を反《そ》らせて声を上げる。

「もう……その気になってきちまった」

「でも、料理しねえと……」

「いいよ、そんなもの。魚なんざ、いくらだって買ってあげるよ」

お孝は又吉の首にしがみつき、抱いておくれ、とつぶやいた。

「旦那さんや坊ちゃんが……」

「亀吉はもう寝てる。蹴飛ばしたって起きるもんかね。おとっつぁんは、吉原《よしわら》だ」

「吉原？」

「じいさんに見えるけど、あっちの方はまだまだ若いってこと。わたしだって、そうさ。ね、いいだろう？」

お孝は、自ら裾をまくって又吉を誘いつつ、

「口を吸って」

と体を預けてきた。

その夜から又吉は、もう汗水垂らして魚を売り歩く必要がなくなった。お孝がいくらでも魚を買ってくれたからだ。

喜平次が留守の夜には、大抵、お孝を抱いた。

「ねえ、あんた、いっそ、うちに来ないかい？」

「え？」

「だってさ、面倒臭いじゃないか。こんな風にこそこそしてさ。所帯を持てば、誰に憚《はばか》ることもない。不自由はさせないつもりだよ」

その一ヶ月後、又吉は、棒手振から足を洗い、裏店を引き払って川喜多屋で暮らすようになった。喜平次に代わって、板場を任されたからだ。所帯を持つといっても、実際には又吉が婿養子《むこようし》に入ったようなものだったわけである。

三

この一年、川喜多屋で生活するようになって、又吉が不思議に思うことがふたつある。ひとつは、金のことだ。

川喜多屋には、客がほとんど来ない。平均すると、一日に一組の客があるかないかという程度で、まったく客の来ない日も珍しくはない。普通ならば、とっくに潰れているであろう。

　そもそも、船宿《さお》であるにもかかわらず専属の船頭さえいない。舟の利用客があると、喜平次が棹を握るのだが、留守がちだから、いないときに客が来ると、手伝いに来ている農家の娘が、ひとっ走りして家に戻り、父親か兄を呼んで来て舟を出すというい加減さなのだ。これでは流行《はや》るはずもない。

　しかし、喜平次もお孝も商売には至って無頓着で、そんなことを気にする様子もない。不思議なのは商売が左前《ひだりまえ》なのに、少しも金に困っている様子がないことだ。喜平次は、三日にあげず吉原通いをしているし、お孝も食材や衣服には金惜しみしない。いったい、どこにそんな金があるのか、と不思議に思い、それとなくお孝に訊いてみても、いつもはぐらかされてしまう。

　つい最近も、こんなことがあった。

　厨房《ちゅうぼう》で又吉が包丁を研いでいると、

「又吉さんよ」

　喜平次が話しかけてきた。よそ行きの着物に着替えているのを見て、

（また吉原だな）

　と、又吉は察した。

「おまえさんは働き者よなあ。だが、ほどほどにしておけよ」

「え？」

「人生なんざ短いんだから、せいぜい、楽しむことだよ。働くばかりが能じゃあるまい。そう思わないかね？」

「はあ……」

「ま、本音を言えば、自分がふらふら遊び歩いてばかりいるのに、あんたがせっせと働いている姿を見ると、何だか後ろめたくなっちまうのさ」

「すみません」

「謝ることはねえよ。ほら」

喜平次が又吉の手に何かを押し付ける。

それを見て、又吉の両目が大きく見開かれる。小判だ。しかも、二枚ある。魚の行商をしていた頃の半年分の稼ぎに匹敵《ひってき》する大金だ。

「たまには息抜きしな。酒を飲むのもよし、女を買うのもよし。わしが吉原に連れて行ってやりたいところだが、二人で出かけるとお孝に勘付かれるしな。お孝は、ああ見えて、なかなか嫉妬深《しっとぶか》いところがある。まあ、才覚を働かせてうまくやりなさい」

もうひとつのことは、彦蔵から聞かされた。

彦蔵は、かつて又吉が暮らしていた裏店の差配で、お孝と所帯を持つときにもいろいろと世話を焼いてくれた。盆暮れの付け届けを欠かさないのは当然で、近くまで出かけることがあれば、茶菓子を手土産に挨拶《あいさつ》に寄ったりする。

その話もそんなときに聞かされた。

埒《らち》もない世間話をひとくさりした後、ふと、彦蔵が何かを思い出したように、

「お孝さんの前のご亭主だが、あんたは病《やまい》で亡くなったと話していなかったか」

と言い出したのである。

「ええ、そう聞いていますが」

「ふうん、それじゃあ、益次郎《ますじろう》さんの勘違いかな」

「何のことです？」

「うむ……」

益次郎は、彦蔵の古い知り合いで、佐内町《さないちょう》で差配をしている。佐内町は、楓川《かえでがわ》を挟《はさ》んで坂本町《さかもとちょう》と向かい合う町だ。川喜多屋は坂本町一丁目にあるのだ。その益次郎と彦蔵が何かの集まりで偶然に顔を合わせ、川喜多屋の話題になったという。

「まあ、口にしてしまったから言うけれど、益次郎さんが言うには、お孝さんの前のご亭主は病で亡くなったのではなく、楓川で溺《おぼ》れて亡くなったというんだな。前のご亭主も、その前のご亭主も……」

「え」

又吉は驚いた。

「その前のって……どういう意味ですか？」

「あ」

と、彦蔵は口を押さえ、バツの悪そうな顔で、

「益次郎さんが言うには、お孝さんが所帯を持つのは三度目だということだよ」

「……」

初耳だった。前の亭主と死に別れたという話は聞いていたが、その前にも亭主がいたとは聞いていない。又吉の方でも所帯を持つのが何度目なのかと確かめるようなことはしなかったものの、そういうことは、きちんと話すべきではなかろうか。

又吉が不機嫌そうな顔で黙り込んでしまったのを気にしたのか、

「なあに、二人揃って溺れ死んだといっても、そんなに気にすることはないさ。その二人は酒癖があまりよくなかったらしくて、深酒をした揚げ句、川端を千鳥歩きして、運悪く深みにはまって溺れたというんだからね。あんたは酒癖なんか悪くないから、何も心配はない。体裁が悪いから、病で死んだと言っただけなんだろうさ」

彦蔵が取り繕《つくろ》うように言ったが、

（なぜ、おれに黙っていたんだ？）

という疑問が又吉の心から離れなかった。

四

そんなある日……。

又吉が店番をしていると中年の客がやって来た。大きな荷物を背負い、体が埃《ほこり》で真っ白である。見るからに、旅の行商人という姿だ。

「上総《かずさ》の波次郎《なみじろう》という者だがね」

「ようこそいらっしゃいました」

それならば、喜平次から話を聞いている。

木桶に水を汲《く》み、上がり框《がまち》に腰を下ろしている波次郎のところに運ぶ。

「すまないな」

足を洗いながら、波次郎が又吉をじっと見る。

「あんたが又吉さんだな」

「わたしをご存じなので?」

「手紙に書いてあったよ」

「とっつぁんからのですか?」

「ああ、古い馴染みだからな。喜平次は、また吉原かい?」

「さあ……」

又吉が口を濁す。

外出していたお孝が帰ってきて、波次郎を見ると、

「このお客さんはわたしが世話するから。あんたは料理の仕込みをしておくれ」

と、お孝は波次郎を二階に案内した。

板場に戻ると、亀吉が残り飯を漁《あさ》っていた。八歳にしては肥満気味の亀吉は、人目を盗んでは飯ばかり食っている。

「おとっちゃん、殴らねえでくれよ」

亀吉が両手で頭を庇《かば》う。

「殴ったりしねえよ。腹が減ってるのか？」

「うん」

「それなら好きなだけ食え」

又吉は、どんぶりに飯を盛ると、漬け物や干し魚を飯の上に載せて、亀吉に食わせてやった。

「ありがとう」

亀吉がうまそうに飯を食い始める。

そこにお孝が戻ってきた。

「このガキ！　一日中、食ってばかりいやがって。少しは外で子供らしく遊んだらどうなんだ」

いきなり、亀吉の頬を張り飛ばす。

「ひ」

と叫んで、亀吉が土間に転がり落ち、そのまま表に逃げていく。

「何も殴ることはねえのに」

「甘やかさないでおくれ」

珍しくきつい口調で、お孝が又吉を睨《にら》む。その剣幕に気圧《けお》されたように、又吉は目を逸らし、

「あのお客さん、古い馴染みだっていう話だが」

と話題を変える。

「それがどうかしたかい？」

「行商人なんだろう？」

「江戸で小間物を仕入れて、あちこち行商して歩いてるんだよ。何で、そんなこと訊くの？」

「商売人にしちゃあ、嫌な目をしてると思ってな」

「お客さんのことをとやかく言うもんじゃないよ」

「それはそうだが……」

翌朝、又吉が起きたとき、波次郎は、もういなかった。夜が明けてすぐに起きたのだから、波次郎は、まだ暗いうちに出立したに違いない。

(随分、ばたばたしてるんだな……)

何となく気になった。

茶の間から明かりが洩《も》れていた。覗《のぞ》くと、喜平次が莨《たばこ》を喫《の》みながらぼんやりしている。難しい表情で、何か考え事でもしている様子だ。

「お客さん、早いお立ちですね」

「いつものことだ。気にするな。さあて、少し寝かせてもらうよ」

喜平次が大きく伸びをした。

五

「おい、又吉さん」

裏庭で薪《まき》を割っていると、声をかけられた。

振り返ると、町役人の善右衛門《ぜんえもん》である。

「あ、どうも」

慌てて、又吉が腰を屈《かが》めて挨拶する。

「喜平次さんは留守かね？」

「はい、お孝も出てますが」

又吉が素早く視線を走らせる。善右衛門は一人ではなかった。見慣れぬ男たちが後ろにいる。一人は同心だ。とすれば、もう一人は、恐らく、十手持ちであろう、と又吉は察する。

「あの……何か？」

自然と声が小さくなる。

「そんなにびくびくすることはない。人を捜していてな。ここだけじゃなく、川沿いの船宿には、みんな訊いて歩いてるんだよ。こちらは、加役の御用を務めておいでなんだ」

「加役の……」

又吉の声が震える。

「おい、余計なことを言うな」

大久保半四郎であった。

「おい、九兵衛」

半四郎が顎をしゃくると、

「へい」

九兵衛が懐から折り畳んだ紙を取り出し、又吉の前で広げる。人相書だ。

「この顔に見覚えはねえか」

「へえ……」

何気なく覗き込んで、

（あ）

と、又吉は声を出しそうになる。上総の波次郎によく似ていたからだ。必死に表情を取り繕ったのは、波次郎が川喜多屋の馴染み客だと承知していたからだ。

咄嗟《とっさ》に、又吉は、

（下手なことは口にできない……）

と判断したのである。

この時代の火付盗賊改は実に荒っぽい。

法律などには、まったく縛られることがなく、

（こいつは怪しい……）

と睨んだら、直《ただ》ちに捕縛してしまう。

「容疑が晴れるまでは有罪」

というのが火付盗賊改の基本方針だから、平気で拷問《ごうもん》にかけて自白を強要する。無

実の罪であっても、一旦、自白したら有罪になるし、たとえ、拷問に耐え抜いても半死半生、下手をすれば命を落とすことになる。それほど責めが厳しいのだ。

又吉が嘘をついたのは、馴染み客である波次郎を庇《かば》ったということもあるが、そんなことを言えば、自分たちも尋問されることになり、少しでも疑いをかけられたが最後、加役に拷問されるとわかっていたからだ。又吉には、別に後ろめたいことはなかったが、触らぬ神に祟《たた》りなし、というのが市井《しせい》に生きる者の心得である。

「ここには黒地蔵の金兵衛と書いてあるが、もちろん、人前でそんな名乗りをしているはずはない。名前も変えているだろうし、道中手形だって偽物を持ち歩いているに違いない。だから、この顔をよく見てくれ。見覚えはないか?」

九兵衛が訊く。

「さあ、覚えはありませんが……」

又吉が小首を傾《かし》げる。

「念のために言っておくが、こいつを庇うとろくなことはない。金兵衛一味は、押し込みを繰り返して火付けや人殺しをしている極悪人たちだ。お縄になれば、間違いなく獄門だ。金兵衛を庇った者も同罪だぞ」

「知りませんよ、本当です」

又吉が何度も大きく首を振る。

「似たような奴をどこかで見かけたり、客としてやって来たら、必ず、自身番に届けるんだぞ。いいな?」

「はい」

又吉が青ざめた顔でうなずく。まさか、それほどの極悪人だとは想像もしていなかった。今更、金兵衛を知っているとは言えなかった。

「なぜ、最初から正直に言わなかった?」

と、あらぬ疑いをかけられることを恐れたのである。

六

「おとっちゃん、腹、減ったよ」

「……」

ハッとしてあたりを見回すと、もう暗くなっている。

亀吉が鼻汁を垂らして突っ立っている。

「おっかさんは?」

「まだ帰らねえ。じじもまだだ」

「そうか。こっちに来な」

亀吉を板場に連れて行き、どんぶりに残り飯を盛り、冷たい味噌汁をかけて差し出す。亀吉がずるずると音を立てて飯を掻《か》き込むのを眺めていると、廊下で音がした。

お孝か喜平次が戻ったのかと思い、

「足りなかったら、もっと食っていいからな」

と言い残して、茶の間に向かう。喜平次がいた。

「おとっつぁん、大変なんだ」

「何だね、そんなに慌てて」

「昼間、お役人がやって来ましてね。しかも、役人といっても番所の御用聞きなんかじゃなく、加役の役人なんですよ」

「うむ、それで？」

「押し込みを働いた盗賊の人相書を持っていたんですが、驚いたの何のって、それが、あの上総の波次郎にそっくりなんです」

「ふむふむ、それで、おまえは、どうしたんだ？」

「何も知らねえと言っておきました。だって、相手は加役ですよ。下手なことを口にしたら、どんな災難が降りかかるかわからねえから。とりあえず、おとっつぁんに相談してからと思って」

「そうかい、そうかい」

喜平次は何度もうなずく。

「おめえなら、きっとうまくやってくれると思っていたぜ」

「え？」

「ねえ、お頭、そうでしょう？」

襖《ふすま》が開き、隣の部屋から上総の波次郎、いや、黒地蔵の金兵衛が現れた。

「ひぇっ」

又吉は、腰を抜かすほどに驚いた。

「ふふふっ、驚くのも無理はねえ。もう出立したと話したが、実は、まだ居たってわけだ。この家には、おめえも知らねえ隠し部屋があってな。お頭は、そこに潜んでいなすったのよ」

「……」

又吉は血の気の引いた顔をして、歯の根が合わぬほどに震えている。

「お頭は、さすがにいい勘をしていなさる。案の定、加役がやって来ましたね」

喜平次が感心したように言う。

「ああ」

金兵衛がうなずく。

「平次が中山伊織に斬られたと知って、嫌な予感がしたんだ」

「柘榴の平次ですかい」

「抜け目のない男だったからな。ドジを踏んで加役に尻尾をつかまれたとは思えねえんだ」

「ということは……イヌですかい？」

「そうだ。誰かが平次のことを加役にしゃべったに違いねえ」

「しかし、誰がそんなことを？」

「わしらの仲間のはずがない。おかしいと思って調べてみると、昔、荒瀬の孫六の下で平次と一緒に稼ぎをしていた蓑吉という男が牢屋敷から出たことがわかった」

「牢屋敷から？　まさか、その蓑吉って奴を連れ出したのは……」

「そうだ。中山伊織だ。蓑吉が加役の返り訴人になり、平次のことをしゃべったに違いない」

「え」

喜平次の顔色が変わる。

「それじゃ、ここも危ないってことですか？」

「慌てるな。向こうがわかってるのは、このあたりの船宿を盗人宿《ぬすっとやど》にしているってことだけで、まだ詳しいことはわかってねえのだろうよ。そうでなければ、人相書なんか持って悠長に聞き込みなんかせずに、いきなり捕り方がここに押し寄せて来るはずだからな」

「それもそうですが……」

喜平次が額の汗を袖で拭う。

「蓑吉って野郎、このままにはしておけねえな。こそこそと動き回られると厄介だ」

「イヌなんざ、さっさと片付けるに越したことはありませんぜ」

喜平次と金兵衛がそんな話をしていると、

「あ、あの……」

又吉がかすれるような声を絞り出す。

「何が何だか、わたしにはさっぱり……」

「ん？」

金兵衛が又吉を振り返る。又吉がいたことを忘れていたという顔をしている。

「ま、無理もねえやな。おめえは真っ当に堅気《かたぎ》の暮らしをしていたのだものなあ。この川喜多屋は、表向きは船宿ということになっているが、実際には、黒地蔵一味の盗人宿なのさ」

「げ。盗人宿……」

喜平次が、ふふふっと笑う。

盗人宿というのは、言うなれば、盗賊団の秘密の隠れ家である。黒地蔵の一味が江戸で稼ぎをするときには、この川喜多屋を拠点として様々な準備をし、稼ぎの後には一味が身を隠す場所ともなる。江戸市中で大きな稼ぎをすると、すぐに捕り方の手が回るから、どうしても、こういう隠れ家が必要になるのだ。

「心配することはねえ。押し込みを手伝えというわけじゃねえんだから。お頭に命令されたときに、ほんの少し便宜を図って差し上げるだけのことよ。それで、見たこともねえ大金が手に入って、楽な暮らしができるんだから、ありがてえじゃねえか」

「も、もし、役人に、この人のことをしゃべっていたら、わたしは、どういうことになったので……？」

「ふんっ、そりゃあ、おめえ」

喜平次が目を細めて又吉を見据える。

「今頃は三途の川を渡っていただろうさ」

七

その夜……。

又吉は眠ることができず、溜息をつきながら、何度も寝返りを打った。横の布団ではお孝が大いびきをかいて眠り込んでいる。

この夜もお孝は又吉の肉体を求めたが、又吉の体は言うことを聞かなかった。お孝がどのような手管《てくだ》を尽くしても、まったく反応しないのだ。

「仕方ないねえ」

と、お孝は諦め、大酒を食らって、さっさと寝てしまった。眠り込む前に、

「あんたの気持ちはわからないでもないけど、もう観念することだよ。一旦、仲間になっちまったら、抜けられないんだからね。お頭は怖い人なんだから、妙なことを考えると消されちまうよ。おとなしくしてれば、いい暮らしができるし、気にすることないじゃないか」

と、又吉を慰めるように言った。

又吉にとっては青天の霹靂《へきれき》だった。いきなり、盗賊の仲間になれと言われて、はい、そうですか、とふたつ返事にうなずくことができるものではない。

(盗賊の仲間になるなんて冗談じゃねえ。冗談じゃねえよ……)

八

蓑吉が縄暖簾を出たときには、とっぷりと日が暮れていた。徳利《とっくり》を三本飲んだだけだというのに、すっかり酔いが回って気持ちよくなっている。

（久し振りだ……）

何の心配もなく心地よく酔うなどということは本当に久し振りだった。火付盗賊改の返り訴人になることを決意したことで人生が変わったのだ。

最初のうちこそ、

（すぐに牢屋敷に戻されるんじゃねえのか）

と警戒していたが、柘榴の平次の居場所を突き止めたことを皮切りに、昔の伝手《つて》を辿《たど》って、裏社会の情報をこまめに集めて知らせるうちに、次第に十手持ちの九兵衛も信頼してくれるようになり、住むところや仕事も世話してくれた。店賃の安い、さして上等でもない裏店住まいだし、仕事も日雇いだが、不満はない。危うく獄門にかけられるところを運よく助かって、人生をやり直す機会を与えられたのだ。町方の影に怯《おび》えて夜中に跳び起きたり、悪夢に魘《うな》されることもなくなった。熟睡できるのである。ありきたりの平凡な生活がこんなに幸せなものだったかと、しみじみと思い知らされている。

酔い醒《ざ》ましに堀端で涼んでいると、

「おや、蓑吉さんじゃないかね」

と背後から声をかけられた。

長く裏社会で生きてきた者の持つ独特の嗅覚《きゆうかく》が、

（やばいぜ）

と、蓑吉に危険を知らせた。

振り返ることなく、堀沿いに走り出そうとした。

何かに躓《つまず》いて、蓑吉は地面に転がる。腰を強く打った。

「うっ……」

痛みに顔を顰《しか》めながら顔を上げると、黒い影が蓑吉を見下ろしている。考えを見抜かれて足を引っ掛けられたのだ、と悟った。となれば、当然、素人《しろうと》ではない。玄人《くろうと》だ。

「て、てめえは……」

「おっと、勝手にしゃべるんじゃねえ」

大きな手が蓑吉の喉をぐいっとつかむ。しかも、右の膝《ひざ》で蓑吉の胸を押さえつけている。これでは身動きもできないし、口を利《き》くこともできない。

「何もしゃべらなくていいんだ。てめえのことはわかってる。加役のイヌになって、平次を売りやがったな」

その言葉を聞いて、この男が、

（黒地蔵の金兵衛……）

と、蓑吉は悟った。

「てめえのおかげで役に立つ手下をなくしただけじゃねえ。せっかくの稼ぎが駄目になっちまった。薄汚ねえイヌは、親指を切り落として喉に押し込むのが掟《おきて》だが、そんな甘っちょろいことじゃ許せねえほど、わしは腹が立ってるんだ……」

金兵衛が蓑吉の喉から手を離す。

「待ってくれ」

それが蓑吉の最後の言葉になった。金兵衛の匕首が蓑吉の喉を切り裂いたのだ。それで声を出せなくなった。しかし、わざと頸動脈《けいどうみやく》を傷つけなかったので、すぐには死なない。

次に金兵衛は、蓑吉の脇腹を二度刺した。慎重に急所を外している。殺すことなく、身動きできないようにしたのだ。

「これからが本番だぜ」

金兵衛は蓑吉の体に馬乗りになると、左手で蓑吉の顔をつかみ、右手の匕首を蓑吉の目に近付けていった。

九

次の日、又吉は、

「久し振りにおふくろの顔でも見てくる」

と言い繕って川喜多屋を出た。

「あ、そう」

お孝は、何の関心も示さなかった。

せめて、

「おっかさんによろしく」

とでも言えばかわいげもあるが、そんな気配りとは無縁の女なのである。

とぼとぼ歩いているうちに自身番が見えてきた。

(盗賊の仲間になんかなりたくねえ)

という気持ちははっきりしていたので、

(やっぱり、黙っているわけにはいかねえ)

と覚悟を決めてやって来た。

が……。

金兵衛には何の恩義もないが、喜平次やお孝を売ることに多少のやましさを感じないといえば嘘になる。この一年、義理とはいえ家族として、ひとつ屋根の下で暮らしてきたのだ。

いざ、自身番を目にすると足が震えた。

（どうしよう……）

　と迷っていると、

「又吉さんじゃないか」

　と声をかけられた。

　振り返ると、善右衛門である。

「どこかにお出かけかね？」

「ええ、まあ……」

「それなら、自身番に誘うのはやめておくか。あそこに詰めているのも退屈でね。茶でも飲みながら話し相手になってくれると嬉しいんだが」

「そういえば、この前のことですが……」

「ん？　ああ、加役の旦那たちのことかい」

「ええ。何かわかりましたか？」

「わかるものかね。この町に住む人たちのことなら、わたしは昔からよく知っている。凶悪な盗賊を庇ったりする者なんかいるはずがないさ。あんただって、そう思うだろう？」

「そうですね」

「だが、相手は、怖い加役の旦那だからね。おとなしく言いなりになるのが身のためってもんだ」

「そんなに怖いんですかね？」

「そりゃあ、怖いさ。ここだけの話……」

内緒話でもするように善右衛門が又吉の耳許に口を寄せる。

「近頃は物騒だから、夜歩きする者も少ないけれど、何がそんなに物騒なのかといえば、加役の旦那たちが物騒なんだという者もいるくらいだ。あの人たちは荒っぽいからねえ。下手に目をつけられたら、責め殺されちまいかねないよ」

「……」

「ははは、引き留めちまったね。また、暇なときに寄っておくれな。遠慮はいらないよ」

善右衛門が自身番に向かっていく。

（どうしよう……？）

と迷ったが、すっかり足が竦《すく》んでいる。

やはり、恐ろしいのだ。

ふーっと溜息をついて、又吉が歩き出す。善右衛門から余計なことを聞かされたために、一旦、決めた覚悟が腰砕けになってしまったのである。

と、ぽんぽんと後ろから肩を叩かれた。

何気なく振り返って、腰を抜かしそうになった。

「こんなところで油を売ってちゃいけねえな。川喜多屋に戻った方がいいんじゃねえのか？」

瞬《まばた》きもせず、金兵衛が冷たい目で又吉を見つめる。

十

「昨日、喜平次も言ったように、何も、おめえに押し込みをやれと言うわけじゃねえんだ。血なまぐさいことなんか何もねえのさ。喜平次を助けて、この川喜多屋を守《も》り立ててくれりゃあ、それでいい。時々、といっても、せいぜい一年に一度くらいのものだが、少しばかり手を貸してくれればいいんだ。ちょいとした手伝いをしてくれるだけで、真面目にこつこつ働いたのでは一生かかっても拝めねえような大金が手に入るんだぜ」

金兵衛が懐から袱紗《ふくさ》包みを取り出して、又吉の前に置く。

「五十両ある。挨拶代わりだ。受け取ってくんな」

「いや、そんなわけには……」

掌《てのひら》がじっとりと汗ばんでいる。息苦しい。

「受け取ってもらわねえと、こっちが困る」

金兵衛がじろりと又吉を睨む。

「言うまでもねえが、これは押し込みで奪い取った金だ。家にいた者たちを皆殺しにして手に入れた、血にまみれた金よ。これを受け取れば、おめえは本当の仲間ということになる。それがどういうことかわかるか？」

「いいえ」

手の甲で額《ひたい》の汗を拭いながら又吉が首を振る。

「つまりよ、わしら一味がお縄になるときは、おめえも一緒だということよ。市中を引き回された上、斬首されて、みんな揃って獄門台に生首をさらすことになるってわけだ」

「そ、そんな……」

「裏切るなよ、又吉」

「……」

「時々、御番所や加役に駆け込んで仲間を売ろうなんてことを考える奴がいる。イヌよ。結構な額の報奨金《ほうしょう》も手に入るし、自分は罪を許されるっていううまい話だ。だが、そんな奴は長生きできねえことになっている。消されるんだよ。目を抉《えぐ》られ、鼻と耳を削《そ》ぎ落とされる。次は指だな。一本一本落とされる。手と足の指を全部だぜ。

そりゃあ、痛《いて》えだろうなあ。最後に右と左の親指を切り落とされて喉に突っ込まれ、息ができなくなって、目を白黒させながら御陀仏《おだぶつ》ってわけだ。信じられるかよ、そんな惨《みじ》めな死に方を？　だが、それがイヌの末路と決まっている。しかも、そいつだけのことじゃねえ。そいつに家族がいれば、当然、家族も同じように殺される。親兄弟まで巻き込むことになるんだよ。又吉、おめえにはおふくろがいたな」

「……」

「弟夫婦と暮らしているんだろう？　弟には、この春に可愛い赤ん坊も生まれたというじゃねえか」

ふふふっと金兵衛が笑う。

「家族ってのは、大切にしねえとなあ」

「……」

「そうだ、忘れていたが……」

金兵衛が懐から油紙の包みを取り出し、畳の上に広げる。

「うえっ」

又吉が仰《の》け反《ぞ》る。

「げげげっっっ……」

油紙の上には、ふたつの耳、ふたつの目玉、それに何本かの指が並んでいる。べっとりと油紙にこびりついた血は乾ききっていない。まだ新しいということだ。

「昨日、聞いただろう、蓑吉ってイヌのことを？　柘榴の平次という、わしの手下を加役に売りやがった。長生きできねえんだよ、そういう奴は。わかるな、又吉？」

「……」

「ほら、金を取りなよ。好きに使っていいんだぜ」

「は、はい」

又吉は震える手を袱紗包みに伸ばした。否応もない。選択の余地などないのだ。

十一

又吉は酒を飲むようになった。

日の高いうちから顔を赤くして、日が暮れる頃には泥酔して眠りこけた。客が来ると、酒を飲み過ぎて痙攣《けいれん》する手で包丁を握ったが喜平次やお孝は何も言わなかった。

イヌになることもできず、かといって、盗賊の仲間になるだけの度胸もないとすれば、酒に溺れてすべてを忘れてしまうことが、又吉に許された唯一の逃げ道だったのであろう。

そんなある日……。

楓川に又吉が浮かんでいるのが見付かった。発見したのは大久保半四郎である。町役人の善右衛門と十手持ちの九兵衛を伴い、楓川沿いの旅籠や船宿を調べ歩いている途中、岸辺で水草に絡まっている土左衛門を見付けたのだ。水死体は、皮膚がふやけていたものの、腹はそれほど膨《ふく》らんでいなかったし、顔形もはっきりと判別できた。

「こりゃあ……」

善右衛門が絶句した。

「知り合いか？」

「川喜多屋の又吉さんです。旦那も一度、会っているはずですよ」

「そうだったか」

半四郎が小首を傾げる。記憶が曖昧であった。よほど印象が薄かったのであろう。

十二

「わしの言った通りだったろう。あいつには無理だったのさ。最初に会ったときからわかっていたぜ」

金兵衛が言う。

「気の小さい男でしたからねえ。酒の力でも借りないことには耐えられなかったんでしょうよ。その揚げ句に川で溺れるとは……。これで三人目になるか、お孝？」

喜平次がうなずく。

「……」

その言葉が耳に入っているのかいないのか、お孝はぼんやりと天井の片隅を見上げている。

「おまえが惚れる男は、いつも似たような生真面目な優男だからなあ。たまには、もっと図太い男に惚れたらどうだ？　また同じようなことが起こったら……」

「お孝」

金兵衛がお孝をぐっと睨む。

お孝が金兵衛に顔を向ける。

「喜平次の言う通りだ。もう、いい加減にしな。こんなことを繰り返していると、そのうち加役に尻尾をつかまれる。男が欲しけりゃ、役者でも何でも買えばいい。だが、亭主を持つのはやめろ。亭主を三人も死なせりゃあ、もう十分だろうぜ」

そこに亀吉が指しゃぶりをしながらやって来た。

「おっかあ、腹、減った」

「……」

お孝は、じろりと亀吉を睨むと、力一杯、亀吉の頭を殴り付けた。

「一日に何度、飯を食えば気が済むんだ。この薄ら馬鹿！」

「ひ」

亀吉が両手で頭を押さえて逃げ出す。お孝が亀吉を追って廊下に出ていく。

「なあ、喜平次よ。お孝の亭主が三人も続けて溺れ死んだとあっては、さすがに怪しむ者も出てくるぜ。もう、この手は使えねえな」

「そうですね。又吉は苦しみましたか？」

「あんなに酔っ払っていては、この世にいるのか、あの世にいるのかもわからなかったろうぜ」

「そりゃあ、よかった。短い間とはいえ、身内だったわけですからねえ。楽に死んでくれたと聞けば、こっちの寝覚めもよくなりますよ」

「何を言ってやがる。大体、おめえがいい年をして廓《くるわ》通いばかりしていやがるから、お孝が次から次へと男を引っ張り込むんじゃねえか。少しは身を入れて商売に精を出しな」

「すみません」

喜平次が白髪頭を恥ずかしそうにかいた。

「蓑吉を片付けたから、とりあえずは安心だが、中山伊織め、このままにはしておけねえな」

「これまでの加役と比べても、ちょいと勝手が違いますからね。せいぜい二年か三年くらいでお役御免になるんでしょうが」

「それまでおとなしくしてるってのか？　いやいや、それは気に入らねえな。二年も三年も待つ気はねえ。稼ぎがやりにくいっていう話だけじゃねえ。弟たちの恨みも晴らしてやりてえんだ」

「と言うと……」

「死んでもらうのさ、中山伊織にな」

「加役の頭を殺すので？」

さすがに喜平次の顔色が変わる。

「もう手は打ってある」

ふふふっ、金兵衛は余裕の笑みを浮かべた。

十三

楓川の畔《ほとり》で亀吉が涙を拭っている。

ひもじいのだ。とても晩飯まで我慢できそうにない。しかし、家に戻っても、お孝がいるから残り飯をさらうこともできない。

（ああ、おとっちゃんがいればなあ……。あれは、いいおとっちゃんだった。いつだって好きなだけ飯を食わせてくれたもんなあ……）

亀吉は又吉を懐かしく思い出した。

昔の女

一

五百石以上の旗本ともなれば、外出のときには小姓《こしょう》や草履《ぞうり》取りに供をさせるものだ。三千石の大旗本で、御先手組の頭《かしら》、しかも、加役として火付盗賊改の頭を兼務するほどの中山伊織ならば、さぞや仰々しい行列でも組んで外出するのかと思いきや、公務で出かけるときでも、ごく少数の供を従えるだけだし、そうでないときには脇差を一本差しただけの着流し姿で、しかも、大抵は供も連れずに出かけるのである。この頃は秋風が肌寒いときもあるので、そういうときは羽織りを着て出るが、気楽な格好に変わりはない。

一人歩きは伊織の「気まぐれ」だから、気儘《きまま》にぶらぶら歩き回る。腹が減れば蕎麦《そば》を食い、喉が渇けば酒を飲む。眠くなれば、神田川沿いの草むらで昼寝だ。

「加役を務めている間は、お控えになった方がよろしいのではございませんか」

妻のりんがたしなめることもあるが、

「なあに構うもんか。口うるさい上役がいない方が仕事ってのは捗《はかど》るもんだ。これも大切なお役目のためになってるってことさ」

伊織は笑って相手にしない。

この日も、そうであった。半刻（一時間）ほど小太郎《こたろう》の手習いを見てやると番町の組屋敷を出た。小太郎は伊織の一人息子で五歳になる。

当てもなく歩き回り、昼近くになって腹が減ってきたので、

（蕎麦でも食うか……）

と考えたとき、

「やあ、旦那」

後ろから声をかけられた。振り返ると、捨助《すてすけ》という顔馴染みの饅頭《まんじゆう》売りである。前後に四角い箱をぶら下げた天秤棒《てんびんぼう》を担いで、日本橋界隈で饅頭を売り歩いている気《き》っ風《ぷ》のいい男だ。

「捨助じゃねえか」

「昼間っから暇を持て余して、そぞろ歩きとは、いいご身分ですねえ」

捨助は、伊織を気楽な浪人者だと思っている。

「わしだって、そんなに暇じゃないんだぜ」

「ま、見栄を張らなくても結構ですよ。いかがですかい、饅頭でも？」

「まだ昼前だぜ。さして腹も減ってねえな」

「うまい饅頭でも食えば、何かいいことがあるかもしれませんよ。仕官の口が見付かるとかね」

「うまいこと言うぜ。よし、ふたつくんな」

「へい、毎度どうも。二十四文になります」

受け取った饅頭を懐に入れると、

（せっかくだから神田明神にでも行ってみるか）

伊織は歩き出した。

二

神田明神の境内《けいだい》で伊織が饅頭を頬張っていると、竹とんぼが飛んできた。この広い境内には、いつも子供たちの遊ぶ姿がある。無邪気に遊び回る子供の姿を眺めるのが伊織は好きなのだ。

男の子が走ってくる。

「ほらよ」

竹とんぼを拾って男の子に渡す。

「ありがとう」

「いい子だな。そうだ、坊や……」

伊織が懐から饅頭を取り出す。

「この饅頭を食べないか。アンコが一杯入っていてうまいぞ」

「おじちゃん、食べないの？」

「ひとつ食ったところなんだ。もう満腹で、ふたつは食べられそうにないのさ」

「ふうん……」

「饅頭は嫌いか？」

「好きだよ」

「それじゃ食べてくれるか」

「うん。ありがとう」

男の子が饅頭を受け取ったところに、

「市松《いちまつ》、何をしているの？」

二十代後半という年格好の女が近付いてきた。

「このおじちゃんに饅頭をもらったの」

「まあ、ちゃんとお礼を言ったの？」

「言ったよ」

「どうもありがとうございます」

女が丁寧に腰を屈める。

「なあに、余り物だから、坊やが食べてくれると、こっちも助かるんだ」

「ご親切に……」

女と伊織が真正面から顔を合わせる。

「あ」

「あ」

同時に声を上げた。息を呑み、瞬きするのも忘れて見つめ合う。

最初に口を開いたのは伊織の方だ。

「おまえ、美代《みよ》だな」

「市《いち》さん……」

中山伊織を「市さん」と呼ぶ者は、今ではほとんどいない。伊織は、家督を継ぐまで「市之助《いちのすけ》」を通り名としていたのだ。

「ご無沙汰しております」

「……」

かつて愛した女を間近に見ながら、伊織は呆然としている。

三

三日に一度、伊織の役宅に中山党の面々が顔を揃えて会合が開かれる。それぞれの立場で耳にした情報を共有するのが目的である。犯罪が起こってから下手人を捕まえるよりも、犯罪を未然に防ぐ方がいいに決まっているから、情報収集には人も金も時間もかける。それが伊織の方針なのだ。

「近頃は気負い組もおとなしいな」

茶を啜《すす》りながら、与力の高山彦九郎がつぶやく。

「まったくです」

甘納豆を嚙みながら、大久保半四郎がうなずく。

「火付けや盗賊もめっきりと減ってますよ。何もないというわけではありませんが、押し込んで、一家皆殺しにするというような凶悪な盗賊は、ここしばらく現れておりません」

「さすがの盗賊どももお頭を怖《おそ》れているということかな。お頭のやり方も知れてきたから」

彦九郎が笑みを浮かべる。

伊織のやり方は、とにかく、荒っぽい。

（こいつは怪しい……）

と目星をつけると、すぐにお縄にして牢屋敷に放り込む。容易に口を割らない強情な犯罪者に対しては、伊織が直々《じきじき》に吟味をすることもある。

噂では、伊織の吟味を受けた者は、

（まず、十人のうち、八、九人は斬られる）

という。

江戸時代には、裁判もいい加減で簡単に犯罪者を死刑にしてしまうと思われがちだが、実際には、それほど簡単ではない。

そもそも、三奉行と呼ばれる町奉行、寺社奉行、勘定奉行が言い渡すことのできる刑罰は中追放までに過ぎない。重追放以上の刑を言い渡すには老中の許可が必要であり、遠島《えんとう》や死罪を言い渡すには将軍の裁可が必要なのである。

火付盗賊改は、その指揮系統が将軍に直結しており、三奉行のように法に縛られないので、頭の判断で容疑者を処刑しても責任を問われることがない。そうは言っても、歴代の火付盗賊改の誰もがそういう乱暴なやり方をして容疑者を次から次へと斬ったわけではない。伊織が例外的な存在なのだ。

「おまえたちの方は、どうだ？」

半四郎が九兵衛と朝吉に顔を向ける。賭場や盛り場、悪所などで聞き込みをするのは、もっぱら、この二人に任されている。

「高山さまがおっしゃったように、盗賊どもがお頭を怖れて鳴りを潜めているのは本当のようです。裏の世界で名前の知られた盗賊の中には、江戸で稼ぎをするのを避けて、わざわざ房州《ぼうしゅう》や上州《じょうしゅう》あたりに稼ぎに行く者までいるようです」

九兵衛が答える。

「江戸の盗賊が出稼ぎに行って騒ぎを起こすとは、八州《はっしゅう》廻りに恨まれそうだな」

彦九郎が苦笑する。

「ただ、ひとつ気になることが……」

「何だ？」

「朝吉が賭場で耳にした噂なんですが……。朝吉、申し上げろ」

「お頭の命を狙っている連中がいる、そんな噂を耳にしまして」

「何だと、お頭の命を？」

「あんまり突拍子もないし、どうせ与太だろうと高《たか》を括《くく》っていたんですが、ここ何日かの間に二度も違う賭場で耳にしたもんで気になりまして」

「先達て、蓑吉が殺されたばかりだ。心を入れ替えて、生き方を変えようと返り訴人になった途端、むごい殺され方をした。その後だけに聞き捨てにはできんな」

彦九郎が険しい顔になる。

「おっしゃる通りです。たとえ噂《うわさ》に過ぎないとしても、火のないところに煙は立たぬとも申しますし、放ってはおけません」

板倉忠三郎がうなずく。

「お頭、どう思います？」

彦九郎が伊織に水を向ける。

「……」

伊織は、縁側に寝転がってぼんやりと中庭に顔を向けている。行儀が悪いのは、いつものことだから誰も気にしないし、そっぽを向いているようでも、きちんと皆の話に耳を傾けているとわかっている。

が……。

今日の伊織は、そうではなかった。

本当にぼんやりしている。

「お頭？」

「あ」

伊織が起き上がる。

「終わったのか」

「いいえ、あの……」

「ちょっと急ぎの用があるんだ。後のことは彦さんに任せる」

伊織が足早にその場を去る。

「どうしたんでしょうね、お頭らしくもない」

半四郎が怪訝《けげん》な顔をする。

「さあな……」

彦九郎にもわからない。

「ところで、さっきの話だが、おまえたち、もう少し探ってみてくれ。お頭の命を狙うなどと、たとえ戯《ざ》れ言《ごと》でも許せん。噂の出所を探れ」

四

神田明神の境内。

伊織が腰掛けに坐っている。隣に美代がいる。

「市松といったな」

竹とんぼを切って、境内を元気に走り回る市松の姿を目で追いながら伊織が訊く。

「はい」

「いくつだ？」

「……」

「なぜ、黙っているんだ？」

「もうすぐ七つになります」

「七つ……」

伊織が両目を見開く。美代が、伊織の前から姿を消したのが、かれこれ七年前なのである。

「てことは、まさか……」

「何もおっしゃらないで下さいまし」

美代が袖で目許を押さえる。

「今、誰かと一緒なのか？」

「……」

美代が黙って首を振る。

「今更、こんなことを聞くのも野暮《やぼ》かもしれないが、なぜ、あのとき、急に姿を消したんだ？」

「だって……」

美代が顔を上げる。

「お兄さまが亡くなって、家督を継ぐという大切なときだったじゃありませんか。殿様になろうという御方が水茶屋の女なんかに関わってちゃいけなかったんですよ」

「……」

伊織は唇を噛む。

本当ならば、伊織は部屋住みの「厄介《やっかい》」として、うだつの上がらない一生を送るはずだった。

ところが、七年前、伊織の兄・中山監物が流行病に罹《かか》り、呆気《あっけ》なく急死した。子供がいなかったため、急遽、伊織が家督を継ぐことになった。嫂《あによめ》のしのは実家に帰され、それと入れ違いにしのの妹が伊織の元に嫁いできた。それが、りんである。しのの実家と伊織の父・主水との間に様々なやり取りがあったらしいが、伊織自身は、まったく関知していない。遊び人の「市さん」として知られていた旗本の次男坊が、突然、三千石の大旗本の主となったのだから呆然とするのも無理はなかった。周囲の環境の激変に戸惑う伊織が落ち着いたのは、監物が亡くなって二月《ふたつき》ほども経ってからであった。ようやく美代を訪ねる余裕も生まれ、馴染みの水茶屋に足を向けたが、もう美代は姿を消していた。心当たりを捜し歩き、高山彦九郎の手まで借りて捜したのだが、結局、美代を見付けることはできなかった。

「なぜ、話してくれなかった？」

「市さんが大変だってことはわかってましたからね。お兄さまが亡くなって家督を継ぐことになり、慌ただしく奥様までおもらいになって。わたしなんかの出る幕はありません。かえってご迷惑をかけるばかりだと思いましたから」

「だが、子供のことは……」

「……」

美代が目を伏せる。

「すまない。おまえを責めるのは筋違いってもんだな。わしが悪かったんだ。あのとき、もっと必死に行方を捜していれば、こんなことには……。何を言っても言い訳にしかならないな」

「一生、お目にかからないつもりでした。お名前の一文字を頂いて、それで十分だったんです」

「父親のことを、あの子には？」

「死んだと思っています」

美代が立ち上がって市松を呼ぶ。

「さあ、帰りましょう。おじさんにご挨拶をして」

「さようなら」

「さようなら、坊や」

「昨日の饅頭うまかった。ありがとう」

市松がにっこりと笑う。

「そうか。それはよかった」

「いつまでも、お元気で」

美代は丁寧に頭を下げると、市松の手を引いて境内を横切っていく。伊織は、その後ろ姿をじっと見送る。美代と市松の姿がぼやけてくる。涙で目が滲むのだ。二人の姿が小さくなっていくのを見ると、もう堪《たま》らなくなった。

「待ってくれ」

涙も拭わずに、伊織は駆け出した。

五

「ほう、伊織さまのお命を狙っている奴がいるってんですか?」

弥助が驚いたように瞬きする。

「うむ、朝吉が噂を耳にしてな」

九兵衛がうなずく。

「そんな大それたことを本気で考える奴がいますかねえ」

弥助は半信半疑の様子だ。

「おれもまさかとは思うが、事が事だけに放っておくこともできなくてな」

「それもそうですね」

「その噂を最初に耳にしたのは福島町《ふくしまちょう》のちんけな賭場で、それとなく突っ込みを入れてみると、そいつは本郷《ほんごう》の旗本屋敷で聞いたというんだ」

朝吉が説明する。

「ふうん、どなた様のお屋敷ですか?」

「阿部越中守《あべえっちゅうのかみ》様のところらしい」

「あそこは柄が悪いや。博奕をするのが目的で中間奉公してる連中ばかり集まってるんだから」

「おれと朝吉は、もう面が割れてるから出入りできないんだ。頼まれてくれるか」

「承知しました。あそこは小便博奕じゃありませんから、見せ金がいりますよ」

「これで足りるか」

九兵衛が懐から小判を二枚取り出す。

「十分です。今夜にでも出かけてみましょう。何かわかったらお知らせしますよ」

六

伊織が座敷に寝転がっている。肘枕《ひじまくら》をしながら手酌で酒をなめているのだ。

（あの人には、かわいそうなことをした……）

あの人というのは実家に戻されたしののことである。中山家には六年いたが子供に恵まれず、「石女《うまずめ》」と陰口を叩かれていた。

その頃、伊織は、

（いや、案外、兄上に種がないのかもしれない）

と、しのに同情していた。

監物は女遊びも嫌いな方ではなく、妾《めかけ》も囲っていたが、最後まで誰も孕《はら》ませることができなかったのである。伊織など肩身の狭い部屋住みで、小遣い銭にも不自由するような暮らしを強《し》いられていたから、監物のように派手に女遊びをしたわけでないが、それでも一度だけ女を孕ませたことがある。美代と知り合う前の話だから、かれこれ、一年ほども前の話だ。月足らずで流れてしまい、その女ともすぐに別れたが、自分が種なしでないことはわかっている。

今になってみると、しののことが、

（やっぱり、石女だったのか）

という気がしている。

なぜなら、りんもそうなのである。七年前に伊織の妻となり、夫婦仲は睦《むつ》まじいのだが、なぜか、子供には恵まれない。

伊織には小太郎という跡取り息子がいるが、実子ではなく、養子である。嫁いできて三年経っても懐妊の兆《きざ》しがまったく見られないので、親類一同が寄り集まって、妾を持ってはどうか、石女を離縁してはどうか、と口うるさいほどに騒ぎ立てた。伊織は、りんのことが好きだったし、子供を産まないという以外に、妻として何の不満も感じていなかったので、

「わしは妾など持たぬ。りんを離縁もせぬ。それほど跡取りが欲しければ、どこかからもらってくればよかろう」

と養子をもらうことを宣言し、親類たちの口を封じた。そういう事情で小太郎は伊織の子となった。一歳で中山家にやって来て、それから四年経つ。

小太郎は、伊織とりんを実の両親のように慕《した》い、伊織とりんも小太郎を可愛がっている。小太郎とりんの絆《きずな》は実の母子よりも深いのではないか……伊織はそう感じることがたびたびある。

（さて、どうしたものか……）

市松のことである。伊織の血を引く七歳の男の子だ。伊織がその気になれば、小太郎を義絶して実家に戻し、市松を嫡子に迎えることもできないことではない。簡単なことではないが、要は、伊織の胸ひとつといっていい。

が……。

わが子として慈《いつく》しみ育ててきた小太郎にそんな酷《むご》い仕打ちができるものかどうか……想像するだけで伊織は暗い気持ちになる。りんも黙ってはいないだろう。小太郎を義絶すれば、離縁を望むに違いない。

（駄目だ、そんなことができるはずがない）

伊織は、りんも小太郎も好きなのである。家庭に不満はない。幸せなのだ。

しかし、自分と血の繋がった子がいるとわかって心が波立ったのは事実だ。居ても立っても居られないほど気になる。このまま知らん振りなどできなかった。

七年前、伊織の前から姿を消し、一人で市松を産んでからのことを、美代は、あまり話したがらなかったが、話の端々から並大抵の苦労をしたのでないことを察した。

今は母子二人で上野《うえの》・海禅寺《かいぜんじ》の少し先にある農家の離れを間借りしているという。周囲を田圃《たんぼ》に囲まれた淋しい土地である。裏店の家賃すらまともに払うことができないほどに困窮し、知り合いの口利きで世話をしてもらったという。

「そこまで困っていたのなら、なぜ、訪ねてくれなかった？」

「そんなことをするくらいなら、最初から行方をくらましたりするもんですか」

そう美代に言われると、伊織も何も言えなかった。

最も簡単なのは、こっそりと市松と美代をどこかに囲うことだが、それは気が進まなかった。この七年間、美代と市松に何もしてやれなかった償《つぐな》いをしたいのだ。これから先、市松を日陰者として育てるようなことはしたくない。たとえ中山家の家督を継がせることができなくても、どこかの旗本と養子縁組みさせ、ひとかどの武士にしてやりたかった。そのためには中山伊織の息子であることを明らかにする必要がある。日陰者では駄目なのだ。

伊織ほどの大旗本ならば、屋敷の中に美代と市松を住まわせても少しもおかしなことはない。

（りんは納得するかな……）

それが心配だ。

りんだけではない。

小太郎に何と説明するのか。

一人息子のはずが、突然、兄ができて、しかも、その兄は伊織と血の繋がりがある。まだ五歳だから何もわからないかもしれないが、大きくなれば、中山家における自分の微妙な立場に悩むようになるかもしれない。

（困ったな。どうすればいいんだ）

伊織としては、みんなに幸せになってもらいたい。

だが、いくら思案を重ねても、誰かが苦しんだり、悲しんだりすることになってしまいそうだ。

大きな溜息をついて猪口《ちょこ》を呷《あお》る。酒が苦い。

そこに、

「父上」

小太郎が声をかけた。

「あ」

伊織が慌てて起き上がる。

「ど、どうしたんだ？　まだ起きていたのか」

声が上擦《うわず》ってしまう。

「今朝、教えてもらったところがようやく読み下せるようになりました。聞いていただけますか」

「聞くとも」

「では……」

小太郎は背筋をぴんと伸ばし、大きな声で『孟子《もうし》』を読み始める。誉めてもらおうと、よほど一生懸命に練習したに違いないと伊織にはわかる。

不覚にも涙がこぼれた。

(馬鹿め。これじゃあ、鬼の目に涙じゃねえか)

袖でごしごしと目許をこする。

「父上、どうなさったんですか?」

「何でもない。目に埃《ほこり》が入った。続けなさい」

「はい」

小太郎がまた読み始める。

伊織は声を押し殺して泣いた。

七

翌朝。

九兵衛と朝吉の二人は、牢屋敷に高山彦九郎を訪ねた。大久保半四郎もいた。

「菩薩《ぼさつ》の伊右衛門《いえもん》と呼ばれる盗賊をご存じですか。かれこれ三年くらい前に江戸で悪事を働き、それっきり行方をくらました奴なんですが」

九兵衛が半四郎に言う。

「どこかで聞いた名前だな」

半四郎が小首を傾げる。

「お頭が加役を拝命なさる前の話です。紙問屋を襲って、一家七人を皆殺しにした上、有り金を奪って逃げた悪党です」

「思い出した。御仕置伺帳で読んだ覚えがある。手下が一人捕まったんじゃなかったか?」

「お縄になったのは、稼ぎの直前に伊右衛門が賭場で拾った新参者で、店の外で見張りをさせられていた若造です。一味は、みんな黒覆面をしていたから、伊右衛門以外の仲間のことを何も知らなかったんですね。伊右衛門も逃げ足が速くて、結局、その新参者以外にお縄になった奴はいませんでした」

九兵衛が説明する。

「その伊右衛門が何だっていうんだ?」

「ふた月ほど前に江戸に戻り、昔の仲間に声をかけてるっていうんです」

「で?」

「ところが、みんな尻込みしちまって、うんと言う者がいないらしいんですよ」

「お頭を怖れているってことか?」

「まあ、そういうことらしいですね」

「だからといって、いきなり火付盗賊改の頭を殺そうなどと考えるものか？　誰かが見返りに大金を払うのならわからないでもないが」

それまで黙って二人のやり取りを聞いていた彦九郎が口を開く。

「黒地蔵の金兵衛ならやりかねないと思いますが」

「金兵衛が伊右衛門に金を出すというのか？」

彦九郎の顔が険《けわ》しくなる。

「弥助が聞き集めてきた噂です」

「何でもかんでも噂かよ。もっと、しっかりした聞き込みはできないのか」

半四郎が顔を顰める。

「そこまで弥助が根掘り葉掘り探ると、こいつはイヌじゃねえかと疑われて、簀巻《すま》きにされて大川に放り込まれてしまいますよ。ただ……」

「何だ？」

「伊右衛門は、おしゃべりな男です。お頭を殺して日本橋に生首をさらしてやると自信満々だそうですよ。よほど自信があるんでしょう」

「ねぐらはわかってるのか？」

半四郎が訊く。

「わかりません」

「くそっ、手がかりなしか」

「そうとも言えません」

「どういう意味だ？」

「伊右衛門には女がいるそうです」

「何だ、それなら話が早い。その女をお縄にすればいいんだ」

「昔、伊右衛門の稼ぎを手伝ったことのある三日月《みかづき》の新助《しんすけ》っていうケチな博奕打ちがいて、その男なら、たぶん、女の居所を知っているはずだと弥助は言うんですが、生憎《あいにく》と新助は御番所の返り訴人です」

「町奉行所の？」

　半四郎は露骨に不快そうな顔になった。火付盗賊改と町奉行所は犬猿の仲だ。常日頃から縄張り争いで火花を散らしている。

「まずいな。お頭に相談しないと動きようがない」

「お頭のことだ。遠慮はいらないからお縄にしてこいと言うだろうな」

　彦九郎がつぶやく。

「新助って奴は、金に汚い男らしいです。下手な博奕ばかりして、いつも文無しだそうで」

「金で転ぶか……」

「五両と吹っかけてくるだろうが、まあ、三両くらいで手を打つだろうと弥助は言ってます」

「三両か……」

彦九郎が思案する。

「高山さま、一応、お頭に相談してみましょう」

半四郎が言う。

「そうだな」

彦九郎がうなずく。

「早速、組屋敷に行ってきます」

「待て、わしが行く。町奉行所が絡んでくると、お頭は、すぐにカッとなるからな」

「なるほど、高山さまが宥《なだ》め役ですか」

「そういうことだ。おまえたち、一緒に来てくれ」

「はい」

九兵衛と朝吉が頭を下げる。

八

「また、お出かけですか」

玄関を出るところで、りんに声をかけられた。

「うん、まあな……」

「このところ、よくお出かけですけど、お役目の方はよろしいんですか」

皮肉ではなく、素朴に疑問を感じているという様子である。

「盗賊どもがおとなしいから加役は暇だよ」

「それはようございました。お気をつけて」

りんがにこやかに見送る。

「りん」

「はい？」

「いや、あの……帰ってから話す」

「何ですの？」

「ま、あとで話す。行ってくる」

伊織がそそくさと出かける。

門を出たところで、

「お頭」

彦九郎が声をかけた。

「おう、彦さんか。それにおまえたち」

「お出かけですか？」

「ちょっとな。急ぎか？」

「申し訳ありませんが……」

「歩きながら聞こう」

伊織は足を止めずに言う。

彦九郎は、伊織の命を狙っているのが菩薩の伊右衛門であり、しかも、黒地蔵の金兵衛も一枚噛んでいるらしいと説明した。普段の伊織ならば、金兵衛という名前を聞いただけで頭に血が上りそうなものだが、今日はまったく上《うわ》の空である。三両使って、町奉行所の返り訴人から情報を買ってもいいかと彦九郎が相談したときも、

「彦さんに任せると言ったはずだぜ」

という素《そ》っ気《け》ない反応だ。

「それだけか？」

「はい」

「すまないが急いでる」

「お頭」

彦九郎が肩越しに振り返る。九兵衛と朝吉は遠慮して離れて歩いている。伊織と彦九郎の会話が聞こえる近さではない。

「どうなさったのですか？」

「おかしいか？」

ふっと伊織が笑う。

「差し出がましいことを申し上げるつもりはないのですが……」

「彦さんとわしの仲だ。遠慮はいらないさ。実は、神田明神の境内で、ばったり美代に会った」

「美代？」

彦九郎が小首を傾げる。

「七年前、彦さんの手も煩《わずら》わせたぜ」

「ああ、あの水茶屋の女ですか。思い出しました。お会いになったんですか」

「うむ。驚いたぞ。子供がいたよ」

「あれから何年も経ってますからねえ。誰かと所帯を持ったんでしょう。よかったじゃないですか」

「子供は七つの男の子だ」

「え」

「七つだ」

「それは、まさか……」

彦九郎が驚いたように目を見開く。

「そういうことだ」

伊織がうなずく。

「そんなわけで、さすがのわしも慌てているというわけでな」

「これから会うのですか？」

「そうだ。また改めて話を聞いてもらうよ。お役目のことはよろしく頼む」

九

それから一刻（二時間）……。

伊織は神田明神の境内にいた。

（遅いな……）

頻《しき》りに周囲を見回す。美代との約束の時間は、とうに過ぎている。苛立っているわけではないが、心は急《せ》いている。市松の顔も見たいし、昨晩、ほとんど眠らずに下した結論を早く美代に話したいという気持ちもある。その結論を受け入れてもらえるかどうか不安でもある。

　ようやく美代がやって来た。一人である。

「遅くなってすみませんでした」

　美代が息を切らせている。急いで来たらしい。

「市松は、どうしたんだ？」

　伊織が怪訝そうな顔をする。

「ゆうべから熱っぽかったんです。今朝は元気で、ここに来るのを楽しみにしていたんですけど、出がけに吐いてしまいましてね。こじらせてもいけないと思って留守番させたんです」

「それは心配だな」

「おじちゃんに会いたいと言って、随分と駄々をこねましてね。それですっかり遅くなっちまって」

「医者には診《み》せたのか？」

「熱を出したくらいで医者に診せるような暮らしじゃないんですよ。今夜も熱が下がらないようなら薬を買って飲ませますから」

「おいおい、冗談じゃないぜ。よし、これから薬を買って持って行ってやろう。市松の顔も見たいし、病気なのに留守番させておくのも心配だ」

「農家のばあさんが見てくれてますから」

「すまない。何もかも、わしが悪いんだ」

伊織が頭を下げる。

「だが、いくら詫び言を繰り返したところで、この七年間を取り戻すことはできない。せめて、その償いをさせてくれないか。おまえと市松を組屋敷に引き取りたい」

「え」

「うちには小太郎という子がいて、それは実子ではなく養子なんだが、中山の家は小太郎が継ぐことになる。それを替えるつもりはない。だが、市松もわしの倅だ。決して肩身の狭い思いをさせはしない。先々、必ず、旗本にしてやる。約束する」

「け、けど、奥様が……」

「おまえは心配しなくていい。ただ、順序として、おまえたちの気持ちを確かめたいと思ってな。承知してくれれば、今夜にでも、きちんと話をして、二、三日中には組屋敷に迎えられるようにする」

「……」

「どうだ、うんと言ってくれるか?」

「で、できません。駄目です、そんなこと」

「待ってくれ。すぐに決めなくてもいい。驚くのも無理はないからな。市松とも話をしなければならないだろうし、よく考えてくれ」

「……」

よほど驚いたのか、美代は瞬きもせずに石のように固まっている。

「さあ、市松に薬を買っていってやろう。土産《みやげ》は何がいいかな？」

十

寛永寺《かんえいじ》の周辺と不忍池《しのばずのいけ》を囲む一帯には、昔から出会茶屋の類が多い。穴稲荷《あないなり》から池之端《いけのはた》へと緩《ゆる》やかに下っていく坂道が待ち合わせ場所として利用されることが多く、ここから出会茶屋へと消えていくわけである。「渋川《しぶかわ》」という古びた茶屋も、この界隈にある。その店先に、およそ艶《つや》めいた雰囲気とは無縁の男たちが現れたのは昼過ぎであった。

「ここで間違いないな？」

「はい」

彦九郎の問いにうなずいたのは九兵衛だ。

その傍らに半四郎、忠三郎、朝吉がいる。

弥助を通して、菩薩の伊右衛門の情婦に関する情報を三両で買った。その情婦というのが、この「渋川」の女将《おかみ》・富子《とみこ》だというのである。

ちょうど植木を手入れしている中年男がいたので、

「御用改めである。女将を呼べ」

九兵衛が居丈高《いたけだか》に言う。

「へ」

男は目を丸くし、慌てて家の中に入っていく。

やがて、三十代半ばという年格好で、やけに化粧の厚い年増が現れた。富子だ。

「あら」

富子が口を押さえる。

「御用改めだなんて言うから、てっきり、御番所の旦那かと……」

「火付盗賊改である。神妙にせよ」

九兵衛が怒鳴りつける。

「話は牢屋敷で聞く。九兵衛、朝吉」

彦九郎が顎をしゃくる。

「ろ、ろうやしき……」

九兵衛が取り押さえる前に、富子は膝から崩れ落ちる。

「わたしは何も知りませんよ。何の関係もないんです。伊右衛門と美代が勝手にやったことで、わたしは何も……」

今にも泣きそうな様子で声を震わせる。

「おい、今、何と言った？」

彦九郎がぐいっと身を乗り出す。

「美代と言わなかったか？」

「うちの仲居なんです」

十一

神田明神から海禅寺まで、およそ半里（約二キロ）というところである。途中、薬種店で熱冷ましの薬を買い、流しの飴売《あめう》りを見かけたので市松への土産に飴を買った。浅草阿部川町《あさくさあべかわちょう》を過ぎると、右を見ても左を見ても寺ばかりという風情になる。

「どうしたんだ、さっきから黙りこくっているな」

伊織が美代に訊く。

「……」

「わしが驚かせるようなことを言い出したせいか？」

「市さん」

「ん？」

「殿様と呼ばれるご身分で、しかも、今をときめく加役の頭を、なれなれしく市さんなんて呼んだら罰《ばち》が当たりますかね」

「知っていたのか？」

「ええ」

美代がうなずく。

「上野の穴稲荷のそばにある渋川という出会茶屋で仲居をしてるんですけどね、ろくな仕事じゃありません。嫌な仕事ですよ。でも、この年齢《とし》になって、今更、水茶屋で働くこともできませんしね。仕事の選《よ》り好みなんかしてたら生きていけませんから」

「わかってるよ、苦労させたな」

「いいえ、何もわかっちゃいませんよ。酒でも飲まないとやってられない仕事なんです。あんなところで働く女は、みんな、酒を飲んだり、手慰みをして憂《う》さを晴らすんですよ。酔うとね、みんな景気のいいことを言い出すんです。大店の箱入り娘としてちやほやされて育てられていたけど、役者のようないい男と駆け落ちして落ちぶれちまったとか、おかめのような不細工な女が平気で法螺《ほら》を吹くんです。わたしだって言いましたよ、鬼と呼ばれている加役の頭は、昔、わたしのいい人だったんだよって」

「……」

「馬鹿ですよね。そんな見栄を張っても仕方がないのに」

美代が自嘲気味に口許を歪める。

「最初から、そうだったわけじゃないんです。市松を産んでから、これからは真っ当に生きよう、二度と茶屋商売なんかに関わるもんかと決めたんです。だけどね、駄目なんですよ。真っ当な仕事っていうのは稼ぎが少なくて、いくら頑張って働いても貧乏から抜け出すことができないんです。その揚げ句、体を悪くして働けなくなり、裏店の家賃さえ滞《とどこお》らせるようになって農家の離れに引っ越す羽目になりました。離れといっても、元々が納屋なんです。地面に藁《わら》を敷き詰めて寝るんですけど、冬になると隙間風が吹き込んできて寒くて堪らないんです。市松と二人で抱き合って寝ました。だけど、寒くてろくに眠れやしないんですよ」

「もういい。よせ。いくらでも詫びる。この通りだ。その償いをさせてほしいんだ」

伊織が頭を下げる。

「優しいのねえ、市さん」

美代が涙に潤《うる》んだ目で伊織を見上げる。

「あそこまで落ちぶれたとき、つまらない意地なんか張らずに市さんにすがればよかった。そうすれば、市松を死なせることもなかったのに……」

「何?」

「もう三年になります。あの年の冬は、よく雪が降りましたねえ。凍えるような寒い日が続いて……」

「市松は生きているじゃないか」

「あれは市松じゃありません。寛太《かんた》っていうんです。農家の倅を二朱の日当で借りたんですよ」

「何だって、そんなことを……」

「馬鹿な女なんですよ。市さんを恨む理由なんかひとつもない。何もかも自分が悪いとわかってたんです。だけど、そんなことを認めたら生きていく力がなくなるから、それで市さんを恨んじまった。市松が死んだとき、一緒に死ねばよかったんでしょうけど、あの子が不憫《ふびん》だったから、せめて、きちんとした弔《とむら》いをしてやりたかったし、弔いが終われば、今度は墓を作ってやりたくなる。墓ができれば供養してやりたくなるじゃありませんか。そんなこんなで、ずるずると今でも生きてる始末です」

「市松の墓は海禅寺にあるのか?」

「はい」

「連れて行ってくれるか」

「困ります」

　美代が首を振る。

「ここで帰って下さい」

「なぜだ？」

「お願いです」

「聞けねえ。聞けねえぞ。この目で墓を見るまでは信じないからな」

　伊織が美代を押し退《の》けようとする。

　そのとき、物陰から四、五人の男たちが飛び出してきた。黒覆面をして、白刃を手にしている。

「下がっていろ」

　伊織が美代を背後に押し遣り、脇差を抜く。

「わしが誰だか知っているようだな」

「中山伊織、てめえがくたばれば、江戸はもっと住みやすくなるんだ。それに、こっちの懐も温《あった》かくなるって寸法でな」

　左右から男たちが斬《き》りかかってくる。伊織は、右からの太刀をかろうじてかわし、左からの太刀を受け止めた。だが、脇差で戦うのは不利だ。鍔迫《つばぜ》り合いをしても力負けして圧されてしまう。背後に殺気を感じた。咄嗟に伊織が地面に体を投げ出す。そこに、二の太刀、三の太刀が迫ってくる。

「何するんだい、伊右衛門さん。ちょっとばかり痛めつけるだけと言ったじゃないか！」

美代が叫ぶ。

「うるせえ！　五両で昔の男を売ったんじゃねえか。がたがた騒ぐと、てめえもぶっ殺すぞ。やれ！」

刺客たちが一斉に伊織に襲いかかる。

さすがの伊織も観念した。

（南無阿弥陀仏……）

目を瞑《つむ》って、心の中で念仏を唱えたとき、濃厚な血の匂いを嗅ぎ、顔に血飛沫《ちしぶき》を浴びた。ハッとして目を開ける。美代だった。刺客たちと伊織の間に体を投げ出して伊織を庇ったのだ。

「市松の父親を殺させるもんか……」

「このクソ女、邪魔するな！」

上段から太刀が振り下ろされ、首から胸にかけて美代の体がざっくりと切り裂かれる。悲鳴を上げながら、美代の体が崩れていく。

「さあ、次は、てめえの番だ」

刺客たちが伊織を包囲する輪を狭《せば》める。

そこに、

「お頭！」

九兵衛を先頭にして、彦九郎、半四郎、忠三郎、朝吉の五人が駆けてきた。

「やっちまえ！」

刺客たちが伊織に襲いかかる。

伊織が脇差で防ぐ。

が、背中が無防備だ。そこを狙われる。

あわやというとき、九兵衛が刺客に体当たりした。

「お頭、これを」

彦九郎が伊織に自分の刀を渡す。彦九郎の剣術はさっぱりだが、伊織は達人だ。

「てめえら、覚悟しろ」

伊織が刺客たちとの間合いを詰める。形勢不利と悟ったのか、刺客たちが後退《あとじさ》る。

が、後ろには半四郎と忠三郎が刀を構えている。

「ちくしょう、もうちょっとだったのに……」

やけくそになった刺客たちが闇雲に伊織に斬りかかる。が、剣術に関しては、所詮、素人である。伊織の目から見れば、まるっきり隙だらけだ。

瞬く間に血煙が舞い上がる。

ばたばたばたと三人の刺客が声も上げずに倒れる。それを見て、残りの二人は刀を捨てた。九兵衛と朝吉が跳びかかって縄を打つ。

伊織が美代の傍らにしゃがみ込む。

「おい、しっかりしろ」

「市さん……」

美代が薄く目を開ける。

「すぐに医者を呼ぶからな」

「ごめんなさいね。馬鹿でしたよ。市松が死んでから、すっかり心が荒《すさ》んでしまって、最後の最後に大切なものをなくしてしまった気がします」

「何も言うな」

「こんな女を許してくれますか……」

「ああ、許す。おまえは何も悪くない。悪いのは、わしだ。諦めずに捜し続ければ、きっと、どこかで巡り会えたはずなんだ。だから、悪いのは、わしだ。謝らなければならないのは、わしの方なんだ。許してくれ」

「優しいのねえ。それに、とっても強い。昔と少しも変わってないのねえ。そこに惚れたんだもの……」

美代の口許に微かに笑みが浮かぶ。

「市松にいい土産話ができました。おまえのおとっつあんは強くて優しい人だと冥土《めいど》で話してやります。きっと喜びますよ。あの子は、自分のおとっつあんがどんな人か知らないんですから……」

「美代、しっかりしろ」

「ありがとう、市さん……」

美代の体からがっくりと力が抜けた。

十二

数日後……。

伊織は海禅寺にいた。小さな卒塔婆の前にしゃがみ込んで香華《こうげ》を手向《たむ》けている。伊織の背後には彦九郎がいて、両手を合わせて美代と市松の成仏を願っている。

「行くか」

伊織が立ち上がる。

「哀れなことをしましたね」

「うむ」

「奥様には、もう?」

「ああ、話したよ。全部、正直にな。どれほど怒るかと思ったら、あいつ、泣きやがった。何て、かわいそうな話だろうと言ってな」

「いい奥様ですねえ」

「まったくだ。わしには過ぎた女房だよ。小太郎もいい倅だ。わしは小太郎とりんを大切にしようと改めて誓ったよ。この二人の分までな……」

伊織が彦九郎から顔を背ける。

涙を見られたくなかったのであろう。

ろくでなし

一

「よく働いてくれた。今月の分だ」

伊織が差し出す紙包みを朝吉が両手で押し載くようにして神妙に受け取る。紙包みの中身は小判である。そのことは、朝吉の傍らに控える九兵衛も承知している。

九兵衛の下引きになる前、朝吉は手のつけられない遊び人だった。放蕩《ほうとう》の限りを尽くし、ついには六十二両という大きな借金を拵《こしら》えて首が回らなくなった。朝吉の父親は、すっぽんの五郎吉とあだ名される凄腕の十手持ちだったが、金を返せと怒鳴り込んできたヤクザ者を前に為《な》す術《すべ》がなかった。そこに割って入ったのが伊織で、毎月一両ずつ返済するという約束でヤクザ者を強引に納得させた。朝吉には、下引きとして九兵衛の手伝いをすることを命じ、伊織が月に一両の手当を出すことになった。

「小耳に挟んだところでは、随分と借金も減ってるそうじゃねえか」

「はい。おかげさまで……」

朝吉が頭を下げる。下引きとしての仕事が常に忙しいわけではないから、暇なときには母親が営む小料理屋を手伝ったり、隣近所の雑用を引き受けたりしてまめに稼ぎ、それで月々の返済を増やしている。そんな暮らし振りを、少し照れた様子で朝吉が語ると、伊織は目を細め、

「そうかい、そうかい。このところ、付け火も押し込みもないからなあ。手すきのときには好きなようにやればいい。もっとも、いつまでも片手間の雇《やと》われ仕事ばかりというわけにもいくまいから、何か、いい仕事がないか、わしも気にかけておく」

「ありがとうございます」

「ところで、例の件だが、その後、どうだ?」

伊織が九兵衛に顔を向ける。

「さっぱりです」

「そうか」

先達て、伊織は柘榴の平次という悪党を斬《き》った。平次は、黒地蔵の金兵衛の手下で、噂では大きな押し込みを金兵衛が企んでおり、その下調べに平次が動いていたと言われている。

「金兵衛も怖じ気《おけ》づいたのかもしれません。すっぱりと諦めたのか、それとも、鳴りを潜めているだけなのか……」

「嵐の前の静けさか。まあ、加役が暇を持て余すってのは悪いことじゃねえやな」

「町方が聞けば、羨ましがるでしょうね」

「辻斬《つじぎ》り騒ぎのことか？」

「このひと月だけで三件、先月も二件ですからね」

　九兵衛がうなずく。

　このところ、本郷界隈で辻斬りが頻発《ひんぱつ》している。事件そのものは武家地で起こっているが、被害者は武士ではない。ほとんどが商人や職人で、僧侶が一人混じっている。旗本屋敷の中間部屋で開帳されている賭場から帰る客が狙われているという噂であった。それがわかっていながら町奉行所の調べが一向に進まないのは、旗本屋敷には町奉行所も手が出せないからだ。

「かといって手をこまねいているわけにもいかないようで、辻番のないような暗がりを町方が巡回しているようですね」

「ふんっ、放っておけばいいのさ。御法度の博奕を打つために、命懸けで旗本屋敷に出かけていくような馬鹿者は勝手に死なせればいい。辻斬りも悪いが、襲われる方も悪い。同情はできねえな」

「被害に遭った者たちが皆が皆、賭場帰りだったと決めつけることもできないようで、だからこそ、町方としても放っておけないのでしょう」

「他に何かあるか？」

「弥助のことなんですが……」

九兵衛が口籠もる。弥助は加役の返り訴人である。

「何かあったのか？」

「おい、申し上げろ」

九兵衛が朝吉の脇腹を肘でつつく。九兵衛と弥助の連絡係を務めているのは朝吉なのである。

「何があったのか、はっきりしたことはわからないんですが、元気がなくて落ち込んでいるような気がするんです。ちょっと気になって兄貴に話したんです」

「ほう、弥助がなあ……」

伊織が小首を傾げる。

二

藍無地《あいむじ》の単衣《ひとえ》を着流し、長脇差を差して、菅笠《すげがさ》を被っている姿を見れば、まさか、それが三千石の大旗本で、加役の頭を務める中山伊織だと思う者はいないであろう。

「なるほど、冴えない顔をしてやがる」

往来の向こうからやって来る弥助の顔を見て、伊織がつぶやく。近頃、弥助が気落ちしているという話を朝吉から聞かされた伊織は、その翌日、九兵衛一人を伴って、早速、弥助の様子を見に来た。

「あんなしょぼくれた顔をしてたんじゃ商売にならないだろうな」

普段、弥助は、刻み莨《たばこ》や歯磨きを入れた箱をぶら下げて売り歩いている。愛想が悪くてはできない商売である。

「ん？」

弥助に二人連れの男たちが近寄って、何か話しかける。見るからに人相が悪く、遊び人の風体《ふうてい》だ。その男たちは、両脇から弥助を挟むようにして、人気《ひとけ》のない堀端に歩き始める。弥助は肩を落とし、相手の為すがままという感じである。

「なるほど、朝吉は勘がいいぜ」

「どうします？」

「まあ、もう少し様子を見ようじゃないか」

三

弥助が堀端の草むらにしゃがみ込んで溜息をついているところに、

「おい、弥助」

と声をかけられた。

「あ、親分さん」

振り返って、そこに九兵衛の姿を見た弥助は慌てて立ち上がる。九兵衛の背後に、もう一人の男がいるのに気がついて弥助は怪訝そうな顔をしたが、持ち上げられた菅笠の下から現れた伊織の顔を見て、腰を抜かしそうになるほど驚愕する。

「お、お頭……」

ごくりと生唾《なまつば》を飲み込んだまま、次の言葉が出てこない。

「お恥ずかしい話ですが……」

伊織と九兵衛に挟まれて堀端に坐り込んだ弥助は、うつむいたまま溜息まじりに事情を語った。

こういう話であった。

弥助には世之介《よのすけ》という二十歳の伜がいる。十年前に女房に先立たれてから、男手ひとつで育てた一人息子である。そもそも弥助が裏稼業から足を洗って、加役の返り訴人になったのも、

（苦労ばかりさせて死なせちまった女房のためにも、せめて、世之介だけには真っ当な暮らしをさせてやりてえ。そのためには、まず自分が心を入れ替えることだ）

と決意したためであった。

ところが……。

世の中は思うようにならないもので、世之介は五年前から指物師となるべく修業を続けているが、遊びばかりにうつつを抜かし、ろくに修業に身が入らないため、いまだに一人前になれずにいる。酒や女に溺れるだけならば若気の至りで許されもしようが、ついには手慰みまで覚えて賭場に出入りするようになった。揚げ句の果てに大きな借金を拵えて逃げ回っているという。

「博奕か……」

伊織が苦い顔をする。

「借金は、どれくらいあるんだ？」

「三十両だとか……」

弥助が蚊《か》の鳴くような声で答える。

「おいおい、おまえが借金を作ったわけじゃねえんだ。そんなに気落ちするな」

「馬鹿な奴です。しかし、元はと言えば、父親がろくでなしだから伜もろくでなしになっただけのことですから、誰を恨むわけにもいきません。いっそ突き放してしまえばいいんでしょうが、このままじゃあ、世之介は簀巻きにされて大川に放り込まれちまいます。かといって、わしにどうこうできるわけもなく、いっそ、わしが身代わりになって死にたいくらいですが、あの世で女房に合わせる顔もなく……」

深い溜息と共に、弥助の目から涙が溢れる。

「事情はわかった。くれぐれも早まった真似《まね》をするんじゃないぞ」

そう念を押して、伊織は立ち上がった。

四

「かなり参ってるようだな、弥助は」

懐手をして歩きながら、伊織がつぶやく。

その斜め後ろに九兵衛が付き従っている。

「そうですね」

「あの様子では、とても金兵衛の動きを探るどころではあるまいよ。倅の身代わりになって死にたいとまで思い詰めているんだからな。さて、どうしたもんかな……。弥助は、随分と加役のために尽くしてくれた。もう十年くらいになるかな」

　裏稼業から足を洗うのとほとんど同時に弥助は返り訴人となったわけだから、かれこれ十年になる。その十年の間に加役の十手は五郎吉から九兵衛へと引き継がれ、加役の頭も何人も替わっている。

「この先も役に立ってくれる男だ。このまま見捨てるには惜しい。そう思わないか、九兵衛？」

「そう思います」

「かといって、朝吉の始末をつけたときのように、わしが出張るわけにもいかねえしなあ」

「はい」

　九兵衛には伊織の言いたいことがわかる。たとえ相手が剣呑《けんのん》なヤクザ者であろうと、加役の頭が乗り出せば、どうにでも話をつけることはできるであろう。

　しかし、そうなれば、弥助と加役の繋がりが裏の世界に知られることになり、今後、返り訴人としての弥助の働きは期待できないことになる。

　それだけならいいが、

「あの野郎、加役の密告者だったのか」

と火付盗賊改を憎む者たちの怒りを買うことになりかねない。弥助の命が危なくなるのだ。

「朝吉のようにうまくいくとも限らないわけだし」

世之介自身が心を入れ替えないと、先々、同じようなことを繰り返す怖れがあると伊織は言いたいのだ。朝吉のように、悪い仲間や博奕とすっぱりと縁を切り、それまでの生活態度を改めるというのは口で言うほど易《やさ》しいことではない。

「わしらがあれこれ話してどうにかなることでもない。当の世之介から話を聞かないことには埒《らち》があかないことだ。九兵衛、世之介を捜し出せるか？　弥助の話では、借金取りから逃げ回ってるようだが」

「任せて下さい」

九兵衛が自信ありげにうなずく。人捜しならお手の物なのである。

「よし。できるだけ急いで捜せ。わしが直《じか》に世之介と話をする」

五

それから三日ほど経った日の午後、朝吉が伊織を訪ねて来た。世之介の居所がわかったという知らせだ。伊織は城から下がったばかりだったが、

「よし、わかった」

と返事をするや、素早く裃《かみしも》を脱ぎ捨てて着替え、朝吉と連れ立って屋敷を出た。

座敷に脱ぎ散らされた裃を拾い集めながら、妻のりんは、

(何と腰の軽い御方だこと……)

わが夫ながら呆れる思いがした。


「ここか？」

伊織が見上げたのは、小石川伝通院《こいしかわでんづういん》にほど近い武家地にある旗本屋敷である。木立《こだち》の陰に身を潜めていた九兵衛が、はい、とうなずき、

「かれこれ一刻ほどにもなります」

「間違いないのか？」

「朝吉は何度も世之介にも会ってますから、まず、間違いありません」

「ここは賭場なのか？」

「中間部屋で開帳してるようです」

「ふざけた話だ。こんな真っ昼間から博奕なんかやりやがって」

「一年ほど前から、主が勤番で駿府《すんぷ》にいるそうですから……」

「それで中間どもの手綱《たづな》も締められねえというわけか」

伊織が舌打ちする。

それから更に半刻ばかり経ち、旗本屋敷の練《ね》り塀《べい》に西日が差してきた頃、

「出てきました、あれが世之介です」

門の脇の潜《くぐ》り戸《ど》から出てきた痩せて背の高い男を九兵衛が指差す。

「貧乏神のようにしょぼくれた面をしてやがる。あれじゃ、博奕に勝てるはずがない。行くぞ」

六

「おい、あんた」

九兵衛が声をかけると、世之介がぎょっとしたように振り返る。

「な、なんだ、あんたたちは……」

見慣れぬ男たちを、世之介が気味悪そうに見る。

「世之介だな」

「……」

世之介がじりじりと後退る。いきなり駆け出そうとするが、すでに朝吉が後ろに回っている。朝吉の足に引っ掛かって、世之介は無様に転がった。

「起きろ」

伊織が世之介の胸倉をつかんで引きずり起こす。

「借りた金は、必ず……」

どうやら伊織たちを借金取りと勘違いしているらしい。

「てめえ、この屋敷で何をしてきた？」

「何とか金を作ろうと、有り金を掻き集めてひと勝負を……」

「勝てたか？」

「それが、ちょいと思惑が外れて……」

結局、また負けて素寒貧になってしまったということであろう。

「馬鹿野郎」

びしっ、びしっ、びしっ、と手加減なしに伊織が世之介の頬に往復ビンタを食らわせる。

「ま、待ってくれ」

鼻血を出しながら、世之介が懇願《こんがん》する。

「なぜ、わしに殴られたかわからねえようだな」

伊織が世之介を睨む。

「中間部屋で開帳する賭場なんざ、十のうち七つまではいかさまだぜ。いくら素人が力んだところで勝てる道理がねえんだ。目を付けられたが最後、とことんむしり取られちまうんだよ。そんなことも知らないで大きな借金を拵えた上に、懲《こ》りずにこのこと賭場に足を向けるとは」

九兵衛が呆れたように首を振る。

「いかさまだって……？」

「この賭場で証文を取られたのか？」

「あんたたち、いったい、何者だ？　なぜ、おれの借金のことを知ってるんだ？」

「こっちが訊いてるんだよ」

びしっ、と伊織が世之介に平手打ちを食わせる。

「い、いや、ここじゃない。証文を取られたのは本郷の……」

世之介がしどろもどろに答えようとしたところに、

「やい、おまえたち、ここで何をしている」

いつの間に近付いてきたものか、町方の十手持ちが声を張り上げた。鬼坊主の以蔵だ。その横には下引きらしい数人の男たち、背後には町方の同心も控えている。

「怪しい奴らめ、自身番まで同道せよ。手向かいすれば容赦《ようしゃ》せぬぞ」

同心が居丈高《いたけだか》に命ずる。

「おう、長谷川じゃないか」

伊織が声をかける。

「この野郎、長谷川さまになれなれしくしやがって。ふざけるんじゃねえ」

以蔵が肩を怒らせて伊織を睨む。

「わしだ、長谷川」

伊織が菅笠を上げた瞬間、

「げ」

長谷川四郎右衛門が腰を抜かしそうになる。

「中山さまではございませぬか」

「旦那、もしかして……」

以蔵が怪訝そうに四郎右衛門を見る。

「加役のお頭、中山さまだ。控えろ」

「あ」

以蔵の顔色が変わる。

「ふんっ、元気な十手持ちだ。近頃、辻斬りが出るそうじゃないか。その見回りか？」

「は、はい……」

額《ひたい》の汗を拭いながら、四郎右衛門がうなずく。その手が微《かす》かに震えている。

「生憎《あいにく》、このあたりでは見かけなかったぜ。武家地の見回りまでするとは町方もご苦労なことだ。せいぜい頑張りな」

「ご無礼をいたしました」

四郎右衛門は丁寧に一礼すると、そそくさと立ち去る。他の者たちも後を追う。

「……」

世之介が言葉を失って青ざめている。その世之介を伊織がじろりと見て、

「おまえ、わしの名前を知っているのか?」

「はい」

蚊の鳴くような声で答える。

「そういうことなら、ここで説教して放免というわけにもいかないな。弥助のところに連れて行くぞ」

七

弥助の裏店には行灯《あんどん》に火が入っていた。どこで世之介を見付けたかという事情を九兵衛が説明すると、

「この馬鹿たれが!」

弥助は世之介に飛びかかって激しく打擲《ちょうちゃく》し始めた。

「勘弁してくれ、つい出来心で……」

「仕事に身も入れないで遊び呆けているから、こんなざまになる。どうする気だ。簀巻きにされて殺されるぞ。それが賭場の借金を踏み倒した者に対する仕置きだ」

「すまねえ、すまねえ……」

世之介はうなだれるばかりだ。

「このろくでなしが」

尚も弥助が拳を振り上げると、

「もうよせ」

その腕を伊織がつかむ。

「……」

不意に弥助の体から力が抜ける。世之介を見つめる弥助の目からぽろぽろと涙がこぼれ落ちる。

「おう、世之介。何か才覚があるのか？」

「……」

「あるはずがないか。賭場で作った借金を賭場で儲けて返そうと考えるくらいだものなあ。それじゃ、仕方がねえ、おとなしく簀巻きになるか？」

「……」

世之介の顔色が変わる。

「金も作れない、死にたくもない。厄介だな」

伊織が、ちっ、と舌打ちする。

「お頭、後のことは、わしが何とか……」

「何とかできるのか？」

「そ、それは……」

弥助がうなだれる。

「御法度の博奕を打つような奴、どうなろうとわしの知ったことじゃないが、おまえが簀巻きにされれば、弥助も力を落とすだろう。おまえのおとっつあんは加役のために働いている男でな。おまえの不始末のために弥助が働けなくなると、わしも困るんだよ。これからも弥助の力が必要なのでな」

「おれ、どうすれば……」

世之介が不安そうな顔で口を開く。

「こそこそ逃げ回っても埒があかないさ。自分の手できっちり尻拭いすることだ。いい年齢をして、おとっつあんに迷惑をかけるんじゃねえよ。さあ、行くぞ」

「え。どこに？」

「決まってるじゃないか。その証文を取り返しに行くんだよ」

八

「ここか」

伊織は旗本屋敷を見上げた。不忍池からほど近い武家地にある旗本屋敷である。

「お頭、本気ですか？」

「ふざけてるように見えるか」

「いいえ」

九兵衛が首を振る。

「しかし、わしらは顔を知られてますから一緒には行けません」

「何度も同じことを言わせるな。子守なんざいらないよ。賭場の作法は何も知らないが、それは世之介が教えてくれるだろうよ。おまえたちは、そのあたりで待っていてくれ。そんなに長くはかからないだろうから」

「わかりました」

九兵衛はうなずくと、朝吉と共に門前から消えた。

あとに残ったのは世之介と伊織の二人だ。

「おれ、殺されちまいますよ」

「心配するな。わしがついている。この期《ご》に及んで泣き言を言うな」

伊織が顎をしゃくると、世之介が溜息をつきながら潜り戸に近付く。とんとん、とんとん、と戸を叩くと、

「どなたさんで？」

戸の向こうから押し殺した低い声が聞こえた。

「夷隅《いすみ》屋の世之介ですが……」

という世之介の言葉が終わるか終わらないうちに潜り戸が開いて二人の男が飛び出してきた。

「てめえ」

「この野郎」

世之介に飛びかかろうとするのを、素早く伊織が足払いを掛けて地面に転がし、

「おいおい、慌てるんじゃないよ。こっちは逃げも隠れもしない。わざわざ出向いてきたってのに、その挨拶はないだろう」

「てめえは誰だ？」

「わしのことは、どうでもいい。胴元を連れて来い」

九

隣からは賑やかな声が聞こえてくる。賭場が開帳されているのだ。

「つまり、あんた、何をしたいんだ?」

キセルで莨《たばこ》を喫《の》みながら、胡散《うさん》臭そうな顔で伊織をじろじろと眺めているのが中間頭の猪之吉《いのきち》、この賭場の胴元である。その背後には目つきの悪い数人の男たちが殺気立って控えており、猪之吉の指図があれば、すぐに伊織と世之介に飛びかかる体勢を取っている。

「世之介の借金の証文があるだろう。それを取り返しに来た」

「ほう、証文をねえ……」

猪之吉がじろりと世之介を睨《ね》める。世之介は死人のような顔で縮こまっている。まともに猪之吉の顔を見るような度胸はない。

「とっくに返済の期限が切れてるってのに、この野郎は利息も入れずに逃げ回っていたわけでね。そういう奴は簀巻きにして土左衛門《どざえもん》にしちまうってのが、この世界の掟《おきて》なのさ」

ふーっと煙を吐き出す。

「もっとも、そっちから足を運んできたわけだし、耳を揃えて金を返すというのなら、今度だけは大目に見てやってもいい」

「三十両だったな」

「おい」

猪之吉が顎をしゃくると、傍らに控える三十くらいの男が証文を差し出した。子分の源蔵《げんぞう》だ。

「元金は、確かに三十両だな。それに二割の利息が付いて、返済期限を過ぎたら利息を五割にするという取り決めだから、ざっと四十両だね」

「ほう、うまい商売だな。賭場で稼いだ上、金貸しでも儲けているとなれば笑いが止まらんな」

「ふんっ、余計なお世話だ。さあ、この場で四十両を払うか、それとも、こいつを置いて帰るのか、どっちにするね？」

「まあ、待て」

伊織が懐から財布を取り出し、猪之吉に向かって放り投げる。

「何の真似だ？」

「数えろ」

「……」

猪之吉が源蔵に財布を渡す。源蔵が素早く中身を数える。

「十三両少々ってところですか」

「どうするね、足りない分を取りに帰るか。その間、世之介はこっちで預かるが」

「何度も足を運ぶのは面倒だ。その十三両を四十両にすればいいんだろうが」

「博奕をするってのか?」

「駄目かね」

「ふうむ……」

猪之吉が思案する。十三両といえば大金だ。それを借金の返済に充当させるよりも、博奕でむしり取った方が儲かるし、あわよくば、この浪人者にも新たな借金を背負わせることができるのではないか……そんな胸算用《むなざんよう》をしているのであろう。

「いいだろう」

やがて、猪之吉がうなずいた。

十

賭場に足を踏み入れると、

「わしには賭け事のことなど何もわからぬ。おまえが勝負しろ」

伊織が世之介の手に財布を押しつける。

「え、おれがですか……」

「その財布が空《から》になれば、おまえは終わりだ。腹を括《くく》ってやってみろ。命懸けでな」

「……」

世之介は、ごくりと生唾を飲み込むと小さくうなずいた。財布から五両取り出してコマに換え、そのコマを手にして盆を囲んだ。

伊織は、世之介の背後に腰を下ろした。素早く部屋の中に視線を走らせる。ざっと二十人ばかりの人間がいる。客が十三、四人で、残りは猪之吉の手下たちである。客には初老の武士もいれば若い町人もいる。顔を頭巾で隠した僧侶もいるし、伊織と同じような身なりの浪人者もいる。

「客人、酒でもいかがですか」

猪之吉の子分が徳利と猪口を運んでくる。

「ん?」

「胴元の奢《おご》りですが」

「気が利くじゃないか」

猪口に酒を注がせて口に含む。

「あとは勝手にやる」

「へい」

伊織が杯を重ねる間にも盆では勝負が続いており、世之介は勝ったり負けたりを繰り返している。さっきまでのおどおどしていた態度が消え、すっかり勝負にのめり込んでいるようだ。

伊織は目を瞑った。負けた客たちの溜息や舌打ち、勝った客たちの笑い声や興奮の鼻息、それらが渾然一体のざわめきとなって伊織の耳に入ってくる。壺振りが、「勝負」と声をかけて盆に壺を伏せるときと、壺を開けるときだけ、ほんの一瞬、賭場が静寂に包まれる。客たちは息を殺して壺振りの手許を凝視する。

「二四の丁」

結果がわかると、客たちが、ふーっと大きく息を吐き出す。負けた客の前からはコマが消え、勝った客の前にはコマが積み上げられる。

「三五の丁」

「一二の半」

「四四の丁」

勝負が続いている間、まるで居眠りでもしているかのように、ずっと伊織は目を瞑っていた。

半刻ほど経って、伊織が目を開けたのは、世之介が腰を上げようとしたからだ。

「どうした？」

「すみません」

見ると、世之介の手許には、もうコマがない。五両をスッてしまったのだ。

「残ってる金を全部換えてこい」

「全部ですか」

「全部だ」

やがて、世之介がコマを手にして戻ってくる。

「少し休んでろ。わしが代わる」

伊織が盆を囲み、膝の前にコマを並べる。およそ八両分のコマだ。

「入ります」

壺振りがもったいぶった仕草で左右の腕を胸の前で交差させる。右手の指の間に二つのサイコロを挟み、左手に壺を持っている。その瞬間、伊織は目を瞑った。

「勝負」

壺振りが盆に壺を伏せる。

「丁」

「丁」

「半」

「半」

客たちが思い思いにコマを賭ける。

伊織は、すべてのコマを両手で前に押し出し、

「半」

低い声で言った。

他の客たちがぎょっとした顔で伊織を見る。

この盆では、大きく賭ける者でも、せいぜい一度に一両である。一分とか二分を賭ける者が多く、中には一朱くらいのコマをちまちまと賭ける者もいる。一度に八両というのは皆を驚かせるのに十分であった。

その場にいる者たちの視線が伊織の手許に注がれる。伊織の背後にいる世之介がごくりと大きな音を立てて生唾を飲み込む。無理もない。そのコマには世之介の命がかかっているのだ。

「おい、早く開けなよ」

顎の尖《とが》った痩せぎすの浪人者が壺振りを促す。

「あ」

壺振りがハッとした様子で壺に手をかける。

「二五の半」

盆を囲む男たちの口から何とも言えない溜息が洩れる。その勝負で儲けた者も損した者も一様に伊織に目を向ける。伊織の前に積み上げられたコマはほぼ倍になった。胴元の寺銭がいくらか引かれているから、ざっと十五両ほどである。

ざわめきが収まると、

「入ります」

次の勝負である。

壺が伏せられると、また客たちが思い思いに賭け始める。さっきと同じように目を瞑っていた伊織は、おもむろに、

「丁」

と言うや、すべてのコマをずいっと前に押し出した。盆を囲む客たちが息を呑む。何とも言えない異様な空気がどんよりと盆を覆っている感じだ。

壺振りの後ろで目を光らせていた源蔵が傍らの若い者に何やら耳打ちする。その若者は隣の部屋に消え、すぐに胴元の猪之吉を伴って現れた。猪之吉が源蔵と壺振りにうなずく。

「勝負」

壺振りが壺を開ける。

「四六の丁」

またもや、盆を囲む客たちの口からどよめきと溜息が洩れる。伊織の前に押し戻されたコマは三十両近い大金だ。

客たちの関心は、

（この男、次も賭けるのか？）

という一点に向けられている。

「入ります」

壺が伏せられる。

ところが、客たちの中から声が出ない。皆、黙りこくって、じっと伊織を見つめている。

誰もが、

（この男、ツキがあるらしい）

と考えているから、丁か半か、伊織が賭けたら、その尻馬に乗るつもりでいる。

「さあ、丁方ないか、半方ないか」

壺振りが懸命に声をかけるが客たちの反応は鈍い。

当の伊織は、じっと目を瞑ったままだ。

「お客人」

猪之吉が伊織に声をかける。

「ん？」

伊織が目を開けて猪之吉を見る。

「これでは勝負になりません。どうですかね、ひとつ、わしと差しで勝負するっていうのは？」

「よかろう。相手が誰でも、わしは構わぬ。胴元が相手ならば、ひとつ条件がある」

「何ですかね？」

「この勝負に、わしはこれを全部賭ける。そっちは世之介の証文を賭けろ」

「ちょいと待って下さいな。あの証文は四十両ですぜ。お客人のコマは、せいぜい三十両というところでしょう。こっちが損じゃありませんか」

「わしは、この勝負が終わったら引き上げる。わしが勝てば、ざっと六十両。四十両で、その証文を買い戻しても、七両ほどの儲けになる。胴元がそれだけの損をするってことだ。だが、その証文なら、そもそもが三十両で、しかも、その三十両にしたところで博奕の負けだから、胴元の懐は痛んでないはずだ。違うか？」

「ふうむ……」

猪之吉が思案する。

が、すぐに傍らの源蔵に、

「証文を持ってこい」

と命じた。

一方、伊織とすれば、敢《あ》えて損になる取引を申し出たのは、世之介の証文を目の前に置いておきたいと思ったからである。すでに伊織は、この賭場のからくりを見抜いており、猪之吉との勝負の後に何が起こるか予想していたのだ。そのときに手の届くところに証文を置きたいと考えた。

「一回こっきりの勝負ってことでいいですね？」

猪之吉が念を押すように言う。

「うむ」

「賽《さい》と壺は取り替えますぜ。ケチがついた道具は使いたくないんでね」

「よかろう」

伊織がうなずく。

「入ります」

交換された壺とサイコロを手にして、壺振りが両腕を胸の前で交差させる。客たちは固唾《かたず》を飲んで壺を見つめている。伊織は、また目を瞑っている。

「勝負」

壺が伏せられる。

「……」

伊織は身じろぎもしない。

(賽に細工はしていねえな)

世之介の後ろに坐って、じっと耳を澄ましていると、壺が伏せられるとき、その時々によって、サイコロが盆に当たる音が微妙に違っていることに気がついた。ほんの少し湿ったような鈍い音がすると、必ず、丁目が出た。そのときに限って、僧侶が大きく儲けていた。簡単なからくりであった。その僧侶はサクラなのだ。次に出るのが丁なのか半なのか、あらかじめ、何らかの方法で僧侶に知らせ、それに従って僧侶が賭ける。三度に一度くらいの割合で、そんないかさまが為されていた。

伊織が最初に賭けたときには、サイコロは乾いた音がした。だから、半にした。次は、湿った音がした。だから、丁にした。それだけのことであった。

そして、この三度目の勝負。

音は乾いていた。

「半」

ためらいもせずに、そう言うと、伊織はコマを前に押し出した。

「それなら、わしは丁だ」

余裕の笑みを浮かべながら、猪之吉が証文を盆に置く。壺振りが壺に手をかける。

そのとき、微かにサイコロが揺れる音がしたのを伊織の耳は聞き逃さなかった。

「四六の……」

「待ちな」

伊織が片膝を立て、壺振りの手首に手刀を打ち込む。

あっと叫んで、壺振りが仰け反る。

「何をしやがる！　てめえ、賭場を荒らす気か」

猪之吉の手下どもが一斉に立ち上がる。

「いかさま博奕をして、生意気な口を利くんじゃねえや」

伊織が壺を拾い上げ、それをひっくり返す。盆を囲む者たちに壺の中身を見せる。

糸が一本張ってある。壺を開けるときに、その糸でサイコロを転がして目を変えたのだ。

「何だ、それは」

「いかさまじゃないか」

「金を返せ」

客たちが騒ぎ始める。

「でたらめだ、この野郎が因縁をつけてやがる」

壺振りが叫ぶ。

「その人が、たった今、この場で壺に糸を張ったとでも言うのかね？」

顎の尖った浪人者が刀に手をかける。

「さあ、金を返せ」

初老の武士も肩を怒らせて刀をつかむ。

皆が殺気立っており、今にも血の雨が降りそうな雰囲気だ。

「まあまあ、客人たち、待って下さいまし。この壺振りがこんなふざけた壺を使うとは、わしだって驚いてるんです。天地神明に誓って、この賭場ではいかさまなんかしてやしません。おい、こいつを連れて行け。落とし前をつけさせる」

猪之吉が命ずると、若い者たちが壺振りを引きずっていく。

「こっちとしては、後ろめたいことは何もありませんが、お客人たちも心持ちがよくないでしょうから、今夜の賭け分は、きっちりお返しします。酒も用意しますから、どうか気を鎮《しず》めて下さいまし」

「それじゃ、わしは帰らせてもらうぜ」

伊織が証文をつかんで立ち上がる。

「え」

「文句はあるまいな」

「……」

猪之吉が憎々しげに伊織を睨む。

「世之介。せっかくの儲けだ。忘れるわけにはいかねえぜ。これを金に換えろ」

山積みになっているコマを、伊織が顎でしゃくる。

十一

伊織と世之介が潜り戸を開けて外に出ると、

「ご無事ですか」

どこからともなく九兵衛と朝吉が駆け寄ってきた。

「九兵衛」

伊織が懐から証文を取り出して九兵衛に渡す。

「うまくいったんですね」

「まあな。弥助に届けてやれ。さぞ心配していることだろう。それからな……」

伊織が何事か九兵衛に囁く。

「いいか？」

「承知しました」

「よし。世之介を連れて帰れ」

「え、お頭は？」

「いいから、先に行きな」

伊織が言ったとき、旗本屋敷の方から提灯の明かりが近付いてくるのが見えた。

「あれは……？」

「わしに任せておけ。おめえたちが十手持ちだと知られるとまずい。さあ、早く」

「わかりました。気をつけて下さいまし」

九兵衛が朝吉と世之介を促して、夜道を先に急ぐ。

その直後、
五人の男たちが伊織を取り囲んだ。男たちを率いているのは源蔵である。

「おう、おう、ちょいと待ちな」

「……」

「さっきは、ふざけた真似をしてくれたな」

伊織は口を閉ざしたまま、じりじりと練り塀に向かって後退る。練り塀を背にすれば、背後から襲われる心配がないからだ。

「その懐にある財布を出しな。それに証文だ」

「出せば、許してくれるのか？」

「ああ」

「出さなければ？」

「ふふふっ、嫌だと言っても出してもらうのさ」

伊織と源蔵が話している間に、男たちは地面に提灯を置いて、伊織の包囲網を狭めた。手許で何かが光っているのは、提灯の明かりが匕首に反射しているのだ。

「やっちまえ！」

源蔵の声を合図に四人が一斉に襲いかかる。

伊織は前に踏み込みながら、脇差を抜いた。

まず、手首を打つ。次の相手は肩だ。三人目に対しては、くるりと旋回して匕首を撥《は》ね上げ、鎖骨を打つ。四人目も手首を打つ。すべて峰打ちである。命に別状はないが、手加減していないから、打ち込まれたところは骨が砕けているであろう。

「ひぇっ」

源蔵が腰を抜かして後退る。これほどの凄腕だとは想像していなかったらしい。

「おまえは、どこがいい？」

脇差の切っ先を向けて、伊織が近付く。

「ど、どうか、ご勘弁を……」

「ならぬ」

びゅっ、と脇差が一閃すると、源蔵の右耳が消えている。ぎゃっと叫んで耳を押さえる。

「さっさと失《う》せろ」

源蔵たちが泡を食って逃げ出す。提灯や匕首も置き忘れたままだ。

「馬鹿な奴らだ」

懐から鼻紙を取り出して、脇差に付いた源蔵の血を拭う。

そこに、

「いい腕だ」

暗がりから男が現れた。賭場にいた顎の尖った浪人者である。

「相手は素人だ。威張れるもんじゃないさ」

「素人とはいえ、相手は五人。よほどの手練《てだ》れらしい。賭場での振る舞いも見事だった。ただの浪人とは思えぬ」

「それはお互い様だ。ひょっとして、あんたが評判の辻斬りかね?」

「だとしたら、どうする?」

「町方が血眼《ちまなこ》になって捜しているようだが、わしは町方とは縁がない。だから、どうでもいい」

「顔を見られちまったよ」

「わざと見せたんだろう。なぜだ?」

「歯応えのない奴らを斬ることに飽いた。それに、あんたの懐には大金がある。見逃すのは惜しい」

「よほど自信があるらしい」

「抜け」

浪人がにじり寄ってくる。

「もっとも、脇差では辛かろうが」

「ふんっ、それを承知で現れたんだろうが。嫌らしいことを……」

伊織の言葉が終わらないうちに浪人者が殺到する。刀を抜き、上段から打ち込んでくる。伊織は脇差で受け止めたが、剣の玄人相手に脇差で戦うのは大きな不利であった。相手に打ち込まれるたびに伊織はじりじりと後退を余儀なくされた。

「ふふふっ、もう後がないぞ」

練り塀が近付いている。そこで浪人者は力を込めて打ち込んだ。かろうじて受け止めたものの、迂闊《うかつ》にも伊織は足を滑らせて膝をついた。

「死ね」

浪人者が振りかぶった瞬間、伊織は相手の胸元に脇差を投げつけた。相手が驚いて体勢を崩す。その隙を逃さず、伊織は、源蔵たちが置き捨てていった匕首を素早く拾い上げて浪人者に飛びかかる。刀が振り下ろされる。

が、その刀は空を斬る。匕首が脇腹に突き刺さるのがわずかに早かったのだ。

「うぐぐっ……」

浪人者ががっくりと膝をつく。

「いい腕だ……」

横倒しに地面に倒れた。

十二

翌朝……。

九兵衛と朝吉に伴われて、世之介が牢屋敷にやって来た。何のために、こんなところに連れてこられるのか説明されていないため、世之介は不安そうな顔をしている。

「来たな」

そこに伊織が現れた。

「あ、あの、わたしに何か……」

「ついてこい」

伊織が世之介を連れて行ったのは拷問蔵であった。囚人たちが何よりも恐れる場所である。何の変哲もない小部屋だが、周囲の壁が漆喰《しっくい》で何重にも塗り固められている。悲鳴を外に洩らさないためである。拷問蔵で行われる責めは、海老責《えびぜ》めと釣るし責めのふたつと決まっている。どちらも、この世の地獄を味わうほどに辛い拷問で、どんな悪党でもこれで責められると子供のように泣き叫んで罪を自白するという。そんな場所に伊織は世之介を連れ込んだ。

　そこでは、今まさに凶悪な犯罪者が拷問にかけられようとしているところだった。


　それから四半刻（三十分）後……。

　拷問蔵を出た世之介は死人のように顔面蒼白になっていた。外に出るなり、地面に四つん這いになって嘔吐《おうと》し始めた。

「お上《かみ》をないがしろにした者がどういう目に遭うか、これでよくわかっただろう。これまでの弥助の働きに免じて、今度だけは見逃してやるが、また博奕なんかしたら、今度こそ牢屋敷に放り込み、この拷問蔵で責めてやるから覚悟しろ。わかったか」

「は、はい……」

　これからは心を入れ替えます、と世之介は涙ながらに誓った。

　世之介たちを見送って、伊織も屋敷に引き上げようとしたところ、ちょうど町方同心・長谷川四郎右衛門を見かけた。

「長谷川」

「あ。これは中山さま」

四郎右衛門が丁寧に腰を屈める。

「辻斬りが捕まったそうだな」

「といいますか、それらしき者の死体が見つかったのでして……。あたりには提灯やら匕首やらが散らばっていましたから、辻斬りするつもりが返り討ちになったのではないか、と。確証はありませんから、もう少し見回りを続けるつもりです」

「ほう、それはご苦労なことだ。頑張りな」

「はい」

そのまま立ち去ろうとして、ふと、伊織が振り返り、

「おい、長谷川。腹は減ってねえか」

「そういえば、少し……」

「それなら付き合え。おまえには何かと世話になっているし、うまい鰻《うなぎ》でも奢ってやる。ちょいと懐が温かいもんでな」

四郎右衛門はわけがわからず、きょとんとしている。

赤目《あかめ》の岩蔵《いわぞう》

一

　両国橋の東西には広小路がある。西側の広小路には見世物小屋や水茶屋、飲食店が所狭しと軒《のき》を連ねており、江戸随一と言われるほどの賑わいで、早朝から夜更けまで人の流れの絶えることがない。

　その人波の中を、大久保半四郎と板倉忠三郎の二人がそぞろ歩いている。非番なので、二人とも着流しに脇差一本を差しただけの気楽な格好である。同役というだけでなく、年齢も同じ二十五で、性格は対照的であるにもかかわらず、妙に馬の合うところがあり、時々、こうして揃って出歩いたりする。

「歩き疲れたな。水茶屋にでも入るか、忠三郎」

　甘納豆を嚙みながら、半四郎が言う。いつも懐に甘納豆を入れているのだ。酒も好きで、そのせいで小太りの体型をしている。

「馬鹿を言え。こんな真っ昼間から」

忠三郎が顔を赤らめる。学問好きで物静かな男だから、あまり遊び慣れていない。

「おいおい、何か勘違いしてるんじゃないのか。廓《くるわ》に登楼《とうろう》するわけじゃない。若い娘を相手に茶菓子でも食いながら肩の凝《こ》らない世間話でもしようという話だ」

「おれはいい」

忠三郎が首を振る。

「せっかく二人で遊びに来たのに、それはないぞ」

「おまえは行けばいい。おれは外で待っている」

「水茶屋くらい誰だって入るぞ。恥ずかしがることないだろう」

「他人のことは、どうでもいい。おれはおれだ」

「そんなに堅苦しく考えるな。今のうちに少しくらい遊んでおけ。妻女を迎えてからでは、そう軽々しく遊び歩くこともできまいからな」

「妻を迎える話などない」

「例えば、という話だ。おれたちも二十五。いつまでも独り身ではいられまい」

「とにかく結構だ」

「わかった。でも、どこかで休憩しよう。おまえだって疲れているだろう？」

「まあ、な」

忠三郎がうなずくと、半四郎は周囲をきょろきょろと見回し、

「あそこがいい」

先になって、すたすたと歩き出す。その後を忠三郎が慌てて追いかける。二人が入ったのは汁粉《しるこ》屋である。木卓に向かい合って腰を下ろすと、

「大の男が二人で汁粉屋とは洒落《しゃれ》ているな」

「疲れているときには甘い物がいいんだ」

「おまえは、いつだって甘い物を食べているじゃないか。あれだけ甘納豆を食べた後で、よく汁粉なんか食べる気になるな」

「汁粉と甘納豆は別物じゃないか」

半四郎は平気な顔をしている。忠三郎の皮肉など、まったく通じないようだ。

最初の一杯を水を飲むように平らげ、続けて二杯目の汁粉をがつがつと口に運ぶ半四郎に、

「さっきの話だが、おまえにも縁談がないのか?」

忠三郎が訊く。

「ないことはない」

口許についたアンコを拭いながら、半四郎が答える。

「あるのか?」

「母上の知り合いにお節介なばあさんがいて、いろいろと持ってくる」

「で?」

「もちろん、断っている」

「なぜだ?」

「お頭が加役を拝命している間は自分のことなど二の次だ。おまえだって、そうだろう?」

「加役を拝命した日に、鬼になると覚悟を決めて仏壇を叩き壊した人だからなあ」

「鬼に仕《つか》えるには自分も鬼にならねばならん。妻など娶《めと》って鼻の下を伸ばしていられるか」

「確かに」

忠三郎がうなずく。

「お頭と言えば、妙な噂を聞いた」

「どんな噂だ?」

「大きな声では言えないが……。お頭の首に懸賞金がかかっているらしい」

「何だと?」

半四郎が箸を止めて、じっと忠三郎を見つめる。

「懸賞金は五百両。何でも、黒地蔵の金兵衛が金主《きんしゅ》だというぞ」

「罠を仕掛けてお頭の命を狙ったと思えば、今度は懸賞金か。よほど目障《めざわ》りらしい」

「ただの噂だが、聞き流すことはできないからな」

「お頭が五百両だとすると、おれたちはいくらくらいかな……」

　半四郎がつぶやく。

「おれたちに懸賞金などかかるまい」

「仮に、という話だ。どう思う?」

「おれが二十両、おまえが十両。そんな見当だな」

　さして興味もなさそうに忠三郎が答える。

「どっちにしても安すぎるようだが、それにしても、なぜ、おまえの方が十両も高いんだ?」

「半四郎のような食いしん坊を罠にかけるのは簡単だ。酒か甘納豆を餌《えさ》にすれば、すぐ誘いに引っ掛かるだろう。さして手間暇もかかるまいよ」

二

　汁粉屋を出て、半四郎が、

「さて、どこに行くか……」

と、つぶやいたとき、すぐ近くで怒声が聞こえた。

「喧嘩か」

「そうらしい」

人だかりの輪の中で、目つきの鋭い若い男がお店者《たな》らしき四十男にからんでいる。肩がぶつかったとか、足を踏まれたとか、そんな他愛のないことで揉めている。

「け、けど、わたしは何も……」

お店者がおろおろと言い訳すると、

「素直に謝ればいいものを、何だかんだと言い訳ばかりしやがって。ふざけるな！」

若い男は、いきなり、お店者の胸倉をつかんで頬を平手打ちした。お店者は、あっと叫んで後退り、すとんと尻餅をついた。

「大丈夫ですか」

二十歳くらいの娘がお店者を助け起こそうとする。

「あ、ああ、すみません」

「気を付けろ」

肩を怒らせた若い男が人垣を掻き分けて立ち去る。それを潮《しお》に人の輪も崩れた。

「止める暇もなかったな」

「刃物でも持ち出せば別だが、あれくらいの小競《こぜ》り合《あ》いは珍しくもない。放っておけばいい」

　半四郎が肩をすくめる。

　二人も立ち去ろうとすると、

「紙入れがない！」

　ここに確かに入れておいたのになくなっている、とお店者は胸元を探りながら、盗まれたんだ、巾着切《きんちゃくき》りだ、と悲鳴のような声を上げた。

「どうやら、さっきの二人、ぐるだったようだな」

　半四郎が言う。

「男が因縁《いんねん》を付けて相手を殴り、それを介抱する振りをして女が紙入れを抜く。よくある手口だ」

　忠三郎がうなずく。

「まだ近くにいるはずだ」

　半四郎と忠三郎が裾をからげて走り出す。しばらく走ると、さっきの若い男と女が肩を並べて歩く姿が見えた。二人は、すぐに反対方向に別れた。

「紙入れを男に渡したな。おれは男を追う。おまえは女を追ってくれ」

　もう半四郎は走り出している。

「承知した」

忠三郎も反対方向に駆け出す。

三

米沢町《よねざわちょう》三丁目の外れ、薬研堀《やげんぼり》に架かる元柳橋《もとやなぎばし》まで来ると、ぱったりと人通りがなくなる。さっきの若い男は、この橋の横の土手を滑り降りると、橋の袂《たもと》にしゃがみ込んで懐から紙入れを取り出す。

「ちっ、しけてやがるな。小判が一枚も入ってないじゃねえか。銀の粒と銭ばかりだ。とんだ骨折り損だったぜ」

捨て台詞《ぜりふ》を吐きながら、男は紙入れを背後に放り投げる。

「こんな稼ぎじゃ帰れねえや。もうひと稼ぎだ」

さて、行くか、と立ち上がって振り返ると、目の前に半四郎が紙入れを手にして立っていた。

「な、なんだ、てめえは？」

「この紙入れ、お店者から抜き取ったな？」

「何のことかわからねえな。二本差しだからって妙な因縁を付けると、ただじゃすまないぜ」

「因縁を付けたのは、おまえだろう。自身番まで一緒に来てもらおうか。話はそれから聞く」

「生憎《あいにく》と急いでるんでね」

へへへっ、と薄ら笑いを浮かべながら通り過ぎようとする。

「待て」

半四郎が男の左腕をつかんだ瞬間、男の右腕が半四郎の胸に向かってきた。手には匕首が握られている。それをたやすくかわすと、手刀で匕首を叩き落とす。

「痛《い》ててててっ……」

左腕をねじり上げられて地面に膝をつき、情けない声を出す。そこに忠三郎がやって来た。

「女は？」

「すまない。見失った」

「まあ、いい。こいつを締め上げれば白状するだろう。さあ、立て」

半四郎が男を土手の上に引きずり上げる。

「お待ち下さいまし」

元柳橋に女が立っている。

「あ、この女だ！」

忠三郎が声を上げる。

「馬鹿め、何で戻ってきた」

「この人たちは泣く子も黙る加役の同心だよ。あの中山伊織の配下だ。兄さん、加役の責めに耐えられるかい？」

「げ、加役だと」

男の顔色が変わり、目に怯《おび》えが滲《にじ》む。

「わしらを知っているのか？」

「わたしが知っているのは、あなただけですよ、半四郎さん」

「何だと？」

半四郎が目を細めて女をじっと見る。すぐに、あっと小さな声を発し、

「おまえ、お耀《よう》か」

「覚えていて下さいましたか」

「兄さんと呼んだな、すると、この男は……」

「ええ、常松《つねまつ》ですよ」

「常松……」

「おい、どういうことだ、知り合いなのか？」

忠三郎が怪訝な顔になる。その忠三郎の袖を半四郎がつかみ、道の端に引っ張っていく。

「すまないが、この場はおれに任せてくれないか」

「何か事情があるようだな」

「今は何も訊かないでくれ。おれ自身、ちょっと驚いている」

「よかろう。任せる」

「恩に着る」

半四郎は常松を振り返ると、

「紙入れに入っていた金を寄越せ」

「これだけだよ」

常松が銀の粒と銭を半四郎に渡す。それを紙入れに戻して忠三郎に渡し、

「あのお店者がまだ広小路をうろうろしていたら、これを返してやってくれ」

四

その翌日、番町にある中山伊織の屋敷の座敷で、伊織と大久保半四郎が向かい合っている。

「どうしたんだ、改まって？　何か盗賊どもの動きをつかんだのか」

「そうではありません。わたしの一身上のことでお願いがございます」

「言ってみろ」

「……」

半四郎が十手を取り出し、伊織の前に置く。

「何の真似だ？」

「十手を返上したいと存じます」

「加役から離れるというのか？」

「できれば御先手組からも」

「それは小普請《こぶしん》に入るという意味か？　自分から進んで小普請に入りたがる者はいない。まだ跡取りもいないのに隠居するつもりか？　藪《やぶ》から棒な話だ。いったい、どういうわけだ？」

「……」

「黙ってちゃわからないだろうが」

「お許し下さい」

「言えないってのか」

伊織の額に青筋が浮き上がる。

「覚悟はできております。気に入らなければ、どうか存分になさって下さい」

「ちっ、おまえを斬れとでも言うのか。そんなことができるはずないだろうが。何か事情があるんだろう？　話してみろ」

「……」

半四郎はうつむいたまま黙りこくっている。

「ふうむ……」

伊織も半四郎の頑固さを承知している。こうと決めたら梃子《てこ》でも動かない男だ。

(石頭め)

伊織は大きく息を吐き出すと、

「わかった。とりあえず、十手は預かっておこう」

五

半四郎が険しい表情で玄関から出てくるのを見て、

「おい、どうかしたのか？」

忠三郎が声をかけた。

しかし、半四郎は返事もせず、そそくさと歩き去った。

　その背中を忠三郎が見送っていると、

「何か知っているか？」

「あ、お頭」

「あいつめ、十手を返して小普請入りしたいそうだ」

「え」

　忠三郎の顔色が変わる。

「まさか、半四郎がそのようなことを」

「理由は言いたくないそうだ」

「昨日のことも話してくれないし、朝から思い詰めたような顔をしているし、何だかおかしいとは思っていましたが、まさか十手をお返ししたいと言い出すとは……」

「昨日のことってのは何だ？」

「はい、実は……」

　昨日、広小路で巾着切りの男女を捕らえた一件について、伊織に説明する。

「その二人と半四郎が知り合いだったというのか？」

「昔馴染みのように見えました」

「ふうむ……」

　伊織がうなずく。

「養子に入る前の知り合いってことだろうな」

大久保半四郎は、元々は乾物問屋の四男として生まれた。父親が御家人株を買って、養子縁組みをするという形で半四郎を幕臣にしたのである。

「巾着切りと知り合いだったことを恥じているのでしょうか？」

「馬鹿を言え。悪党と知り合いっていうだけで十手を返すのなら、わしだって小普請入りだ」

伊織自身、七年前に中山家の家督を継ぐまで、かなり荒れた生活を送っていた。牢屋敷に放り込まれた経験さえある。

「どうなさるんですか、半四郎を小普請入りさせるつもりですか？」

「慌てるな。詳しい事情がわからないのでは手の打ちようもない。まあ、わしに任せておけ」

六

二日後……。

伊織が小太郎の手習いを見ていると、用人《ようにん》の橋田吉右衛門がやって来て、朝吉が来たことを告げた。

「よし」

伊織はすぐに立ち上がった。知らせが来るのを待っていたのである。菅笠を被り、着流しに雪駄《せった》履きという姿で伊織が玄関先に出ていくと、そこに朝吉が控えている。

「ご案内いたします」

「うむ」

朝吉が伊織を案内したのは平右衛門町《へいえもんちょう》の外れ、大川沿いにある「住吉《すみよし》」という船宿であった。

その玄関が見える草むらに九兵衛が身を潜ませていた。

「九兵衛、ご苦労」

隣にしゃがみ込みながら、伊織が言う。

「半四郎は中にいるのか？」

「はい」

「一人か？」

「入るときには一人でした」

「どれくらいになる？」

「かれこれ半刻ほどでしょうか」

「まさか泊まりということはあるまい。待とう」

伊織は地面に腰を下ろした。

七

「これを」

半四郎が袱紗包みをお耀の前に置く。

「……」

お耀が問うような眼差しを向ける。

「二十両ある。とりあえず、これだけ渡す。足りない分は、近々、何とかする」

「無理をなさったんじゃありませんか」

「御先手組の同心といっても二十俵二人扶持の薄給でな。加役を務めているから、いくらか手当が割増されるが、それでも生活は楽ではない。親父が生きていれば実家に頼むところだが、生憎と五年前に亡くなって兄貴に代替わりしている」

「お兄さんとは昔から不仲でしたものね」

「人の揚げ足取りばかりする意地の悪い男だからな。あの兄貴に頭を下げるのは、できれば避けたい」

「兄さんが余計なことを言ったばかりに、こんなことを……」

「いいんだ。気の済むようにさせてくれ。少しでも罪滅ぼしをしたいのだ。それにしても、なぜ、おれを訪ねてくれなかった？　そうすれば……」

「そんなことできるはずがないでしょう」

お耀が顔を背ける。

「こっちは、どんどん惨《みじ》めになっていくばかりですし、半四郎さんは、わたしらとは違う世界で出世なさってたんですから。恥ずかしくって、とてもこんな姿をさらす気にはなれませんでした」

「おれも悪かった。真剣に捜す気持ちがあれば、いくら広いとはいえ同じ江戸にいたのだから、きっと見付けられたはずなのに……」

「もうやめて下さい。過ぎたことですよ」

「とにかく、今まで何もできなかった償いをしたい。次は、いつ会える？」

「わたしの方はいつでも……」

「それなら、明日、またここで会おう。今日中に金の目鼻を付けるつもりだから」

「どうか無理をなさらないで下さいまし」

「任せておけ」

半四郎が部屋から出ていくと、それを待っていたかのように奥の襖《ふすま》が開いて常松が現れ、袱紗包みの中身を確かめる。

「うまくいったな。おまえの口車に乗せられて。ほいほい金を運んできやがった。巾着切りでは、こうは楽に稼げないものなあ」

「ねえ、兄さん。やめにしないかい」

お耀が溜息をつく。

「何だと？」

「あの人は半四郎さんだよ。子供の頃、一緒に遊んだ仲じゃないか。見ず知らずの他人とは違う。このあたりで手を引こうよ。二十両も手に入ったじゃないか。もう十分だよ」

「甘いことを言うじゃねえか」

「だってさ……」

「おまえたちが話すのを隣の部屋で聞いていたが、半四郎の奴、随分とおまえに肩入れしてるようだな。ばったりと出会《でくわ》した幼馴染みがいい女になっていたから、鼻の下を伸ばしてるんだろう。あの調子だと、うまくいけば百両くらいは搾《しぼ》れるぜ」

「兄さん、あんたって人は……」

「まさかと思うが、今でも半四郎のことが好きだなんて言い出すんじゃねえだろうな、え？」

「馬鹿なことをお言いでないよ。こっちはケチな巾着切り、向こうは立派なお侍。身分が違うよ」

「その通りだ。ケチな巾着切りは、妙な仏心など起こさず、身の程にあった悪事をしていればいいってことよ。ふんっ、誰が二十両ぽっちで許すもんか。もっとふんだくってやる」

「何で、そんなに半四郎さんを憎むんだい？　昔は兄さんだって仲がよかったのに」

「あいつとおれに何の違いがある？　寺子屋でだって、おれの方がよくできた。喧嘩だって強かった。それなのに、親が貧乏で甲斐性《かいしょう》なしだったために、おれたち兄妹はこのザマだし、あいつは親が小金を貯めていたから御家人株を買って、今じゃ偉そうに侍面《づら》をしてやがる。元はと言えば、大して違いなんかないんだ」

「わたしらは運が悪かっただけさ。半四郎さんが悪いわけじゃないだろう？」

「半四郎に出会したことで、今更ながらに自分の惨めさを思い知らされたよ。お耀、おまえだって同じはずだぜ。半四郎は、おれたちを見下してやがるのさ」

「あの人は、そんな人じゃないよ」

「十年以上も会ってなかったのに、おまえに何がわかるってんだよ？」

「そうだね、最後に半四郎さんに会ってから、もう十年以上もの月日が流れてるんだね。ねえ、兄さん」

「ん？」

「この十年、いや、十一年かね、わたしたちに何かいいことがあったかい？」

「あるわけがねえだろう」

常松が顔を顰める。

「裏店から夜逃げをしてからは、芥溜《ごみた》めの底を這い回るような暮らしだったじゃねえか。どこでも犬畜生以下の扱いをされてよ。赤目《あかめ》の親分に拾われて、かろうじて生き長らえてきたが、それが幸せだったかどうか」

「そうだろう？　わたしだって、そうさ。何もいいことなんかなかった。わたしも、もう二十歳《はたち》になるけど、自分の人生を振り返ってみると、本当に楽しかったのは、あの裏店で暮らしていた頃だけなんだよ。そりゃあ、辛い暮らしだったよ。贅沢なんか何もできなかったし、ろくに食べられない日も多かったけど、うちに帰れば、おっかさんがいてさ。わたしは兄さんの後を追いかけて、半四郎さんと一緒に遊んだじゃないか」

「……」

常松がじっとお耀の顔を見つめる。

「兄さんや半四郎さんと一緒になって遊んだ思い出は、わたしにとって宝物みたいなものなんだよ。おとっつあんとおっかさんが死んでから、何もいいことがなくて、辛いことや苦しいことばかりだったけど、そんなとき、わたしは心の中の宝物を取り出して、自分にもこんな幸せなときがあったんだって……そうやって自分を慰めて生きてきたんだ。その宝物を壊すようなことをしたくないんだよ。だからさ、お願いだよ、兄さん……」

「やっぱり、おまえ、半四郎に会って、どうかしちまったようだな」

「わかってくれないのかい？」

「おれには思い出なんか、どうでもいい。そんなものが腹の足しになるかよ。昔のことをあれこれ思い出すより、これから先、どうやって食っていくか、その方が大事だからな。おまえが二十歳、おれが二十五、巾着切《きんちゃくき》りっていう年齢でもない。おまえは、人目を引くようないい女だから、二人で美人局《つつもたせ》でもするのがいいかと思うんだが、ま、半四郎が最初の獲物ってことだな」

「……」

お耀は憂《うれ》い顔だ。

八

船宿「住吉」を出た半四郎が物思いに耽《ふけ》った様子で川縁《かわべり》を歩いていると、

「隠居したら船遊びでもするつもりか」

背後から声をかけられた。

半四郎がハッとして振り返る。

「お、お頭……」

「どうだ、まだ話すことは何もないか？」

「……」

「ま、一杯、付き合え」

吉川町《よしかわちょう》で伊織と半四郎は小料理屋に入った。中二階に上がると伊織は酒と肴を注文し、おかみに金を握らせて他の客を中二階に上げないように頼んだ。階下が空《す》いているせいもあり、おかみは快く承知してくれた。すぐに酒が運ばれてきた。

「さあ」

伊織が徳利を持ち上げる。

「……」

半四郎は硬い表情で姿勢を正している。視線を膝元に落として、伊織と目を合わせない。

「飲まないのか」

手酌で酒を注ぐと、伊織がくいっと酒を呷る。

「忠三郎から話を聞いた」

「え」

半四郎の顔色が変わる。

「怒るなよ、あいつだって心配してるんだ。十手を返したい、小普請に入りたいってのは、その巾着切りのせいなのか？」

「……」

「巾着切りと知り合いだからと恥じることはない」

「夫婦になる約束をしておりました」

半四郎がぽつりぽつりと話し始めた。

「夫婦に？」

「といっても、子供同士の他愛のない約束です」

「大久保家に養子に入る前の話だな」

「常松とお耀の兄妹は同じ町の裏店に暮らしていました。父親は日傭《ひようと》取りで、母親は内職をしており、生活は楽ではなかったようです。わたしと常松が同い年で、一緒に寺子屋に通っていたこともあって仲がよかったんです。五つ年下のお耀もわたしに馴染んでくれて、確か、お耀が八つのときだったでしょうか、いきなり、『わたし、半四郎さんのお嫁さんになる』と言い出して、わたしも、つい、『よし、おれがもらってやるぞ』と約束しました」

「養子に入ったのは十四のときか?」

「そうです。そんな年齢になってから商家から武家に養子に入るのも無茶な話ですが、亡くなった親父には妙に意固地《いこじ》なところがありまして、かなりの大金を詰んで大久保家を強引に納得させたようです」

「昨今、珍しくもない話だな」

伊織が肩をすくめる。

「生家を出る朝、お耀は泣きじゃくって、わたしにすがりついてきました。わたしも一緒に泣いて、あの約束は忘れていない、だから、おまえもこの町で頑張るんだぞ、と言い聞かせました」

「うむ」

「その後、しばらくの間、わたしは武家の暮らしに慣れることに精一杯で、学問や剣術の修行にも追われ、生家に帰ることもままなりませんでした。半年ほど経ってから、ようやく帰ることができて裏店も訪ねてみましたが、お耀の一家は夜逃げをした後でした。差配の話では、母親が病で亡くなり、博奕好きの父親が借金を拵えて、どうにもならなくなったそうです」

「それ以来、音信不通か」

「はい。昨日会ったのが十一年振りで、忠三郎と別れてから、お耀に話を聞いたのですが……」

夜逃げの後、あちらこちらを転々として、口に出せないような苦労をしたこと。

父親が亡くなって、遠い親戚に預けられたものの、ろくに食事も与えられずにこき使われた揚げ句、あまりにも辛いので二人で飛び出したこと。

野宿をしながら盗みをして、かろうじて生き長らえているときに赤目の岩蔵《いわぞう》という巾着切りの元締めと知り合い、その手下となったこと。

お耀と常松は、赤目の岩蔵に借金で縛られており、もし足抜けしようとすれば、きっと殺されるに違いないこと。

借金を清算して足抜けするには、かなりの大金が必要であること。

そういう身の上話を、昨日、お耀は半四郎に淡々と語った。

「なるほど、その兄妹とおまえの繋がりはわかった。だが、どうして十手を返すなどと言い出した？」

「お頭に迷惑をかけたくありませんでした。昨日もお耀たちが罪を犯したことを知りながら、目を瞑ってしまいました。これから先、お耀や常松と関わりを持つことになれば、また同じことが起こらないとも限りません。だから、わたしは……」

半四郎が肩を震わせる。その目には涙が溜まっている。

「馬鹿野郎。そんなことくらいで軽々しく十手を返すなどと言いやがって」

伊織が顔を顰《しか》める。

「しかし……」

「簡単なことだろうが。その二人を足抜けさせて堅気《かたぎ》にすればいい。そうすれば、誰にも後ろ指をさされることはない」

「足抜けには大金がかかります」

「何を言ってやがる。そんなのは裏の世界の腐りきった約束事だろうが。路頭に迷っている子供たちを騙して弱味につけ込み、借金で縛って奴隷のようにこき使う。わしは、そんな奴らが大嫌いだ。中山伊織には中山伊織の理屈がある。人でなしの約束事なんか、わしには通用しない」

九

半四郎が船宿「住言」を出て、四半刻ほど後、お耀と常松も「住吉」を後にした。

しかし、すぐに、

「待ちな」

と声をかけられた。

「ん、おれに用か？」

何気なく常松が振り返ると、いきなり、横っ面を拳で殴られた。

常松は地面に転がった。

「何をしやがる」

「この場で叩き殺されないだけでもありがたいと思いな」

「あ、七《しち》兄いじゃねえか」

月明かりに浮かび上がったのは、赤目の岩蔵の手下、七之助《しちのすけ》である。他にも五、六人の男たちがいて、お耀と常松を取り囲んでいる。

「これは、どういうこったい？」

「ふん、それは親方に聞くんだな」

「え、赤目の親方もいるのかい？」

「おい」

七之助が顎をしゃくると、男たちが常松を引きずり起こす。

「手荒な真似をさせるなよ、お耀」

「……」

お耀は、こっくりとうなずく。顔が青白いのは月明かりのせいだけではない。

二人は大川の岸辺に繋留《けいりゅう》されている屋形船に連れて行かれた。二人が乗り込むと、すぐに屋形船は船着き場を離れた。

「何をぶるってやがる。坐りな」

屋形の中に五十がらみの苦み走った中年男が坐っている。赤目の岩蔵である。

岩蔵の左目は、若いときの喧嘩が元で潰れている。ほとんど視力を失った左目には常に血が滲んでおり、そのために目が赤く見える。それが赤目というあだ名の由来であった。

お耀と常松が畏《かしこ》まって坐ると、

「おめえたち、わしに隠れて、こそこそと妙なことをしているらしいな」

「おれたちは何も……」

「言い訳はいい。お耀が『住吉』で会ったのは大久保とかいう加役の同心だな？」

「いや、あれは……」

「わしを売るつもりなのか？　わしを売って、返り訴人に鞍替《くらが》えしようってのかよ」

「滅相もねえ。これには深い理由があるんで」

「ほう、理由か。聞かせてもらおうか。性根を据えて、わしが納得できるように話すこった。話の中身によっちゃ、おめえら、生きて船を下りることはできねえぜ。仲間を売った者は簀巻きにして土左衛門にするというのが巾着切りの世界の掟だからな。

「さあ、話せ」

岩蔵がお耀と常松を睨む。

十

その翌日……。

半四郎と伊織は連れ立って「住吉」に出向いた。

「本当に足を洗う気があるのかどうか、二人の性根を見極めた上で、わしが赤目と話をつける」

そう言って、伊織は半四郎についてきたのだ。

昨日と同じ部屋に通された。

しかし、お耀は現れなかった。

半刻ほども待ってから、

「遅いな。こっちから行こうじゃないか」

「そう言われましても……」

「どこに住んでいるのか知らないのか？」

「はあ」

半四郎は情けなさそうな顔をした。

「心配するな。巾着切りの兄妹、赤目の岩蔵の手下、それだけわかっていれば、何とかなる」

「どうなさるのですか？」

「桶屋《おけ》のことは桶屋に聞けばわかるってことだ」

十一

伊織と半四郎が向かったのは小伝馬町にある牢屋敷であった。

「何をなさるんですか？」

「黙ってついてこい」

伊織は牢屋敷の中に入っていく。

町奉行所の同心をつかまえると、

「長谷川は来てるか？」

「詰め所で見かけましたが」

「わかった」

伊織は同心詰め所に向かい、引き戸を開けるや、

「長谷川、いるか」

と大声を出した。茶を飲んでくつろいでいた町方同心・長谷川四郎右衛門は、伊織の顔を見るや、驚いて、口の中の茶を吹き出してしまった。

「中山さま……」

「ちょっと来い」

伊織が手招きすると、四郎右衛門はがっくりと肩を落として立ち上がる。伊織が苦手なのだ。まるで蛇に睨まれた蛙《かえる》のようだ。

「何かご用ですか?」

「用があるから来てるんだ。わかりきったことを訊くんじゃねえ」

「申し訳ございません」

四郎右衛門の額には早くも汗の粒が浮き上がっている。

「赤目の岩蔵という巾着切りの元締めを知っているか?」

「赤目の岩蔵……」

「知っているようだな」

「岩蔵をどうなさるつもりですか?」

「わしが手を出すと不都合なことでもあるのか」

「悪党には違いありませんが、毒を以《もっ》て毒を制す、と言いますか、岩蔵を手懐《てなず》けてお

く と何かと便利なこともあるのです」

「賄《まいない》を取って、岩蔵の悪事に目を瞑るという意味か？　長谷川、そんなことをしているのか」

「わたしではありませんが……」

そう口にしてから、四郎右衛門は慌てて口を押さえる。

「なるほど、もっと上の連中ということか」

「下手に岩蔵に手を出すと、加役と御番所の間が今以上にまずいことになります」

四郎右衛門が声を潜める。

「忠告は聞いた。で、岩蔵はどこにいるんだ？」

十二

その藁葺《わらぶ》き屋根の農家の庭には先が三つ又になった大きなくぬぎが二本並んでいる。四郎右衛門が教えてくれたわかりやすい目印である。

「あそこでしょうか」

「そのようだな」

亀戸村《かめいどむら》一帯には、人家もまばらで、見渡す限り田圃《たんぼ》が広がっている。

四郎右衛門の話では、赤目の岩蔵の本宅は村松町《むらまつちょう》にあり、普段はそこで暮らしているが、人に知られてまずいことをするときには亀戸村の別宅を利用するというのであった。四郎右衛門が村松町の十手持ちを使って調べたところ、ゆうべから岩蔵が本宅に戻っていないことがわかった。岩蔵の右腕といっていい七之助の姿も見えないということ。それで岩蔵が別宅にいると見当を付けて、伊織と半四郎は亀戸村にやって来たわけであった。

四郎右衛門は、たった二人で伊織と半四郎が岩蔵の別宅に踏み込むつもりだと知って顔色を変え、

「人数を揃えるべきだと思います。物騒な連中でございますぞ」

「大袈裟《おおげさ》にできない事情があってな。悪いが、おまえも口をつぐんでいてくれ」

「し、しかし……」

「明日になっても、わしらが戻らないときは、町方の人数を連れて亀戸村まで来てくれ。わしらの死体を引き取りに、な」

冗談なのか本気なのか、伊織は表情も変えずに言った。

四郎右衛門は青い顔で黙りこくった。

「さあ、行くか」

「お頭」

「ん？」

「わたしが一人で行きます。これ以上、お頭を巻き込むわけにはいきません」

「何を言ってやがる。ここで二の足を踏むくらいなら、最初から、こんなところに来るもんか」

　農家に向かって、伊織がすたすたと歩いていく。慌てて半四郎がその後を追う。

十三

　戸を開けて、いきなり伊織が土間に踏み込むと、囲炉裏端《いろりばた》でサイコロ博奕をしながら酒を飲んでいた男たちが一斉に顔を向けた。

「何だ、てめえは？」

「口を慎《つつし》め、この御方は火付盗賊改方の頭・中山伊織さまだ」

　半四郎が男たちを睨む。

「中山伊織だと？」

「加役の頭じゃねえか」

「嘘だろう」

男たちがぎょっとしたような顔で伊織を見る。

「赤目の岩蔵ってのはどいつだ？」

伊織がぐるりと順繰りに男たちの顔を眺める。

「さして貫禄のある野郎も見当たらないようだが」

「おいおい、てめえ、ふざけるんじゃねえよ」

腕まくりして立ち上がったのは七之助である。

「三下は引っ込んでろ。岩蔵に用があると言ったはずだ。いるのか、いねえのか、どっちだ」

「この野郎」

七之助の目に剣呑な光が宿る。そっと胸に手を入れて匕首を握り締めた。

「やめておきな」

奥の板戸が開いて岩蔵がのっそりと現れた。

「おめえのかなう相手じゃねえよ」

「赤目の岩蔵か？」

「そう呼ばれておりますがね」

「遠回しな言い方はしねえぞ。巾着切りの手下に常松とお耀という兄妹がいるはずだ。その二人を黙って、わしに渡せ。そうすれば、こっちもうるさいことを言わずに引き揚げる」

「失礼ですが、そちらさんが同心の大久保さまですかね？」

「だったら、何だ？」

「ちょいと驚いてます。常松が与太《よた》を飛ばしてやがるんだろうと思ってましたが、加役の頭が自ら足を運ぶとなれば、まるっきりの出任せでもなかったようだ。てっきり仲間を裏切って返り訴人にでもなる算段をしてるのかと疑ってたわけでしてね」

「町方の与力に賄をしてるんだろうが。そんなにびくびくすることもあるまいよ」

「加役と御番所では怖さが違います。加役は無茶なことをなさいますからねえ」

「二人は、ここにいるんだな？」

「さあ、どうですかねえ」

そこに七之助が近寄ってきて、何やら、岩蔵に耳打ちした。岩蔵がにんまりする。

「中山さま、まさかと思いましたが、たった二人で乗り込んでらしたんですか？」

「周りを調べさせたのか。用心深いことだな」

「肝《きも》が太いというか、向こう見ずというか……。それくらいでないと加役の頭は務まらないわけですか」

「早く連れてこい」

「いいでしょう」

岩蔵が顎をしゃくると、七之助が手下を連れて奥に引っ込んだ。やがて、猿轡《さるぐつわ》を嚙まされ、荒縄で後ろ手に縛られたお耀と常松が連れてこられた。

「加役の同心と昔馴染みというだけで、この二人を始末するつもりだったのか？」

「相手が町方の同心というのなら、誼《よしみ》を結んでおけば、いずれ、こっちの役にも立つんでしょうが、加役と関わりを持つのは、あまり気持ちのいいものじゃありません。それにしても、加役の同心から金を騙し取ろうとは、こいつらもいい度胸ですよ」

「何だと？」

半四郎の顔色が変わる。

「いいから、この場は、わしに任せろ」

伊織が半四郎の袖をつかむ。

「……」

半四郎がお耀を見ると、お耀は悲しげな目で見つめ返す。

「縄を解いてやれ。わしらが連れていく」

「ま、わしとしても、事を荒立てたくはありませんから、どうしても渡せというのなら渡さないでもありません。ただ、この二人には貸しがありましてね。それをきれいにしてもらわないことには他の者に示しもつきませんし、わしも大損することになります。それさえ片付けていただければ、この場は中山さまの顔を立てることにいたしましょう」

「回りくどい言い方だな。金か？」

「まあ、そうです」

「いくらだ？」

「二人で、ざっと二百八十両」

「高いな」

「野良犬のように腹を空かせて野垂れ死《のたじ》にしそうになっていた兄妹を助けて、何年も面倒を見て、生きる術《すべ》も教えてやりました」

「巾着切りの技だろうが」

「生きるためですよ。それとも野垂れ死んだ方がよかったですかね？」

「悪党が悪事を為すにも理屈があるってわけか」

「そういうわけです」

「いいだろう。事を荒立てたくないのは、わしも同じだ。巾着切りを捕らえるのは加役の職分ではないからな。今回だけは見逃してやる」

「ほほう、鬼と噂される中山さまだが、意外と話のわかる御方なんですねえ。それでは金を払っていただけるわけですね？」

「いや、一文も払わぬ」

「へ？」

「おまえに悪党としての理屈があるように、中山伊織には中山伊織の理屈がある」

「そいつは無茶だ」

「おとなしく渡すのが身のためだぞ」

「それは、こっちの台詞なんですがねえ」

伊織と半四郎を囲んでいる岩蔵の手下たちが一斉に殺気立つ。岩蔵が命令すれば、すぐにでも襲いかかろうというのだ。

「さあ、どうしますね？」

「やはり、穏便には収まらねえか。仕方がない。岩蔵、わしと勝負しないか」

「勝負ですって？」

「うむ」

伊織が囲炉裏端に転がっているサイコロと壺を取り上げる。

「一回こっきりの丁半勝負でどうだ」

「面白そうですね。で、何を賭けるんですか？」

「わしの命を賭けよう」

「ほう……」

岩蔵が目を細めて伊織を見つめる。

「で、こっちは常松とお耀を賭けるんですね？」

「違う」

伊織が首を振る。

「おまえも命を賭けるんだよ。おまえが勝てば、わしの首を刎《は》ねるがいい。わしが勝てば、おまえの首をもらう」

「ちょっと待って下さいな」

岩蔵が苦笑しながら、手を振る。

「何だって、わしがそんな勝負をしなけりゃならないんですか。何の得にもならないってのに」

「勝負を断れば、おまえも子分たちもお縄にする。拷問蔵で責め殺されることを覚悟してもらうぞ。こっちは、それでもいいんだ。おまえたちが死ねば、わざわざ足抜けしなくても常松とお耀は自由の身だ。借金も消える」

「ひどい話だ。わしを脅すんですか」

「勝負は時の運だ。どちらが勝つかわかるまい。わしが死ねば、おまえは安泰だ」

「あんたの言うことは無茶苦茶だ」

岩蔵が呆れ返ったように言う。

「たとえ無茶だろうと、わしは、やると言ったことは、必ず、やる男だぞ。勝負を断れば、おまえは死ぬことになる。運を天に任せて勝負するしかないんだよ」

「そんな馬鹿な……」

「わしは本気だ」

「そっちは二人きりだ。この場であんたらを始末するという道もある」

「それでもいい。お縄にする手間が省ける」

「勝てるつもりかね？　こっちは七人ですがね」

「試してみるか？　サイコロで勝負するより分がいいと思うのなら、かかってこい」

「……」

岩蔵がじっと伊織の顔を凝視する。自分たちが勝てるかどうか胸算用しているのだ。やがて、

「わかりましたよ」

岩蔵がうなずく。額は汗の玉が浮かび、顔色が悪い。伊織の迫力に圧《お》されている。

「ほら、振れ」

伊織が岩蔵にサイコロと壺を渡す。

「くそっ」

岩蔵が壺を振る。周囲にいる者たちの視線が壺に注がれる。

「どっちだ?」

伊織が岩蔵に問う。

「……」

岩蔵は、ごくりと生唾を飲み込むと、

「ちょ、ちょう」

声が微かに震えている。

「てことは、わしは半だな。さあ、開けろ」

「ま、まってくれ」

岩蔵が震え出す。勝負に負ければ、伊織に殺されるという重圧に耐えられなくなったのだ。

「わしの負けだ。二人は渡す。金はいらねえ。連れていってくれ」

「ふふふっ、負けを認めるということは、おまえの首をもらうということだぜ」

「どうしても駄目ですかい？」

「ああ、どうしてもだ」

「ええい、くそっ！」

目を瞑って、岩蔵が壺を開ける。

「丁だ！　二六の丁。親方の勝ちだ」

サイコロを見て、七之助が叫ぶ。

岩蔵も目を開け、サイコロを確認すると、

「やった、わしの勝ちだぜ」

嬉々として高笑いする。

その瞬間、びゅっ、と伊織の刀が一閃する。

笑い顔のまま岩蔵の首が板敷きに転がる。

「野郎！」

岩蔵の手下たちが匕首を手に伊織に襲いかかる。

「斬るな、半四郎！　峰打ちでいい」

「は」

半四郎の動きは素早い。たちまち三人を倒す。

あとの三人も伊織に倒された。

「く、くそっ、汚ねえ真似をしやがって」

伊織に肩の骨を叩き折られて土間に転がった七之助が憎々しげに伊織を見上げる。

「岩蔵は、自分の負けを認めただろう。あのとき勝負はついてたんだよ」

十四

数日後……。

「まだ常松は見付からないか？」

「はい」

「ま、仕方がないだろう」

亀戸村に足を運んで、伊織と半四郎は、お耀と常松を救い出した。晴れて二人は自由の身になれるはずであった。

ところが、常松は、

「誰が半四郎の世話なんかになるものかよ」

という捨て台詞を残して姿を消した。

一方、お耀は、

「他人様《ひとさま》に迷惑をかけて生きるのがほとほと嫌になっていました」

と涙を流して、過去の行状を悔いた。

（根はいい子なんだな）

そう判断した伊織は、

「面倒を見てやってくれ」

と、妻のりんにお耀を預けた。

早速、お耀は、中山家の女中頭・常盤《ときわ》の下で家事やら裁縫やら、これまで無縁だった行儀見習いを躾《しつ》けられることになった。

「こっちが呆れるくらい物知らずな娘ですけど、真面目だし熱心ですから、一年もすれば、人前に出しても恥ずかしくないようになるでしょう」

そう常盤がりんに言ったそうな。

「あの娘が今でも好きなんだろう？」

「え」

「ほら」

半四郎の顔が真っ赤になる。

伊織が十手を半四郎の手に押しつける。

「これからは軽々しく十手を返すなんて言うんじゃないぞ。小普請なんかに入っちまったら、所帯を持つことだってできないんだから。乾物問屋の倅だって御家人株を買って幕臣になれる。巾着切りをしていた娘だって、行儀作法を身に付けて、どこかの御家人の養女にでもすれば、おまえが娶《めと》っても不釣り合いってことはないんだぞ」

「お頭、わたしは別に……」

「照れるな。酒も飲んでないのに顔が真っ赤だぞ」

あははは、と伊織が愉快そうに笑う。

悋気講《りんきこう》の夜

一

目を布で覆い隠してある。

中山伊織の顔には小さな玉の汗がたくさん浮かんでいる。口を真一文字に閉じたまま、厳しい表情で、つつつと間合いを詰める。一瞬、呼吸が止まる。

伊織の右手が素早く動き、びゅっ、と太刀が一閃《いっせん》する。目にも留まらぬ居合いの早業だ。ばさっ、という音を立てて、藁《わら》の束が真っ二つになる。伊織がゆっくりと息を吐き出す。額《ひたい》から頰にかけて、一筋の汗が伝い落ちる。

「見事だ、伊織」

背後から拍手が聞こえた。

伊織は目隠しの布を取って振り返る。

「あ、舅殿《しゅうと》」

にこやかな表情で伊織を見つめ、手を叩いている小柄な老人は、りんの父・佐伯仁左衛門《さえきにざえもん》である。六十歳にしては肌の艶《つや》もよく、かくしゃくとしているが、とうに家督を嫡男の勝之助《かつのすけ》に譲り、今は福酔庵《ふくすいあん》と号して気儘《きまま》な隠居暮らしを楽しんでいる。

「殿様と呼ばれる身分になると、ろくでもねえ遊びにうつつを抜かす馬鹿が多いが、さすがに加役の頭ともなると遊んでいる暇もねえか。しかも、目隠しして真剣を使うとは恐れ入ったぜ」

福酔庵は、伊織のそばに近寄ると、真っ二つに切り裂かれた藁の束を見下ろした。

「いい腕だ。若い頃のままじゃねえかよ。いや、そうじゃねえな。目隠ししていた分だけ腕が上がっているということか。なぜ、目隠しなんかしてたんだ？」

「加役の務めは火付けと盗賊を捕らえることです。そういう者たちが江戸の町を徘徊するのは夜と決まっています。しかも、月のない夜が多い」

「だから、暗闇でも賊を斬ることができるように目隠ししてたってのかい？」

「まあ、そんなところです」

「理屈ではわかるが、実際にそんなことができるもんかね。うっかり自分の足でも斬《き》っちまいそうで怖い気がするけどな」

「そうならないように鍛錬《たんれん》しているわけです」

「ふうん、そういうものか」

福酔庵が肩をすくめたところに、

「御前《ごぜん》、お茶の支度が整いましてございます」

女中頭の常磐が縁側に手をついている。常磐は、かれこれ四十年近くも中山家に奉公しており、奥向きの一切を取り仕切っている。りんはもちろんのこと、伊織ですら、この常磐には頭が上がらない。

「ああ、すまねえな。だが、伊織の稽古の邪魔をするつもりはない。遠慮なく続けてくれ」

「いいえ、もう終わりです」

伊織が縁側に近付くと、常磐が金盥《かなだらい》に浸《ひた》した手拭いを絞って伊織に渡した。その手拭いで、伊織は手早く体の汗を拭い取る。

「着替えて参りますので、どうか座敷に上がってお待ち下さいますように」

「ここで結構だ」

福酔庵は縁側にぺたりと坐り込んだ。

「では、すぐに」

一礼して、伊織が奥に引っ込む。

やがて、伊織が戻ってみると、福酔庵は常磐を相手に馬鹿話でもしていたらしく、六十過ぎの常盤が二十歳の小娘のようにころころと楽しげに笑い声を立てていた。

「いらっしゃいましたよ。わたくしはこれで」

常盤が笑い涙を袖で拭いながら立ち上がる。

「さっきの話は本気だぜ。二人で出かけてみようじゃねえか。伊織やりんには内緒で、な」

「はいはい」

常盤が廊下を歩き去っていく。

「りんは留守だそうだな」

「何かご用でしたか？」

「りんは頭が固いから、あいつがいると砕《くだ》けた話がしにくいってことよ。すぐに戻るのか？」

「夕方までは戻りますまい。小太郎を学塾に送ってから、講に出ると申しておりましたから」

「講だと？　まさか悋気《りんき》講ではあるまいな」

「は？　親しい奥方衆と共に『源氏物語』を少しずつ読むという集まりと聞いておりますが」

「ふんっ、どうだかな。案外、『源氏物語』とは名ばかりで、春本でも持ち寄って、酒を食らって大騒ぎしてるんじゃねえのか」

「舅殿……」

伊織が呆れたように福酔庵を見る。兄の監物が存命で、まだ伊織が部屋住みの厄介に過ぎなかった頃から福酔庵は伊織に目をかけてくれており、だからこそ、監物が亡くなり、嫂《あによめ》のしのが実家に帰されることになったとき、

「ならば、しのの妹を市之助殿の妻に」

と、りんを伊織に娶《めあわ》せてくれた。

そんな福酔庵を伊織も実の父親のように敬《うやま》い慕《した》っているのだが、まるで博徒のような口の悪さに辟易《へきえき》させられることも少なくない。

「昔はな、講といえば、念仏講とか稲荷講みてえな抹香《まっこう》臭いものか、そうでなければ、頼母子《たのもし》講とか無尽《むじん》講とか、貧乏人が金を融通し合うものか、そのどちらかと決まっていたもんだが、この頃は、適当な講をでっちあげて好き勝手なことをする者が増えたな」

「悋気講とは何ですか？」

「お高く止まっている奥方連中が、亭主の女遊びやら、金遣いの荒さやら、普段、胸に溜め込んで口にできない不平や不満を互いに競い合うように並べ立てて鬱憤《うっぷん》晴らしをする集まりだ。亭主の悪口を言うだけじゃなく、酒は飲む、料理は食う、時には、

若い男を誘い込んだりして羽目を外すそうだぜ」

「まさか」

「知らぬは亭主ばかりなりってな」

「今日は悋気講の話ですか」

「そうじゃねえ。実は、折り入って頼みがある」

「舅殿がわたしに頼みとは珍しい」

「しののことだ」

「嫂上《あねうえ》の？」

「聞いてくれるか？」

福酔庵の声もいつになく真剣であった。

「何なりと」

伊織はうなずいた。

二

「わたしが旗本の奥様たちを調べるのですか？」

九兵衛が驚いたように伊織を見る。

「厄介な頼み事だと承知している。だからこそ、おまえを見込んで、こうして事情を打ち明けたんだ」

「それはわかりますが……」

九兵衛は困惑した表情で小首を傾げた。

普段、伊織に命じられれば、どれほど危険であろうと、どれほど困難であろうと、九兵衛が二の足を踏むことなどないのだが、この頼み事は、そう簡単に引き受けられるものではなかった。

その頼みというのは、伊織の嫂だったしのに関することである。

しのは、りんのふたつ違いの姉で、今は三十二歳である。七年前、伊織の兄・監物が亡くなったとき、子供がいなかったため実家に帰された。普通ならば、まだ若いのだし他家に再縁するところだが、しのが頑なに再縁を拒《こば》んだ。自分を石女《うまずめ》だと思い込み、中山家の後継ぎを産むことができなかった自責の念に駆られていたせいだ。

しのが中山家にいる頃、伊織は部屋住みの厄介という肩身の狭い立場にいたが、その伊織も、親戚たちから石女と陰口を叩かれ、白い目で見られていたしのに同情し、

(兄上が外で遊んでばかりいるから子供にも恵まれないのだ)

足繁く吉原に通ったり、町屋に妾を囲ったりする監物の行状に腹を立てたものである。しのの力になりたいと思いつつ、厄介の身では兄に意見することなど思いもよら

ず、結局、何もできなかった。

それから七年が経ち、時折、実家に戻るりんの口からしのの消息を聞かされるくらいで、しのが佐伯家でどんな暮らしをしているのか、伊織はよく知らなかった。福酔庵から聞かされた話によれば、この二年くらい、しのも明るさを取り戻し、よく外出するようになっているという。

そのきっかけになったのが、

「講」

だというのである。

福酔庵の知り合いに、本多時枝《ほんだときえ》という旗本の後家がおり、ふと思いついて、その時枝にしのを念仏講に連れ出すことを頼んだところ、しのも念仏講を楽しんだらしく、それ以来、時枝に連れられて、様々な講に顔を出すようになったのだという。

「ところが、困ったことになってな……」

このところ、しのがまた落ち込んでいるのだ、と福酔庵は溜息をついた。その理由というのが、しのが顔を出している講の参加者たちの屋敷で泥棒の被害が出ているせいであった。どのような講であれ、その場にいるときは、身分の高下などにはかかわらず無礼講が普通だから、何でもあっけらかんとしゃべる。武家屋敷が泥棒に入られたというのは外聞が悪いから、どこも表沙汰《おもてざた》にしていないが、講では平気で話す。初めのうちは、しのも同情して耳を傾けるだけだったが、そのうちに、自分が何かの講に参加して、しばらくすると、その講に出ている誰かが被害に遭うことに気が付いた。最初は偶然かと思ったが、それが何度も続くうちに、しのは悩み始めた。

「なぜ、嫂が落ち込むんですか？」

「自分が不幸を背負っていると信じているから、周りで何か悪いことが起こると、それが自分のせいじゃないかと疑い出す。ここだけの話だがな、りんがおめえの子を産むことができないのも自分のせいだと思い込んでいる。自分が石女だから、それがりんにも……」

「そんな馬鹿なことはありませんぞ」

「本人がそう信じ込んでいるんだから、どうしようもねえのさ」

しのの周囲で泥棒の被害が続いているのは、しのの不幸のせいなどではなく、何か理由があるはずだから、それを探ってくれまいか、せっかく、しのが明るさを取り戻し、外歩きをするようになったというのに、このままでは、また屋敷に閉じ籠もって世捨て人のような暮らしに戻ることになってしまうから……そういう福酔庵の頼みであった。

伊織としても否応はない。他ならぬ福酔庵の頼みであり、しののためにもなるのなら力を貸したいと思ったが、伊織自身には怪しいことを嗅《か》ぎ回ったりする能力はないし、かといって、被害届も出されていない事件の捜査に火付盗賊改の同心たちを使うことも憚られた。

思案した揚げ句、九兵衛を呼ぶことにした。火付盗賊改の十手を預かる九兵衛ならば捜査能力にも長《た》けている。元々が武家の生まれで、かつて武家屋敷に奉公していたこともあるから武家のしきたりにも通じているであろうし、相手が旗本の奥方たちだからといって、まごつくこともないだろうと伊織は判断したのである。

「承知してくれるな」

「わかりました」

武士であることを捨てた九兵衛とすれば、今更、武家の世界に首を突っ込むような真似をしたくないのが本音だったが、伊織に頭を下げられては拒みようもなかった。

三

それから十日ほど後……。

着流しに菅笠という格好で伊織が松の木陰に立っており、その傍らに九兵衛が控えている。そこから佐伯家の表門を見張っているのだ。その屋敷は本郷の武家地にあり、あまり人通りもない。

「裏から出るってことはないのか？」

「ないと思います」

この十日間、ずっと九兵衛は伊織から命じられたことにかかりきりになって調べた。しのと時枝が参加している講について福酔庵からも話を聞き、福酔庵の伝手《つて》を辿って、それぞれの講に参加している奥方たちの名前も調べてある。

「今日は何の集まりだったかな」

「ええっと、今日は三の日ですから、昔の物語の主人公たちがどんな遊びをしていたか、それを実際にやってみるという集まりのようですが……」

「要するに、双六《すごろく》やら貝合わせ、扇投《おうぎな》げなんかをして遊ぶってことか」

「そのようです」

「酒は飲むのか？」

「申し訳ありません。そこまでは調べがついておりません。ただ、佐伯さまも本多さまも、どの講に出ても、さほど長居はなさらないようです」

「そうか」

佐伯さまというのはしののことで、本多さまというのは時枝のことだ。泥棒の被害を気にするようになってから、しのは外出を渋るようになっている、と伊織は福酔庵から聞かされている。そんなしのを時枝が半ば強引に連れ出しているというから、しのが長居を嫌がるのだろうと伊織は思った。

「三の日に五の日、それから九の日もそうだったな？」

「以前は、七の日もお出かけだったようです。それ以外に、はっきりと日にちが決まっていないものもあるようでして……」

「ほぼ一日おきか。舅殿が申されたように、まさに、知らぬは亭主ばかり、だな」

「出ていらしたようです」

時枝としのが連れ立って出てくるのが見えた。

「あれが本多の後家か……」

伊織は、ほんの少し菅笠を持ち上げて、時枝の横顔に目を凝《こ》らす。後家というから、てっきり福酔庵と同年輩の婆さんだろうと想像していたが、婆さんどころか、せいぜい四十そこそこであろう。明るい小袖姿で若やいだ身繕《みづくろ》いをしているせいもあろうが、地味な身なりのしのと姉妹といっても通りそうだ。しのは、あまり化粧をしていないのか肌が透き通るように白く見える。伏し目がちの横顔はどことなく憂《うれ》いを含んでいるようで、この外出をしのが喜んでいないことは明白であった。

供の小者に荷物を持たせて、しのと時枝が歩いて行く。二人が練り塀を曲がって、その姿が見えなくなると、ようやく伊織と九兵衛が木陰から現れた。

「さて、行くか」

「はい」

伊織の少し後ろを歩きながら、

(なぜ、お頭がここまでなさるのか)

と、九兵衛は訝《いぶか》っていた。

しのと時枝は、浅草御門の近くにある武家屋敷で開かれる講に参加し、恐らく、日が暮れる頃には帰宅するはずである。この十日間に、二人は四回外出しているが、その四回とも、二人は講が終わると、真っ直ぐ佐伯屋敷に戻ってきた。

時枝は、しのを送り届けてから自分の屋敷に帰った。屋敷と屋敷の間を往復するだけで、これといって気になるような行動もなく、それでいて待つ時間ばかりが長いという、九兵衛にとっては退屈な仕事だった。きちんと報告しているから、わざわざ伊織が足を運ぶ必要などないはずであった。

「おい、九兵衛」

「え」

ぼんやりしている間に伊織がだいぶ先に行っていた。慌てて伊織に駆け寄る。

四

しのと時枝が武家屋敷に入るのを見届けると、九兵衛は気を利かせたつもりで、

「お二人が、いつ出ていらっしゃるかわかりませんから、わたしが待ちます」

と口にした。しかし、伊織は、

「いいんだ」

と首を振り、それきり口を閉じてしまった。

（お頭には何かお考えがあるのだろう）

九兵衛もそれ以上の差し出口を控えることにした。

一刻ほど後……。

二人が門前に姿を現した。何か立ち話をしていたが、やがて、しのと時枝は反対方向に歩き出した。しのは本郷に帰るのだろうが、時枝が向かうのはまるっきり反対の両国方面である。

「どういうことだ？」

「さあ、こんなことは初めてです」

九兵衛にもよくわからない。これまでは帰りも二人一緒で、出先で別れることはな

かった。

「まだ日がありますから、どこかに寄り道でもなさるんでしょう。どうすればよろしいですか」

「おまえは本多の後家をつけろ。わしはあっちだ」

「何かわかったら、お屋敷に伺います」

「うむ」

伊織は、しのを追って歩き始めた。

五

（どこに行かれるつもりなのか）

伊織は訝った。

しのは真っ直ぐに本郷の屋敷に帰るのではなく、わざわざ遠回りして上野方面に向かった。途中で、小者も帰した。伊織も若い頃には女遊びもしたから、池之端界隈がどんな場所かよく知っている。出会茶屋の類《たぐい》が軒を連ねる艶《つや》めいた土地なのである。しのに限って、講に出ることを口実に外出し、出会茶屋で男と待ち合わせるようなことはないだろうと思うものの、伊織の表情は険しかった。

が……。

しのは、どこにも寄らずに不忍池の畔《ほとり》に出た。

不意に振り返ると、

「いつまで隠れているつもりなのですか」

しのが言った。

「気付いておられましたか」

菅笠の紐を解きながら、伊織が姿を現す。

「何日か前から誰かがつけていることはわかっていました。でも、つけられているのがわたしなのか、それとも、本多さまなのかわからなかったから。父の差し金？」

「そんなところです」

「坐っていいかしら。せっかく夕陽がきれいなんですもの。少し眺めていきたいわ」

「どうぞ」

懐から取り出した手拭いを広げて、草むらに敷く。

「優しいのね、昔と同じ」

にっこりと微笑んで、しのが腰を下ろす。伊織もその横に坐る。

「泣く子も黙るという火付盗賊改の頭をこんなことに使うなんて、父もどうかしているわ」

「それだけ嫂上《あねうえ》のことを心配しておられるのですよ」

「きっと後ろめたいんでしょうね」

「何がですか？」

「自分のせいで、わたしを不幸にしてしまったこと。せっかく気儘な隠居暮らしを楽しもうというのに、わたしの顔を毎日見ていれば、何となく落ち着かない心持ちになるんじゃないかしら」

「なぜ、舅殿のせいで嫂上が不幸になったなどとおっしゃるんですか？」

「亡くなった方のことを悪く言うつもりはありませんけど、父は監物殿をまったく買っていませんでした。若年寄の堀尾《ほりお》さまのお声がかりでしたから、父としても承知せざるを得なかったのでしょうけど、監物殿との縁組みには最初から乗り気ではなかったんです。父が買っていたのは伊織殿ですもの」

「嫂上がいらしたとき、わたしなど、ただの無駄飯食いの厄介に過ぎませんでしたよ」

「似た者同士でしたものね」

しのが、ふふふっと笑う。

「伊織殿は部屋住みの厄介者、わたしは石女の役立たず、あの頃は二人とも中山家では肩身の狭い立場でしたね。中山家に嫁いでから監物殿が亡くなるまでの六年、針《はり》の筵《むしろ》に坐らされているような毎日でした。伊織殿だけでしたよ、わたしに優しくしてくれたのは」

「嫂上……」

「りんは元気？　しばらく会っていないけれど」

「はい。いつでも遊びにいらして下さい」

「あの子は幸せだわ。わたしと同じように子供には恵まれなかったけれど、小太郎という立派な養子をもらって、実の親子のように仲がいいし。何だか、羨ましいな」

「……」

伊織の口からは言葉が出なかった。にこやかに話してはいるものの、しのの言葉には気軽に受け流すことができないような深刻な重さが滲んでいたからだ。

「監物殿が伊織殿のような人だったら、わたしの人生も違っていたでしょうね。わたし、時々、おかしなことを想像するんです」

「どんなことですか？」

「もし伊織殿が兄で監物殿が弟だったらとか、わたしがりんの妹だったらとか、そんな他愛もないこと。でも、勘違いしないでね。わたし、りんが幸せに暮らしているのを心から喜んでいるんですから」

しのが立ち上がる。

「父に何を頼まれたか当ててみましょうか?」

「わかるんですか」

「しのが外出を渋るようになってきた。どうやら、同じ講に出ている人の屋敷が次々と泥棒の被害に遭っていて、それが自分の不幸のせいだと思い込んでいるらしい。まさか、そんなはずはないだろうが、念のために調べてはくれまいか……そんなところじゃないかしら」

「驚きましたな」

伊織はりんの勘の良さに感心した。

「だって、父がそう信じるようにわたしが仕向けたんですから」

「では、嘘なのですか?」

「そうじゃありません。なぜかわからないけど、わたしの周りに泥棒の被害に遭った人が何人もいて、わたし自身、それを不思議に思っていたんです。それを理由にしただけ」

「何の理由です?」

「ここ二年くらい、本多さまに誘われていろいろな講に出るようになったんです。わたしもそれを楽しむようになり、おかげで明るさを取り戻したと父は思っているようですけど、本当はそうじゃなくて、わたしのせいで父が後ろめたい思いをしないように、それを負担に思わせないように、ちょっとお芝居をしてたんです」

「本当は楽しくないのに、楽しそうな振りをしていただけということですか」

「だけど、それも辛くなってきて……。元々、そんなに陽気な性質というわけでもありませんし、できれば、さっさと髪を下ろして仏道修行に励みたいんです。泥棒の一件を口実にして、あの賑やかな集まりから身を退《ひ》こうかと思いついたんですけど、そんな嘘をついたせいで、伊織殿まで煩《わずら》わせることになってしまい申し訳ないと思います。父には、わたしの口から正直に打ち明けますから、どうか伊織殿も手を引いて下さいませ」

「わたしにできることは何もないんですか？」

「りんを大切にして下さい。夫に大切にされることが、妻にとっては何よりも幸せなことですから。りんが幸せになれば、わたしも幸せですよ」

六

伊織は屋敷に戻って酒を飲んだ。

苦い酒だった。飲めば飲むほど、心が重く沈んでいくような気がしたが、飲まずにはいられなかった。

夜四つ半（午後十一時半）を過ぎた頃、九兵衛が訪ねてきたと用人の橋田吉右衛門が取り次いだ。すぐに奥に通すように伊織は命じた。

やがて、九兵衛がやって来ると、

「おう、ご苦労だったな。まあ、坐れ」

「遅くに伺って申し訳ありません。今夜のうちにお知らせした方がいいと思いまして……」

「それは、もういいんだ」

伊織が首を振る。しのがどういう考えで狂言を打ったのかわかってしまえば、もはや、旗本屋敷の泥棒被害を調べたところで仕方がない。

「え。よろしいんですか？」

「事情が変わった」

伊織は懐から鼻紙を取り出し、財布から小判を取り出して鼻紙に包んだ。それを九兵衛の前に置いた。

「三両ある。手間賃だと思ってくれればいい。言っておくが、これは加役の金じゃねえ。わしの財布から出す金だからな」

「……」

九兵衛は、その鼻紙をじっと見つめていたが、意を決したように顔を上げると、

「どういう風に事情が変わったのかは存じませんが、このままだと、近いうちに、また、どこかの旗本屋敷が被害に遭うことになると思います。誰かが止めない限り、たぶん、いつまでも……」

「どういうことだ？」

「本多の奥方様の後をつけたところ、思いがけぬものを目にいたしました」

「聞こう」

伊織の目に鋭さが戻っている。

七

「ほう、なかなか風流じゃねえか」

屋形船が船着き場を離れ、大川の中央に向かって進み始めると、福酔庵が目を細めた。船には酒と肴が用意されている。いつもは給仕する女中が付き添うのだが、今日は伊織が断った。この屋形船に乗っているのは福酔庵と伊織、それに船頭の三人だけである。もっとも、船尾で竿《さお》を操っている船頭の顔をよくよく見れば、それは九兵衛であった。

「おひとつ、どうぞ」

「ああ、すまねえな」

福酔庵が伊織の酌を受ける。

「しののことは悪かったな。まさか、外歩きを嫌がっていたとは思わなかったよ。楽しそうな顔をしているように見えたから、わしも安心していたし、しのによかれと勧めたことだったんだが……。実の娘の本心を見抜くこともできないとは、わしもまだ人間というものがよくわかっていないらしい」

「中山家から佐伯家に戻されたことに舅殿が後ろめたさを感じているのではないか、自分が陰気な顔をしていると舅殿が辛いのではないか……そんな風に嫂上《あねうえ》は気遣っておられたのです」

「馬鹿な奴だよ。そんな水臭いことを考えるなんてな。血の繋がった親子なんだから遠慮しなくていいものを……」

「わたしには、父と娘がお互いを思い遣る、よい風景に見受けられます」

「からかうんじゃねえよ」

福酔庵が恥ずかしそうにそっぽを向く。

「わしだって、しのが嫌だというのなら、無理に外歩きさせたり、講に行かせるつもりはねえんだ。もっとも、すぐに出家させたいわけでもないから、とりあえず、屋敷に持仏堂《じぶつどう》を拵《こしら》えて、そこで気の済むまで写経でも読経でもすればいいと納得させた」

「よいお考えです」

「親子の行き違いに巻き込んじまったようで悪かったな。勘弁してくれ」

「嫂上から話を聞いて、そういうことならば、わたしが出しゃばることもない、舅殿と嫂が腹を割って話し合えば済むことだろう、そう思っていたのですが、実は、意外なことがわかって、すぐに手を引くことができなくなりました」

「何のことだ？」

福酔庵が訝しげに尋ねた。

「嫂上の周囲で泥棒騒ぎが起こっていたという話ですが、あれは偶然ではありませんでした」

「やはり、しののせいだというのか？」

「嫂上ではありません。本多の後家殿です」

「は？」

福酔庵が目を丸くする。

「つかぬことを伺いますが、舅殿は、あの後家殿とどのようなお知り合いですか？」

「どのようなって、そりゃあ……」

福酔庵が噎《む》せる。

「ただならぬ付き合いということですかな？」

「こっちは隠居のやもめ、あっちは後家だ。お互い、倅が家を継いでいるから、普通以上に親しくしているからといって誰に後ろ指を指されることもねえはずだぞ。まあ、年甲斐もなく、と笑われるのは仕方ないかもしれねえが」

「誤解なさいますな。責めているのではありません。ただ、あの後家殿、まだまだ、お若い」

「まあ、確かに」

福酔庵の目尻が下がる。

「俗な言い方をすれば、脂が抜けきっていない」

「何が言いたい?」

「おい、九兵衛」

伊織が両手を打ち鳴らすと、障子を開けて、九兵衛が顔を出した。頬被《ほおかむ》りの手拭いを取って、姿勢を正す。

「加役の十手を持たせている九兵衛と申します。なかなか気の利く者です。おととい、嫂上と後家殿は二人で出かけ、帰るときは別々でした。わたしは嫂の後を追い、九兵衛は後家殿をつけました。そこで面白いものを見たそうです」

「何を見たってんだ?」

「ええ、実は、この屋形船に後家殿は乗り込んだというのです」

「この船に？」

「一人ではありませんでした。若い男と一緒で、それがまた女のように華奢《きやしや》な体つきの、色の白い美男子だったそうです」

「な、な、何だと？」

福酔庵の頬がひくひくと引き攣《つ》る。

「この先は、九兵衛に話をさせましょう」

八

九兵衛の話というのは、こうだ。

おととい、浅草御門の近くで、九兵衛は伊織と別れて時枝の後をつけた。時枝が向かったのは平右衛門町の川沿いにある「高砂《たかさご》」という船宿であった。船宿の玄関先で女将と話をすると、時枝はすぐに船着き場に足を向け、屋形船に乗り込んだ。その慣れた様子から、時枝が「高砂」の馴染みだと九兵衛にはわかったし、時枝がどんな目的で「高砂」を利用しているか、おおよその察しが付いた。

物陰から様子を窺《うかが》っていると、四半刻ばかりして、若い男が屋形船に乗り込んだ。

それが弓之助《ゆみのすけ》であった。

やがて、屋形船は大川に漕ぎ出し、船着き場に戻ってきたのは一刻ばかり経ってからだった。それだけでは、時枝が若い情夫と密会していたという証拠にはならないが、船が戻ってくるとき、風を入れるためであろうか、ほんの少し開いている障子の隙間から、時枝と弓之助が抱き合って口吸いしているのを九兵衛は見た。

屋形船から降りると、時枝は「高砂」の前から駕籠に乗って帰った。

女将と並んで店先で駕籠を見送った弓之助は、女将と短い立ち話をした後、歩いて「高砂」を離れた。平右衛門町から両国広小路へ向かい、吉川町の一膳飯屋で晩飯を食った後、通りに軒を連ねる水茶屋の女たちを冷やかしながら米沢町一丁目の縄暖簾に入った。そこで酒を飲みながら、誰かを待っている様子だったが、しばらくすると、ちょっと崩れた感じで、とても堅気に暮らしているようには見えない二人連れの男たちがやって来て、弓之助と合流して縄暖簾を出た。三人は大川沿いに何町か南に下り、立派な武家屋敷に姿を消した。おとといの夜、九兵衛はそこまで見届けた。

「つまり、時枝は、いや、本多の後家がその武家屋敷の中間か何かと密会しているというのか？」

福酔庵が訊く。

「わたしも九兵衛から話を聞き、その男がいかにも怪しげに思われましたので、もっと詳しく調べるように命じました。で、昨日一日がかりで、九兵衛が調べたことを、こうして舅殿に知らせに参った次第です」

「ふむ、そうか」

福酔庵がうなずくと、また九兵衛が話を続けた。

調べてみると、その武家屋敷というのは、さる西国の大名の下屋敷であった。その中間部屋では毎夜、賭場が開帳されており、一度に大きな賭け金が動くことで知られているという。

（こんな賭場に出入りしているとは、真っ当な世過ぎをしているとは思えないぞ）

と考えた九兵衛は船宿「高砂」を訪ね、

「ゆうべ、四十がらみの後家と若い優男が屋形船で密会したな」

と単刀直入に切り出した。

最初、女将は惚《とぼ》けようとしたが、

「加役の十手を預かっている者だ。牢屋敷で話を聞かせてもらってもいいんだぜ」

九兵衛が凄むと、女将は顔色を変えて震え出した。

犯罪に関わった疑いをかけられて牢屋敷に引きずり込まれ、火付盗賊改の苛烈な拷問を受けて命を落とした者が何人もいるという噂を知らない江戸っ子はいない。

「盗賊よりも加役が恐ろしい」

と言われていた時代なのである。

「何でも話しますから、それだけはご勘弁を」

女将が涙目になったのも無理からぬことであった。その若い情夫の名前が弓之助だとわかったのは、そのときだ。

女将の話によれば、時枝は何年も前からの馴染み客で、やはり、屋形船は若い情夫との密会に使われており、女将が情夫を世話したこともあるし、時枝がどこかで見付けることもあるのだという。弓之助は売れない役者で、時折、芝居の贔屓《ひいき》客に連れられて「高砂」に出入りしていたが、それをたまたま時枝が見かけて気に入り、弓之助との仲を取り持ってくれるように女将に依頼した。一度につき、時枝は女将に三両の金を渡し、そこから二両が女将から弓之助に渡されているという。

そういう意味では、時枝は純粋に客として弓之助を買っていたわけで、それというのも、時枝が相手の男にのぼせ上がるのは、せいぜい半年から一年くらいのもので、飽きてしまったり、他に気に入った男ができると、さっさと乗り換えてしまう。別れ際に妙な揉め事が起こらないように最初から金銭を介した付き合いだということを相手にも了解させるのが時枝のやり方だというのであった。弓之助を見初《みそ》めたときにも、時枝は若い男と付き合っていたが、あっさり別れてしまったという。

「何とまあ……」

福酔庵は、つるりと掌で顔を撫で下ろした。掌にべっとりと汗がついた。

「役者買いをとやかく言うつもりはありませぬが、ひとつ気になるのは、後家殿が弓之助と密会するようになった頃から、旗本屋敷に曲者《くせもの》が侵入するという事件が起こり始めていることです」

「すると、その男が下手人か？」

「決めつけることはできませんが、九兵衛の調べによれば、その男、確かに役者には違いないようですが、幼い頃から軽業《かるわざ》なども仕込まれているとのことで、そのような身軽な者であれば、旗本屋敷に忍び込むことも容易でしょう。まして大金が動くような賭場に出入りしているとなると、ますます怪しく思われます。講で見聞きしたことを後家殿が弓之助に寝物語に話していたと考えれば……」

「なるほど、何もかも腑《ふ》に落ちるってことか。迂闊《うかつ》だったなあ。しのの不運が他の者にまで広がったなんてことじゃなく、時枝の男好きが泥棒騒ぎの原因だったとは……。で、その役者、もうお縄にしちまったのか？」

「そのことをご相談したかったわけです」

「というと？」

「後家殿と舅殿は親しく付き合っておられるご様子、嫂上《あねうえ》も世話になっていると聞きました」

「ああ、そうだよ。男好きには違いないかもしれねえが、時枝は決して悪い女ではない。しののことも親身になって心配してくれているしな。若い男を取っ替え引っ替えしていたと知って、少しばかり驚いてはいるが、だからといって、時枝を責めるつもりはない。わしも年だし、おめえの言うように、まだ脂っ気の抜けない時枝を満足させるのは、わし一人では無理だ」

ふふふっ、と福酔庵が笑う。

「時枝の亭主が亡くなったとき、まだ倅が小さかったから、時枝が後ろ盾となって本多の家を守ったんだ。その倅もようやく一人前になり、お役にもついて上からの覚えもいいというし、三年前、倅が嫁をもらって、まだ孫は生まれていないものの、奥向きのことも嫁に任せられるようになったから、時枝も羽目を外したくなったんだろうな。その気持ちはわかるよ」

「弓之助をお縄にするのは、たやすいことです。手荒く責めれば何もかも白状するに違いない。しかし、そうなれば、後家殿の名前が出ます。もちろん、後家殿が盗みに手を貸したわけではなく、何の気なしに寝物語をしただけのこと故、罪を問われることはありますまいが、後家殿は肩身の狭い思いをされることになります。いや、後家殿だけでなく、恐らくは、お役についているという倅殿も嫁御も困ったことになるでしょう。家名にも傷がつく」

「それは困るな。ケチな盗人野郎のせいで、本多の家がめちゃくちゃになっちまうじゃねえか」

福酔庵が顔を顰める。

「わたしも、そんなことはしたくないのです。そもそも弓之助が旗本屋敷に盗みに忍び込んだといっても、盗まれた方では世間体を憚《はばか》って表沙汰にしていないわけですから、わたしが弓之助をお縄にして、今までの悪事を白状させたりすれば、かえって迷惑に思われるかもしれませぬ。かといって、弓之助を野放しにしておけば被害が増えるだけです」

「おい、伊織」

福酔庵がにやりと笑う。

「もったいぶった言い方をするな。おめえのことだ、何か考えがあるんだろう。聞かせてみろ」

九

「どうしたんですか、急に呼び出したりして」

座敷に通され、福酔庵と向かい合って腰を下ろすなり、時枝が訊いた。上野にある小料理屋の離れである。

「しののことで話しておきたいことがあってな」

「まあ、どうかなさいましたの？」

「うむ、実は……」

しのが仏道修行に励みたいというから、これまでのようにどんな講にでも出るというのではなく、出るのは念仏講のようなものだけにさせたい、と福酔庵は話した。

「それは構いませんけど」

「わしの方からしのを連れ出してくれと頼んだのに、勝手なことばかり言って、おまえも腹立たしく思うだろうが、どうか許してもらいたい。何しろ、しのの奴、出家したいとまで言い出したのだ」

「まあ、出家を？」

「もちろん、止めた。屋敷内に持仏堂を拵えて、思う存分に仏道修行に励んでもよいという約束をしてな」

「それで納得なさったんですか？」

「何とかな。もっとも、おかげで大変な出費だ。まさか倅に金を出せとも言えないから、老後のために蓄えておいた金を出すことにした」

「大変ですねえ」

「大工を呼んで見積もりをさせたら五百両もかかるという。何とか値切って四百両にしたが、それだけ値引きするんだから前金をもらいたいと言い出してな。仕方がないから三百両を前渡しすることにした。両替屋から金を受け取ってきたが、わしの手許に置いておけるのは、ほんの三日ばかりよ。そんな大金が右から左へと消えちまうんだから、もったいない話だ」

「でも、しのさんのためですからね」

「自分でもそう言い聞かせているよ」

「ところで……」

　時枝が福酔庵に流し目を送る。

「今日は、ゆっくりできるんですか？」

「そうしたいのは山々だが……」

「その気になりませんか」

「持仏堂の件でしのと話をしなければならないし、それに大金を持っていると落ち着かんよ」

「内蔵にしまって、しっかり鍵をかけておくんですね」

「ほんの三日ばかりだ。手文庫にしまっておくさ。屋敷の中なら心配なかろう」

十

福酔庵と時枝が小料理屋で会った翌々日、日が西に陰り始めた頃、九兵衛が伊織の屋敷にやって来た。

「念仏講の後、佐伯さまと本多さまは別々にお帰りになりました」

「よし、本多の後家は船宿に向かったのだな？」

「はい」

九兵衛はうなずいた。

「弓之助が屋形船に乗り込むのを確かめてから、こちらに伺いました」

「女将が余計なことを洩らすことはないだろうな」

「きつく口止めしてあります。弓之助を庇《かば》って、加役のお縄になろうとするとは思えません」

「もし余計なことをしやがったら、すぐにお縄にしちまえ。いいな」

「はい」

「あとは待つだけか。手許に大金があるのは三日だけと話してあるから、弓之助が忍び込むとすれば今夜か明日ということになる」

「本当に来るでしょうか？　そもそも、本多さまがそれを弓之助に話すかどうか。佐伯の御前様の秘密だというのに……」

「あの後家は話すさ。というか、弓之助がそう仕向けるのだろうよ。どんな手管《てくだ》を使うのかはわからないけど、な。そうでなければ、こんな短い間に立て続けに旗本屋敷に忍び込めるはずがない。屋形船で密会したときには、後家の口から何かしらの秘密を聞き出しているはずだ」

「ご自分の口から秘密が洩れていると疑ったことはないのでしょうか？」

「旗本の奥方には世間知らずが多くてな。舅殿の話では、本多の後家はそれなりに苦労してきたというが、それだとて、所詮、旗本の世界における苦労に過ぎぬ。弓之助からすれば、あの後家を騙すのは赤子の手を捻《ひね》るようなものだろう」

「そういうものでしょうか」

「九兵衛、今日と明日、舅殿のところで不寝番をすることになるぞ。今のうちに少し休んでおけ。わしも寝る。向こうに行くのは五つ半（午後九時）過ぎでよかろう」

十一

みしっ、と微かに廊下が軋《きし》んだ。

（来たか）

暗闇の中で伊織が目を開ける。

佐伯家は三千石の大旗本である。屋敷地が二千坪以上、母屋の建坪だけでも優に四百坪はある。屋敷の周囲は塀で囲まれているが、その気になれば容易に乗り越えることができる。母屋にも数十の部屋があるから、弓之助がどこから忍び込もうとするか、伊織には見当が付かなかった。それ故、まず、弓之助に三百両を奪わせることにした。福酔庵の部屋に入り、手文庫から金を取り出した現場を取り押さえようと考えたのだ。

伊織は、その隣の部屋にじっと蹲《うずくま》っていた。弓之助が外に飛び出したときの用心に、九兵衛は庭の茂みに身を潜めている。

耳を澄ますと、弓之助が手文庫を開け、金を取り出す音が聞こえた。

（夜目が利くってことは、やはり、素人じゃないな。何が役者だ、筋金入りの盗人じゃないか）

伊織は立ち上がると、ぱっと襖を大きく開いて、福酔庵の部屋に踏み込んだ。素早く廊下を背にして立ち、弓之助の退路を断つ。

部屋には明かりがない。曇り空だから、月明かりが差し込むこともない。墨《すみ》を流したような黒々とした闇が澱《よど》んでいる。

「神妙にするがいい」

「……」

「逃げられんぞ」

「どなたさんで？」

落ち着いた声音である。慌てた様子がない。慎重に伊織の出方を窺っているという感じだ。暗闇に自分の姿が溶け込んでいるから安心しているのであろうし、なぜ、騒ぎ立てて家人を呼び集めないのか訝っているのかもしれない。

「中山伊織という」

「まさか、加役の頭の中山伊織というんじゃないでしょうね」

「だったら、どうする。この佐伯家は、わしの妻の実家だぞ」

「ほんの出来心なんです。見逃して下さいませんか。もう二度とこんなことは……」

「おまえのことはわかってるんだよ、弓之助」

「え」

初めて弓之助が動揺した。

「ちくしょう、はめやがったな」

「おまえは罪を重ねている。しらばくれたところでどうせお縄だ。諦めるがいい」

「あのばばあ、許さねえ」

伊織は弓之助の体から発散される強烈な殺気を感じ取った。死罪になるとわかっているのにおとなしく捕まる馬鹿はいない。一か八か、血路を切り開いて逃げてみようと決心したのに違いなかった。

伊織は目を瞑る。明かりもないのでは、どうせ何も見えない。なまじ目を開けていると、見えないものを見ようとして平常心を失うことになりかねない。それくらいならば、いっそ目を瞑って視覚以外の己の五感を信じてみようと思った。そのために、日々、鍛錬しているのだ。

暗闇の中に澱む空気がわずかに動き、真正面から殺気が迫ってきた。その瞬間、伊織の刀が鞘走《さやばし》る。右腕に確かな手応えを感じ、濃厚な血の匂いが鼻腔に満ちたとき、伊織は、足許に倒れた弓之助が骸《むくろ》となったことを確信した。

十二

「女は怖いぞ、伊織。あの役者が死んだと聞かされても、時枝はさして驚きもしなかった。どうやら、そろそろ飽きがきていたらしい」

「ほう」

「若い男に物足りなさを感じて、わしに向ける目が変わったらしくてな。ふふふっ、伊達に年を取っているわけではない、年寄りには年寄りのよさがある、そういうことらしいぜ。実は……」

　福酔庵が声を潜める。

「あの『高砂』という船宿、今は、わしらも使っている。屋形船に揺られて、時枝としっぽり逢い引きするのもなかなか風情があってな」

「舅殿はお若い」

　伊織が呆れたように首を振る。

「今日も約束がある。さて、時枝を待たせてはかわいそうだ」

　福酔庵は立ち上がると、軽い足取りで座敷から出ていった。

　伊織がお茶を飲んでいると、

「わたくし出かけますけど、何かご用はございますか？」

　りんが顔を出した。

「いや、別にないな。また『源氏物語』か」

「今日は、悋気講でございます」

「え」

　ぎくりとした様子で伊織が噎《む》せる。

「悋気講だと？」

「冗談ですよ」

うふふっ、とりんが笑う。

「玄関先で父を見送ったら、おまえもたまには悋気講にでも出て、日頃の不平不満を吐き出してこいなどと言うものですから」

「遠慮するな。行きたいのなら行けばいい」

「別に不平も不満もございませんから」

「そうか」

「それに……」

りんがじっと伊織を見つめる。

「何だ?」

「言いたいことがあれば、悋気講などで口にせず、直接、旦那さまに申し上げます」

にこっと笑うと、りんは、では行って参りますと廊下に出た。

(なるほど、女は怖い。舅殿の言う通りだ)

伊織は溜息をついた。

雷神党《らいじんとう》一件

一

「雷神党《らいじんとう》だと？　何だ、それは」

中山伊織が鋭い視線を九兵衛に向ける。

番町にある伊織の屋敷に三日に一度くらいの割合で高山彦九郎、大久保半四郎、板倉忠三郎、十手を預かる九兵衛などの面々が様々な情報を持ち寄って集まる。九兵衛は、返り訴人と呼ばれる密告者を使って裏社会の情報収集に努めており、雷神党の情報をもたらしたのも返り訴人の弥助であった。

「どこかで聞いたような気がしますな」

彦九郎が小首を傾げる。

「雷神党が最後に事件を起こしたのは、かれこれ六年も前のことになります……」

九兵衛が説明を始める。といっても、九兵衛自身、雷神党について詳しいことを知らないので、弥助の話をそのまま伝えているに過ぎない。

それによると、十年ほど前から、雷門《かみなりもん》の権左《ごんざ》、神風《かみかぜ》の団次《だんじ》の二人を頭とする雷神党と呼ばれる凶悪な盗賊団が数々の酷《むご》い事件を起こすようになった。六年前に日本橋の両替商を襲い、家族と奉公人を皆殺しにし、五千両という大金を奪って逃げたのを最後に雷神党による押し込みはなくなった。大金を手にして上方で悠々自適の生活を送っているとか、押し込みの後に仲間割れを起こして殺し合った揚げ句、生き残った一人が五千両を独り占めにしたとか、様々な噂があるが、誰にも本当のことはわからないという。一度として押し込みをしくじらず、仲間が捕縛されたこともなく、それでいて大金を手にしたというので裏社会では伝説的な存在なのだという。

「ふうん、そんな連中がいたのか」

伊織が渋い顔でうなずく。自分が直接関わった事件でないとはいえ、悪党が逃げ延びたという事実が気に食わないのであろう。

「弥助が言うには、雷神党が江戸に戻ったという噂を二年に一度くらいはどこかで耳にするといいますから、今度も眉唾《まゆつば》かもしれませんが」

「軽く考えて聞き流すんじゃないぞ。万が一ということもある。油断するな。その雷神党とやらについて、きちんと調べておけ。いいな？」

「承知しました」

九兵衛がうなずく。

二

伊織を交《まじ》えた会合が終わると、九兵衛は下引きの朝吉をそばに呼び、

「安二郎に会ってきてくれ」

「兄貴は行かないんですか？」

「大久保さまや板倉さまと雷神党の事件を古い御仕置伺帳で調べることになった。夜までかかるだろう。安二郎は普請場だろうから、二人で行くより、おまえ一人の方が目立たなくていい」

「そうですね」

「久米八と二人で雷神党に関わる噂の類を集めるように伝えてくれ。気負い組には、賭場とは違った噂も流れてくるからな」

前歴が盗人の弥助は主に賭場中心に情報を拾い、気負い組と呼ばれる乱暴者集団に属している安二郎と久米八は仲間たちの動静を探っている。

「早速、行って来ます」

「頼むぜ」

三

安二郎は渡り奉公の大工である。今は二十三歳だが、十代の頃、悪い仲間と遊び歩いて真面目に修業しなかったために親方から見放され、口入れ屋を通じてあちらこちらの普請場を渡り歩く職人に成り下がった。

このふた月ばかりは神田竪大工町《たてだいくちょう》にある惣左衛門《そうざえもん》という棟梁《とうりょう》の下で働いており、その普請場が久松町《ひさまつちょう》であることを朝吉は知っている。久米八は青物売りだから、日中は居所がつかめない。それで安二郎に会いに来た。下働きの小僧に頼んで安二郎を呼んでもらった。

「ちょっと出られるか」

「へえ」

朝吉の顔を見ずに安二郎がうなずく。

堀端まで先になって歩き、周囲に人気《ひとけ》がないことを確かめてから、雷神党について気負い組内部で探りを入れてくれ、と朝吉は口にした。

「久米八にも伝えておいてくれ」

それだけ言うと、朝吉は長居は無用とばかりに立ち去ろうとした。

「あの……」

「ん？」

「おれたち、かれこれ半年近くも加役の返り訴人を務めてるわけですけど、いつまで続ければ許してもらえるんですかね」

「何だと？」

「こんなことが仲間にばれたら叩き殺されちまうんですよ」

半年ほど前、安二郎と久米八の二人は酒に酔って大暴れしたところを加役に捕縛された。返り訴人になるから許してくれと命乞いをして助かったのである。

それ以来、仲間の犯した悪事に関する情報を九兵衛や朝吉に伝えているが、安二郎たちの周囲で捕縛される者が続いたため、

「おかしいな。誰かが加役に密告でもしてるんじゃねえのか」

と疑いの目を向けられそうになったこともある。気負い組には血の気の多い乱暴者ばかりが集まっているから、加役の返り訴人になっていることが露見すれば、安二郎たちの命はない。

「おまえたち、本当なら、とっくにあの世に送られているはずなんだぜ。返り訴人として加役に尽くすと約束したから今でも生きていられるんじゃねえか。その約束を破

るというのなら、おまえたちの命は加役がもらうってことになる。それが筋ってもんじゃねえのか」

「い、いや、いいんです。わかりました。訊いてみただけですから」

安二郎が慌てて手を振る。額にはびっしりと玉の汗が浮いている。

四

「雷神党について探れだと？　何だ、それは」

久米八が大きな声を出す。

行きつけの縄暖簾の上がり座敷である。

まだ外は明るいから客は少ないが、

「馬鹿、静かにしろ」

安二郎が慌てて人差し指を口に当てる。

「だってよ、このままじゃ、まずいことになるぜ。その雷神党とやらが何なのか、おれにはさっぱりわからねえが、あちこち聞き回ったりして、加役のイヌになってることがばれたら、膾《なます》のように切り刻まれて樽詰めにされちまうんだぜ」

「ああ、わかってるさ」

一年ほど前、町奉行所に捕らえられ、自分の罪を軽くしてもらうために仲間を売った男がいた。激昂した仲間たちは、その男が牢屋敷から出されるのを待ち構えてなぶり殺しにした揚げ句、切り刻んだ死体を樽に詰めて塩漬けにし、見せしめとしてその男の家族に届けた。安二郎もよく覚えている。

「加役に逆らえば、今度こそ責め殺されちまう。あの中山伊織って奴、正気じゃないからな」

「どっちに転んでも地獄かよ。なあ、安。いっそ上方にでも行ってみねえか。このまま江戸にいても、ろくなことがねえよ」

「逃げるにしても先立つものが必要だろうが。それに、おれには……」

「おふくろさんを置いてはいけねえか」

「相生町《あいおいちょう》で妹が所帯を持っているが、ひどい貧乏暮らしだからな。まとまった金でも付けてやれば喜んで引き取るだろうが、無一文じゃなあ」

安二郎が溜息をついたとき、

「ふふふふっ……」

屏風《びょうぶ》の向こうから低い笑い声が聞こえた。

「誰だ？」

久米八が片膝立ちになり、屏風を脇に押し退ける。三十がらみの痩せた男が手酌で酒を飲んでいる。

「いったい、いつの間に……」

そこに誰もいないことは、ついさっきも確かめたばかりなのである。

「一石二鳥って諺《ことわざ》を知ってるかね?」

「何の話だ? さっさとあっちに行きやがれ」

「威勢がいいな。その調子で、返り訴人なんざお断りだと中山伊織に啖呵《たんか》を切ってみなよ」

「て、てめえ……」

久米八の顔色が変わる。

「返り訴人から足を洗うことができる。しかも、大金も手に入る。それが一石二鳥の意味さね」

「ふざけやがって、この野郎」

安二郎も袖をまくって腰を浮かしかける。

「中山伊織が死ねば、そういうことになるんだよ。どうだ、少しは真剣におれの話を聞く気になったか? あんたらには悪い話じゃないはずだ」

「あんた、誰だ?」

「仲間内では、野仏《のぼとけ》の与一《よいち》と呼ばれてるがね。中山伊織に恨みを持つ者は多い。おれもその一人さ」

「何だって、おれたちのことを……？」

「細かいことはどうでもいいじゃないか。さあ、どうする、おれの話を聞くのか、聞かないのか？」

「……」

安二郎と久米八が顔を見合わせる。

やがて、

「その話とやらを聞かせてもらおうじゃねえか」

久米八がごくりと生唾を飲み込んだ。

五

かなり飲んだのに、裏店に帰り着く頃には、まるっきり素面《しらふ》に戻っていた。安二郎の部屋は路地の最も奥まったところ、芥溜《ごみた》めの横にある。暑い日には耐え難い悪臭に悩まされるが、その分、店賃は安い。腰高障子から行灯《あんどん》の明かりが洩れている部屋が多いが、安二郎の部屋は真っ暗だ。戸を引くと、

「安二郎かい、お帰り」

か細い声が聞こえた。

「もう夜なんだぜ。火を入れなよ」

すすきも使わずに板敷きに上がると、安二郎は火打ち石を取り出して行灯に火を入れた。部屋の中が、ぽーっと明るくなる。枕屏風《まくらびょうぶ》の向こうに、骸骨《がいこつ》のように痩せて、顔色の悪い女が横になっている。安二郎の母・お房《ふさ》だ。見た目は六十過ぎの老婆のようだが、実際には、まだ四十代半ばである。

「だって、じっと寝ているだけだもの。明かりなんていらないさ。油がもったいないからね」

「飯にするか」

「わたしは、いらない。さっき重湯《おもゆ》を飲んだから」

「重湯なんか、腹の足しにもならねえだろう」

「おまえが食べなって。わたしはいいから」

「……」

安二郎は土間に降り、水瓶《みずがめ》から木桶にすすぎの水を汲んだ。框《かまち》に腰掛けて足の汚れを落としながら、

（大丈夫だ。心配することはねえ。きっと、うまくいく。野仏の与一の言うように、中山伊織さえ死ねば、おれと久米八は返り訴人をやめられる。大金も手に入る。まさ

に一石二鳥だ。そうすりゃあ、こんな貧乏暮らしともおさらばだ。おっかあを医者に診せることだってできる）
そうだ、やるしかねえんだ、他に道はねえ、そう安二郎は自分に言い聞かせた。

六

三日後の早朝、日本橋高砂町《たかさごちょう》の油問屋・三河屋《みかわ》に雷神党が押し込んだという知らせを受け、中山伊織は直ちに出役した。伊織が到着したとき、店の前の往来にはすでに多くの野次馬が集まっていた。

「ここか？」

伊織が怪訝そうに九兵衛に顔を向けたのは、目の前にある三河屋の店構えが随分こぢんまりと見えたからである。外観からは、盗賊が狙うような大店《おおだな》には見えない。

その点を九兵衛に確認すると、三河屋というのは老舗《しにせ》には違いないが、それほど商いが手広いわけではなく、主人一家と奉公人を合わせて十人足らずで商いを営む、小さな問屋だという。

「被害は？」

「手代が一人と小僧が一人殺されました。奪われたのは三百両と聞いております」

「火付けはなしか?」

「家人と奉公人を縛り上げて逃げました。殺された二人は、そのときに逆らったようです」

「本当に雷神党の仕業なのか?」

雷神党といえば大店ばかりを狙い、奪う金も千両単位、やり方も冷酷無比で大抵は皆殺し、しかも、証拠を消すために家屋に放火し、そのどさくさ紛れに逃亡する……そう伊織は聞かされている。三河屋を襲ったやり方とは、かなりの違いがあるような気がした。

そこに大久保半四郎がやって来て、

「やはり、これは雷神党の押し込みのようです」

と口にした。昨夜、三河屋に押し込んだのは黒装束の四人で、そのうちの一人が自分たちは雷神党だと名乗り、

「われらは盗賊ではない。世直しのために御用金を差し出せと申しておるだけだ。世直しに手を貸せば、おまえらの来世の功徳にもなろう」

と主を脅したという。

「こんな物まで残していったようです」

半四郎が差し出したのは、「世直し祈願　雷神党」と墨書された布切れである。

「芝居がかった真似をするじゃないか」

と、伊織がうなずいたのは、雷神党が押し込んだ後には、必ず、その種の布切れが残される、と知っていたからである。

「ちょっと待って下さい」

忠三郎が布切れを手に取った。

「半四郎、御仕置伺帳には、『世直し本願　雷神党』と書いてあったはずだぞ」

「そう言えば、そうだったような……。しかし、わずか一文字の違いではないか」

「雷神党らしからぬ押し込み、残された布切れの文句も違っている、か。気に入らないな」

伊織がつぶやく。

「本物の雷神党ではない、ということでしょうか」

半四郎が言う。

「そんなことはわからぬ。ただ雷神党だろうが何だろうが、こいつらが押し込みをして人を殺し、金を奪ったことは間違いのないことだ。草の根をかき分けても捜し出せ。決して許さぬ」

七

三河屋の検分には半四郎たちが向かい、九兵衛と朝吉は長谷川町へ行った。高砂町からは、ほんの一町の距離に過ぎない。長谷川町には朝吉の実家である「みみずく」という小料理屋がある。長く加役に仕えた五郎吉ならば雷神党についても詳しいだろうから、一度話を聞かせてもらおうと九兵衛は考えたわけである。

「あら、お兄ちゃん」

店先で水を打っていた妹のお初が驚いたように顔を上げた。

「親父はいるか?」

「おとっつあんなら、履物屋のご隠居のところに碁を打ちに出かけてるけど」

「け。相変わらず呑気《のんき》に暮らしてやがんなあ」

履物屋に行ってみますか、と朝吉が九兵衛を振り返ると、

「ちょっと待って。お兄ちゃんにお客さんなのよ」

「おれに客だと?」

「ほら、前にも一度訪ねてきた若い人。大工をしているとかいう」

「安二郎か」

「あ、そう。その人。中で待ってもらってるの」

「……」

朝吉がちらと九兵衛を見る。加役との関係が知られると返り訴人の命が危ないから、安二郎や久米八の方から何か急ぎの用があるときには伊織の屋敷や牢屋敷ではなく、この「みみずく」を訪ねるように言い含めてある。

縄暖簾を潜って薄暗い店に入ると、うなだれたように樽に腰を下ろしている安二郎がいた。

「おう、どうしたんだ、何かあったのか?」

朝吉が訊くと、

「えーっ、何と言えばいいものか……」

親分さんに相談があるんです、と、足許に視線を落としたまま安二郎が言う。

「おれに相談だと?　どんな相談だ」

「実は……」

安二郎がごくりと生唾を飲み込む。

「ゆうべの高砂町の押し込みに関わることなので」

「何だと?」

さすがに九兵衛も顔色が変わった。

八

長谷川町の外れ、田所町《たどころちょう》との境にある履物屋の離れだ。そこを朝吉が訪ねて来た。

「何だ、朝吉か」

「九兵衛は一緒じゃねえのか」

五郎吉が訊く。

「みみずくには来たんだけどね、ちょっと用ができて出かけたんだ」

安二郎は、昨夜の押し込みに関して相談があると言い、申し訳ないが九兵衛一人だけに話したいことだし、他の場所で久米八も待っているから一緒に来てもらえないかと申し出たのである。それで九兵衛は安二郎と一緒に出かけ、朝吉はここに来たというわけであった。

「わしに用なのか？」

「おとっつあん、雷神党ってのを覚えてるかい？」

「何だよ、藪から棒に」

「雷神党が最後に押し込みをしたのは六年も前だから、お頭も、同心の旦那たちも、兄貴やおれも何もわからねえんだよ。おとっつあんに思い出してもらわないとさ」

「何だって、そんな古い話を調べるんだ？」

「雷神党が江戸に戻ったという噂を弥助が聞き込んでね。そうしたら、ゆうべ、高砂町の三河屋に押し込みがあった。どうやら、それが雷神党の仕業らしいんだ」

「そいつは大変だ。わかった。うちに帰ったら古い心得帳を引っ張り出して調べてみる。何かわかれば知らせるよ」

「何にも覚えてないのかい？」

「おいおい、無茶を言うな。わしも年なんだ。少しくらい耄碌《もうろく》したって不思議はないだろうぜ」

九

九兵衛は安二郎に案内されて大川端で屋形船に乗り込んだ。そこには久米八だけでなく、もう一人の男が待っていた。三日前、縄暖簾で安二郎と久米八に話しかけた野仏の与一であった。

「おれの従兄《いとこ》で与一といいます」

久米八は真面目な顔で嘘をついた。

「話を聞かせてもらおうか。ゆうべの押し込みに関わりのあることだそうだな」

九兵衛が話を促す。

「与一も三河屋に押し込んだ一人なんです」

と、久米八が言ったから、九兵衛も目をむいた。

「何だと？　おめえ、雷神党の一味なのか」

「とんでもねえ。おれだって、まさか、あんなことになるとは思ってもいなかったんです。本当なんですよ……」

与一は慌てて手を振り、次のような事情を語った。

五日ほど前、下谷同朋町《したやどうぼうちょう》の近くにある旗本屋敷で開帳された賭場で四十がらみの気前のいい男と知り合いになったのだという。

その夜、与一はツキに見放されており、あっという間に素寒貧《すかんぴん》になった。すぐに尻を上げる気にもならず、他人が賭けるのをぼんやりと眺めていた。

「兄さん、よかったら使いなよ」

と、コマを回してくれたのがその男と口を利くようになったきっかけで、何だかんだで二両ほど貸してもらった。外で酒でも飲まないか、と誘われるままに小料理屋についていき、そこで、

「楽な金儲けがあるんだが、手を貸してくれないかね」

と切り出されたのだという。押し込みをすると聞いて、さすがに腰が引けたもの

の、二両も借金したという後ろめたさもあるし、殺しはしないというし、一晩で百両になるというし、見張りをしてくれればいいだけだからなどと丸め込まれ、ほろ酔い気分になる頃には、その申し出を承知していた。で、昨夜、押し込んだわけだが……。

「人殺しをしねえと約束したのに二人も殺しちまうし、百両くれると約束したのに五十両しかくれねえし、まさか雷神党なんて恐ろしい連中だとも知らなかったし……」

「その男、何と名乗った？」

「団次と聞きました」

「神風の団次だな」

九兵衛がつぶやく。

「他の二人は？」

「わかりません。昨日、初めて顔を合わせたんで。互いに名乗ったりもしませんでしたし」

「団次の居場所はわかるか？」

「わかりません」

与一が首を振る。

「ただ、明日の夜、また押し込みをすることになってます」

「何だと？」

「日本橋の大店を襲うそうです」

「何という店だ？」

「それは教えてくれませんでした。団次が言うには、久し振りに押し込みをして勘も戻ったし、町方や加役がどれくらいで駆けつけてくるかも見当が付いた。次も、うまくやれるだろう、と」

「ゆうべの押し込みは小手調べってことかよ」

九兵衛が眉間《みけん》に小皺を寄せて舌打ちする。

それから、九兵衛は与一に顔を向け、

「おめえ、何だって、そんなことを密告するんだ？」

と訊いた。

「だって、人殺しなんて冗談じゃありませんぜ。三河屋は小手調べだから火付けもしなかったし、皆殺しにもしなかったけど、次はそうはいかねえ……そんなことを団次は平気な顔で言うんですからね。金は欲しいけど、盗賊になるつもりはないんで」

「それなら五十両を懐に収めて、あとは知らん顔をしてればいいじゃねえか」

「そうしたいのは山々なんですが……」

与一が溜息をつく。

「次の押し込みにも手を貸さないと、与一だけじゃなく、親父やおふくろ、それに妹たちまで殺してやると団次に脅されてるそうなんですよ」

　横から久米八が口を挟む。

「なるほどな、逃げるに逃げられないわけか」

「ほとほと困り果てて、どうしたらよかろうと久米八に相談したところ、加役の十手を預かる親分さんと知り合いだと言うもんですから、それなら話を聞いてもらって何とか助けてもらえないものか、と」

「ふんっ、虫のいい話だぜ。何だかんだといっても、ゆうべ、押し込みを手伝ったんだろうが」

　九兵衛が与一を睨む。

「おれは殺しなんかしてませんよ。あんなことになるとわかっていれば、最初から断ったし」

「親分さん、まさか与一が獄門にされるってことはありませんよね？」

　久米八が訊く。

「さあ、わしの口からは何とも言えないが……」

　ふと、九兵衛は安二郎に顔を向ける。

　さっきから黙りこくっていて、顔色もよくない。

「どうしたんだ、安二郎、ひどい汗をかいてるぜ」

「えっ……い、いや、押し込みだとか、火付けだとか、皆殺しだとか、ちょっと驚いちまって」

安二郎が袖で額の汗を拭う。その様子を与一が冷たい目でじっと見つめている。

十

「帰ったぜ」

声をかけながら安二郎が部屋の戸を引く。土間に入ろうとして、ぎょっとして立ち止まった。

「おう、安二郎」

上がり框に腰を下ろし、片手を上げて安二郎に挨拶したのは中山伊織であった。薩摩絣《さつまがすり》の着流しに脇差を一本差しただけの姿だから、品のいい浪人者という感じで、とても大身の旗本には見えない。

お房も搔巻《かいまき》を肩に羽織って布団に体を起こし、にこやかに伊織に向き合っている。

「おまえ、中山さまのお宅に仕事に行ったことがあるそうじゃないか」

「え」

「そのときの仕事ぶりが気に入ったとおっしゃって、また仕事を頼みたいと訪ねて来て下さったんだよ。しかも、わたしが病気だと親方に聞いたらしくて、こうして薬やらお見舞いまでいただいた。いい人に目をかけてもらえてよかったねえ。本当にありがとうございます」

「なあに、礼を言うのは、こっちの方だよ。江戸は広いが、腕のいい職人というのは少ない。真面目に仕事をしてくれれば、わしも嬉しいんだ」

「この子も以前は手の付けられない悪さもしましたが、わたしが寝込むようになってからは真面目に仕事に行くようになってるんです。どうか、これからもよろしくお願いします」

　目に涙を滲ませながら、お房が頭を下げる。

「わかってますよ。わしが力になる。おっかさんも早くよくなることだ」

　伊織が腰を上げ、ちょいとそこまで歩こうか、と安二郎を促す。ありがとうございます、よろしくお願いします、というお房の声を背に聞きながら、二人は部屋を出た。裏店の木戸を潜って往来に出ると、

「いいおふくろさんじゃないか」

「へ、へえ」

「朝吉から、おまえの様子が気になると聞かされてな、竪川町の親方のところに寄っ

て、その足でここに来たんだ」

「あの……お一人でですか？」

「ああ、そうだよ。一人歩きが楽しみでな。誰にも言うなよ」

「へえ。けど、何で、おれのところになんか」

「おまえと久米八は返り訴人として加役のために働いてくれている。加役に力添えしてくれる者が困っているのなら、わしが力を貸す、それが頭としてのわしの務めだ。おふくろさんの病気とか、金や仕事のこととか、いろいろ心配はあるだろうが、できるだけのことはする。返り訴人だと気負い組の仲間にばれたら命がないと心配するのもわかるが、そうなったら、わしが命懸けでおまえを守ってやる。決して見捨てたりはしないよ。だから、変に迷ったりせず、誠心誠意、加役に尽くすことだ。その気持ちに、わしも応えるつもりだ」

「中山さま……」

「困ったことがあれば遠慮せずに言うんだぞ」

伊織は安二郎の肩をぽんぽんと叩くと、にこっと笑って背を向けた。

安二郎は呆然と立ち尽くした。相手は三千石の大旗本で加役の頭、将来は若年寄に昇るであろうと噂されている中山伊織である。そんな雲の上の人が自分のような者のことを気にかけ、薄汚い裏店に足を運んでくれたことが信じられなかった。

十一

その夜……。

伊織の屋敷に中山党が集まった。その場で九兵衛は、昼間、与一から聞かされた話を語った。

「神風の団次が三河屋に押し込んだというのか」

「ゆうべの押し込みは小手調べ、本当の狙いは明日の夜だということのようです」

「なぜ、その与一という男を捕らえなかった？　そのまま帰してしまうとは」

半四郎が苦い顔をする。

「その男は団次の居所も知らず、他の押し込み仲間のことも何も知らないのだろう。捕らえたところで何の役にも立たず、かえって団次を警戒させるだけではないか」

忠三郎が言う。

「与一は何も知らされていないと言ったな」

伊織が九兵衛に顔を向ける。

「はい。明日の七つ半（午後五時）、瀬戸物町《せとものちょう》のお稲荷さんに出向くことになってるそうです」

「ならば、話は簡単だ」

半四郎が両手をぽんと打ち合わせる。

「お稲荷さんの周囲に人を伏せておき、団次が現れたところを捕らえればいい」

「そううまくいくかどうか……」

九兵衛が小首を傾げる。

「なぜだ？」

「三河屋に押し込んだときも、最初は近くのお稲荷さんで待ち合わせをしたそうなんです。与一を迎えに来たのは初めて会う男で、千鳥橋の袂《たもと》から舟で他の場所に連れて行かれ、そこで着替えをさせられ匕首を渡されたそうです」

「なかなか用心深いな」

「与一が言うには、三河屋の周りにいた野次馬の中に団次がいたんじゃないか、と」

「何だと？」

伊織の目が険しくなる。

「三河屋の押し込みは小手調べだと言いましたが、それには集まってくる加役のお役人の顔を確かめておくという意味もあったようなんです」

「つまり、わしらが団次の先手を取って密かに手配りしたとしても、こちらの面が割れているから無駄だということか」

「お稲荷さんを囲んだとしても、たぶん、団次本人は現れないでしょうし、万が一、遠目にお稲荷さんの様子を窺っていて、顔を知っている加役の役人の姿を見たりすれば……」

「事が露見したと察知して押し込みをやめるかもしれんな」

伊織がつぶやく。

「で、与一と家族は消されることになる」

「ちょっと気になるのだが……」

彦九郎が口を開く。

「話を聞けば聞くほど、その団次という盗賊は実に用意周到で用心深い男のようだ。そんな男が、なぜ、与一のような素人を、しかも、賭場で知り合ったばかりの男を仲間にしたのだろう」

「確かに腑に落ちませんな」

半四郎がうなずく。

「どうなんだ、九兵衛？」

忠三郎が水を向ける。

「わたしにもよくわかりませんが……。何らかの事情で急に人手が足りなくなったのかもしれません。そういうとき裏の世界では盗賊同士で助っ人を貸し借りすることがあると聞いていますが、かなりの手間賃を要求されるようです」

「安く使える素人で間に合わせたということか」

忠三郎が小首を傾げる。

「お稲荷さんを取り囲むわけにもいかず、かといって押し込み先もわからないというのでは、こっちは何もできないということじゃないですか」

半四郎が歯軋《はぎし》りする。

「瀬戸物町で待ち合わせるというのなら、その近くの大店を狙っているのだろうが、伊勢町に向かえば米問屋があり、本町《ほんちょう》の方に向かえば薬種問屋や両替商が軒を連ねている。まったく見当が付かない」

「瀬戸物町近辺に人数を伏せておいて、押し込み場所がわかれば、すぐに出役できるようにしておくしかないだろうよ」

伊織が言う。

「与一を放っておくのですか?」

半四郎が訊く。

「それもまずいな。万が一、与一が瀬戸物町から舟でまるっきり違う場所に連れていかれちまったら、それこそ、こっちは何もできないってことになる」

「誰かに後をつけさせるとしても、今日の朝、三河屋の前で団次がわれらを見張っていたとすれば、こちらは面が割れているわけですからね。お頭はもちろん、高山さまも、九兵衛や朝吉もあの場にいたわけですから」

「いっそ安二郎と久米八を使ったらどうだ」

　ふと思いついたように伊織が口にする。

「あの者たちは返り訴人ですよ。捕り物に返り訴人を使うなどと聞いたこともありません」

　半四郎が首を振る。

「捕り物に使うわけじゃない。与一の後をつけさせるだけだ。考えてもみろ。そもそも与一の顔を見知っているのは、あの二人と九兵衛だけなんだぜ。九兵衛や朝吉の顔まで団次に知られているとすれば、あの二人に頼るしかないだろう」

「それはそうですが……」

「気に入らないか。九兵衛は、どう思う?」

「大久保さまのおっしゃるように、こういうことに返り訴人を使うのがいいとは思いませんが、押し込みが明日に迫っていて、他に手立てがないとすればやむを得ないかと存じます」

「その通りだ。非常のときには非常の策も必要ということだ。安二郎と久米八に危ない真似をさせるつもりはない。与一の行き先がわかればお役ご免だ」

「ふふふっ、そうかい。おめえらがおれの後をつけるってのかい。そりゃあ、いい。そこまでは期待していなかったが、どうやらツキが巡ってきたらしい。ということは、中山伊織の運気が落ちてきたってことなんだろうがな」

十二

野仏の与一が口許を歪めて笑う。

「加役の十手持ちがそうしろと言えば、こっちとしては逆らいようもありませんが、本音を言えば、これ以上、わしらは関わりたくねえんですよ」

久米八が言う。

「この期に及んで弱気なことを言うんじゃねえよ。もう、おめえたちは加役を裏切ったんだぜ。行くところまで行くしかねえんだよ。返り訴人なんかやめてえんだろうが。大金が欲しいんだろうが。青物売りや大工なんかで細かい銭を稼がなくたって、上方で面白おかしく遊び暮らすことができるんだぜ」

「それはそうですが……」

久米八と安二郎が顔を見合わせる。

「中山伊織が死ねば、その願いがふたつともかなうんだよ。だが、忘れるな、奴が死ねばだぜ。奴が生きているうちは金は手に入らねえ。十手持ちを騙したくらいで五百両もの大金が手に入ると思ったら大間違いだぜ。最後まできちんと手を貸しな。なあに、おめえたちに中山伊織を殺《や》れとまでは言わねえから安心しなって。それは、こっちの仕事だ」

「その五百両ですが本当にもらえるんでしょうね」

「信用できねえか」

「何しろ、大金ですから。なあ、安二郎」

「うむ」

　安二郎が浮かない顔でうなずく。

「黒地蔵の金兵衛という名前を知っているか?」

「これまでに何度も押し込みをしたという盗賊のことですか?」

「ああ、そうだ。五百両の金主は黒地蔵のお頭だ」

「げ」

「ふんっ、そんなことで驚くとは、おめえたち、まだまだ尻が青いな。中山伊織の首にお頭が懸賞金をかけてるってのは裏の世界では有名な話だぜ」

「どうして与一さんが五百両をもらわないんですか。一文もいらないなんて」

「身内のおれがお頭から懸賞金をもらえるはずがねえだろうが」

「み、みうち……？」

「おれは十五のときから、かれこれ十年以上も黒地蔵のお頭に仕えているのさ。野仏の与一と言えば、ひょっとして気付くかと思ったが、気負い組ってのは盗賊の世界には疎《うと》いようだな」

「……」

久米八も安二郎もすっかり顔から血の気が引いてしまい、言葉も出ない様子だ。

「金のことが心配なら、ほら」

与一が懐からずっしりと重そうな布袋を取り出し、二人の前に放り出す。小判の音が響く。

「百両ある。とっておきな。もう中山伊織は死んだも同然だから、前払いってことにしてやる、残りの四百両は、あいつが三途の川を渡ってからだ」

「こ、この金は……」

安二郎の声が震えている。

「ああ、そうだよ。三河屋から奪った金だ。言うまでもねえが、この金を懐に入れる以上、おめえたちも同罪だってことを忘れるんじゃねえぞ。おれが獄門にかけられるときは、おめえたちも命がねえってことだ」

「そ、そんな……」

「おめえたちが最後まで約束を守れば、こっちも約束を守る。だが、土壇場《どたんば》で加役に寝返るような真似をすれば、そのときは覚悟しろよ。おめえたちだけじゃねえ、親兄弟の命もねえからな。おれたちと加役と、どっちに味方するのが得か、よくよく算段することとよ。それに、どっちが恐ろしいかってこともな」

「裏切ったりしませんよ」

なあ、と安二郎が久米八を見る。

「あ、ああ、もちろんだぜ」

だらだらと顔を流れ落ちる汗を久米八と安二郎が袖で拭う。

「ま、一応、念を押しただけだ。気を悪くするな。さて、今夜の段取りだが……」

与一は、あたかも世間話でもするような調子で話し始めた。

十三

朝吉ががつがつとどんぶり飯を掻《か》き込んでいるところに五郎吉が帰ってきた。

「まるで腹を空かせた野良犬だな」

「急いでるんだよ」

「ん？」

五郎吉は、朝吉の足許に置いてある脇差に目を留める。

「そんなものを持ち出してどうするつもりだ？」

「心配するなよ。おかしなことに使うわけじゃねえ。今夜、捕り物がありそうなんでね。詳しいことを口にするわけにはいかないけどさ」

「その腹ごしらえか」

「今夜は夜通しの仕事で、のんびり晩飯なんか食えそうにないからな」

「まさか雷神党がらみの捕り物じゃあるめえな」

「詳しいことを口にできないと言っただろう。おとっつあんも今は隠居した身なんだから」

「おめえに言われて、古い心得帳をひっくり返してみたが、どうにも妙なんだよ」

「妙って何が？」

「その雷神党だが、もう誰も生き残ってないんだ。だから、押し込みなんかできるはずがねえ」

「え」

驚いた朝吉が口から米粒を吐き出した。

十四

長谷川町の「みみずく」を飛び出した朝吉は、ほとんど駆け通しで本小田原町《ほんおだわらちょう》の自身番に向かった。伊織たち総勢二十人ほどの捕り方は、瀬戸物町の隣にある本小田原町の自身番や町年寄の家に分散して待機することになっている。伊織や九兵衛は自身番にいるはずであった。道々、日が暮れた。

汗まみれの朝吉が自身番に入ると、意外にも自身番の中はがらんとしていた。町役人と書役、それに九兵衛の三人がいるだけである。二刻ほど前に朝吉がここを覗いたときには全部で十人くらいいた。

「兄貴、お頭は？」

「実はな……」

ついさっき久米八から連絡が入り、瀬戸物町のお稲荷さんで若い男と待ち合わせた与一が舟で小網町《こあみちょう》二丁目に移動し、川縁の漁師小屋に入った。その漁師小屋を安二郎が見張っているという。だからといって、団次たちが小網町の穴店に押し込むつもりかどうか、まだわからないが、本小田原町にいたのでは、いざというときに機敏に対応できないから小網町の自身番に移動することにした。一度に大人数で移動したのでは目立ちすぎるから、二人、三人と順繰りに出発したのだという。

「おれも出るところだった。自身番の人数はみんな出ましたと、町年寄の家に寄って大久保さまにお知らせしなければならない」

「雷神党じゃないんですよ、兄貴。雷神党なんか、もう誰も残ってねえんだ」

「何の話だ?」

九兵衛が怪訝そうに朝吉を見る。

「親父が調べてくれたんです」

五郎吉から聞かされた話を朝吉は九兵衛に語った。六年前、雷神党は日本橋の両替商を襲い、五千両を奪った。十人以上の人間を殺し、火付けまでした凶悪な雷神党の行方を火付盗賊改は必死に追った。数日後、雷神党一味の死体が見付かった。

しかし、金は見付からなかった。

「雷神党一味を皆殺しにして五千両を横取りしたのは黒地蔵の金兵衛に違いない、と親父は言うんですよ。黒地蔵の押し込みを手伝ったことがあるという盗人をお縄にして、そいつを責めたら雷神党のことを吐いたそうです」

「そんな話、初耳だ。御仕置伺帳にだって載ってないはずだぞ」

「雷神党一味を取り逃がし、一人として生きたまま捕らえることもできず、しかも、他の盗賊に金を奪われたとあっては加役の恥だというので、そのときの頭が一切を握り潰したそうです。瓦版なんかに面白おかしく書き立てられるのを嫌ったんじゃないかと親父は話してましたが」

「その盗人は、どうなった？　獄門か、それとも遠島か」

「拷問蔵で責め殺しちまったそうですよ」

「馬鹿な、何て愚かしいことをしたんだ」

九兵衛は、ハッとした。

「それなら三河屋に押し込んだのは誰なんだ？　何のために雷神党を名乗ったりした。なぜ、そんなことを……」

「おれ、何だか胸騒ぎがするんですが」

「ああ、おれもだよ。嫌な予感がする。急いで大久保さまにお知らせしなければ」

十五

本小田原町の自身番を出たのは伊織が誰よりも早く、与力の高山彦九郎を同道した。最初に小網町に向かったのは、何事も人任せにしておけないという性格にもよるが、小網町の町役人や町年寄と捕り方を伏せておく場所を借りる交渉をするとき、伊織自身が話をするのが手っ取り早いからであった。火付盗賊改の頭が直談判すれば、大抵の要求はすんなり通るのだ。

荒布橋の手前まで来たとき、小網町の方から裾を端折《はしよ》って駆けてくる若い男の姿が伊織の目に入った。

「ん？　あれは……安二郎じゃねえか」

月明かりを浴びる、その姿に何となく見覚えがあった。はあはあと荒い息遣いで伊織たちの前にやって来たのは、やはり、安二郎であった。

「おう、どうしたんだ？　小屋を見張っていたんじゃなかったのか」

「それが……あいつら、どこかに動くかもしれません。舟でどこかに行かれちまったら、もう暗いから見失ってしまうかもしれないと思って」

「奴らは何人だ？」

「四人です。与一を入れて四人」

「ふうむ、三河屋に押し込んだのと同じ人数だな」

伊織は小首を傾げて思案し、すぐに決断を下した。

「彦さん、小網町の自身番に行くのはやめだ」

「その四人をお縄にしてしまいますか」

「他にも仲間がいるかもしれないが、舟で姿を消されると厄介だ。ここで取り押さえる。このあたりで待っていれば、追っつけ人数が集まるだろう。それを連れて後を追

世には悪い奴らがたくさんいる。必ずしも正しい者が勝つとも限らねえ。ひどいこともたくさんある。そんな連中に立ち向かい、少しでも世の中をよくするためには、仲間同士が力を合わせないと無理だ。一人の力でできることには限りがあるからな。だから、仲間同士は信じ合い、助け合う。自分の身内も同然、家族も同然と考えて、お互いに支え合わないと駄目なんだよ」

「……」

安二郎は何も言うことができなかった。

「ん？」

伊織が立ち止まる。

「なあ、こっちでいいのか？　奴らは漁師小屋にいるんだろう」

漁師小屋ならば、当然、川縁にあるはずだが、安二郎が伊織を案内してきたのは小網町の外れ、武家屋敷との境界にある空き地である。人通りもなく、しんと静まり返った淋しい場所だ。

「中山さま、おれは……」

安二郎が何かを口にしようとしたとき、

「のこのことやって来たな、中山伊織」

暗闇から野太い男の声が聞こえ、物陰からいくつかの黒い影が現れた。

「誰だ、おまえら？」

「わしの行方を必死に追っていると聞いたぜ」

「何？」

「二人の弟を殺すだけでは飽き足らず、かわいい手下まで殺しやがってよ」

「手下だと？」

「柘榴の平次と言えば思い出したか」

「柘榴の平次？　きさま、黒地蔵の金兵衛か」

「明るいところで顔を合わせたかったが、そうもいかねえやな。ここで死んでもらう。てめえがいると、江戸が住みにくい。息苦しいんだよ」

ふふふっ、と金兵衛が笑う。

（四人、いや、五人か……）

金兵衛と話しながら、それとなく伊織は周囲に視線を走らせる。

背後には二人いる。すっかり囲まれている。

「安二郎」

と呼んでから、伊織はそばに安二郎の姿が見えないことに気が付いた。

（なるほど、そういうことだったか）

安二郎と久米八の二人にまんまとしてやられたのだと、ようやく伊織も悟った。

「捕り方がこちらに向かっている。逃げられんぞ」

「見当違いの方に行ってるさ。それに、てめえが死体になるのに時間はかからねえ」

それっ、と金兵衛が合図すると、伊織を囲んでいた刺客たちが一斉に斬りかかってきた。金兵衛の手下の盗賊たちなのか、それとも金で雇われたならず者なのか、それは伊織にはわからなかったが、玄人の刺客でないことだけはわかった。玄人ならば、互いに呼吸を合わせ、少しの隙も見せずに伊織に襲いかかったことであろう。そうなれば、恐らく伊織は呆気なく討ち取られていたはずである。

しかし、それぞれが勝手に刀を振り回しながら伊織に斬りかかってきたために、わずかながらの隙が生じた。伊織は、その隙を見逃さず、機敏に白刃をかわした。もっとも、四方から矢継ぎ早に襲いかかってくるため、息をつく暇もなく、刀を抜く余裕すらない。たちまち伊織は追いつめられる。

（くそっ、多勢に無勢だな……）

すでに伊織は呼吸が荒くなっている。さほどの痛みは感じないが、肩や腕に傷を負ったこともわかった。傷の深さを確かめることもできないから、傷が浅いことを祈るしかない。

「往生するがいいぜ、中山伊織」

金兵衛が嬉しそうに笑う。五人の男たちがじりじりと間合いを詰めてくる。どれほどの達人であったとしても、この苦境を脱するのは容易なことではあるまい。伊織にできるのは、せめて一人でも二人でも敵を地獄の道連れにすることだけだ。どうせなら黒地蔵の金兵衛と刺し違えてやろうと思い、

「金兵衛、そんなにわしが憎いのなら自分の手で殺したらどうだ。わしは、もう逃げようがないぜ」

と誘いをかけた。

「馬鹿め。誰がそんな誘いに乗るか。おう、野郎ども、やっちまえ」

金兵衛が言ったとき、甲高《かんだか》い呼び子の音《おと》が夜の帳《とばり》を切り裂くように鳴り響いた。

「捕り方だ」

刺客の一人が叫んだ。

「違う、捕り方じゃねえ。気負い組が裏切りやがったんだ」

それは野仏の与一の声であった。与一が言うように、必死に呼び子を吹き鳴らしているのは安二郎であった。その傍らにいる久米八が、

「馬鹿野郎、何をしてやがる。血迷ったのか、やめろ、やめろって」

何とか安二郎を止めようとするが、

「ええい、放せ、久米八。中山さまをこんなところで死なせちゃいけねえんだ。たった今、おれは目が覚めた。あの人は長生きしないといけない人なんだよ。それが世の

ため、人のためなんだ」

「安二郎め、頭がおかしくなりやがった」

「きさまら」

　与一が刀を振り上げて迫る。

「待って下さいよ、別に裏切ったわけじゃ……」

「黙れ！」

　与一が刀を振り下ろすと、ぎゃっと叫んで久米八が倒れる。それでも安二郎は逃げようともせず、一心不乱に呼び子を鳴らし続けている。

「余計なことをしやがって」

　与一が安二郎を斬る。うっ、と呻いて安二郎が地面に倒れる。

　刺客たちの間に乱れが生じたのを見て、伊織は一気に間合いを詰めて真正面にいる二人を斬る。そのまま与一に向かって走り、振り返った与一の額を上段から斬り下ろす。伊織の背筋を冷たい悪寒が走る。背後に強烈な殺気を感じたのだ。

　伊織は腰を沈めて体を反転させ、刀を地面からすり上げた。次の瞬間、血飛沫《ちしぶき》が飛び散り、濃厚な血の匂いが伊織の鼻腔を刺激した。四人目の刺客が死んだ。

「お頭ーっ！」

「ご無事ですか」

捕り方の提灯が近付いてくるのが見える。

先頭を走りながら叫んでいるのは半四郎と九兵衛に違いない、と伊織にはわかった。刀の血を払い、手拭いで血を拭き取ってから刀を鞘に戻す。すでに周囲は静まり返っている。伊織の足許には六つの死体が転がっている。刺客の死体が四つ、それに久米八と安二郎である。

（金兵衛は逃げたか……）

きちんと確かめないとはっきりしないが、刺客たちの死体の中に金兵衛はいないだろうと伊織は思った。伊織は安二郎の死体の傍らにしゃがみ込むと、

「わしは腹を立てちゃいねえよ。誰にだって迷うことがあるもんだ。それに最後の最後に、わしの命を救ってくれたしな、礼を言うぜ。ここで死んだりしなければ、先々、きっと加役のために尽くしてくれただろうになあ。おふくろさんのことは心配するな。できるだけのことはする。おまえは身内も同然だ。わしは約束を守る」

伊織は、安二郎の目を閉じてやった。

二日後……。

旅姿の行商人が無縁仏の前にしゃがみ込んでいる。

土の盛り上がりに卒塔婆を立てているだけで墓石すらない。

「今度こそは、おめえたちの仇をとるつもりだったが、もうちょっとのところでしくじっちまった。あの中山伊織って野郎は、なかなか、しぶといぜ」

口許を歪ませて低く笑ったのは黒地蔵の金兵衛であった。

「だが、わしは諦めねえぞ。弟たちだけじゃねえ。何人もの手下たちまで殺されて、しかも、稼ぎの邪魔をされて黙っているわけにはいかねえ。しばらく江戸を離れるが、決して逃げるわけじゃねえ。中山伊織を叩き殺す策を練り上げたら、すぐに戻ってくる。すぐにな……」

金兵衛は立ち上がると、荷物を担いでゆっくり歩き出した。これからしばらくは、上総の波次郎として暮らすことになる。

墓地を出たところで、金兵衛は足を止めた。小さなお地蔵さんが目に留まった。

金兵衛は上総の山奥の鄙《ひな》びた村で生まれ育った。

幼名を金次《きんじ》という。

どんなに働いてもまともに食えないような暮らしだった。飢饉《ききん》になったりすると、村中が飢えた。一本の大根を奪い合って村人同士が殺し合いを演じ、旅人を殺して、その肉を食らうようなこともあった。その頃の地獄のような暮らしを夢に見て、今でも魘《うな》されることがある。それほどひどい暮らしだったのだ。

幼い金次は、村外れにあるお地蔵さんに救いを求めた。子供を守護するという使命を負った地蔵菩薩ならば、自分を地獄から救い出してくれると信じたのだ。

しかし、救いの手は差し伸べられなかった。

まず、妹が死んだ。次に弟が死んだ。

金次は炭でお地蔵さんを真っ黒にした。使命を果たすことのできない地蔵菩薩など、この世から消えてしまえ、という憎しみの現れだった。

名主の蔵から食い物を盗み出し、その足で村から逃げた。物乞いや盗みを繰り返しながら、食うや食わずの状態で江戸に辿り着いた。人に言えない悪事に手を染めて必死に生き抜くうちに、何人もの手下を持つようになった。

まず、名前を金次から金兵衛に変えた。

裏社会では名前にあだ名をつけるのが通例だ。

金兵衛は「黒地蔵」と名乗ることにした。幼い頃、炭でお地蔵さんを真っ黒にしたときの悲しみと怒りを忘れないためだった。

「自分だけが正しいことをしているような顔をしやがって。てめえのような奴が一番許せねえんだよ、中山伊織……」

金兵衛はお地蔵さんに背を向けて歩き出した。

本書は平成二十四年三月、小社から四六判で刊行された『鬼が泣く
中山伊織仕置伺帳』を著者が加筆・修正したものです